DESDE QUE ME QUEDÉ SIN DIOSES

DAVID DE JUAN MARCOS

DESDE QUE ME QUEDÉ SIN DIOSES

lince

Para obtener este libro en formato digital escribe tu nombre y apellido con bolígrafo o rotulador en la portada de la página 5. Toma luego una foto de esa página y envíala a <ebooks@malpasoycia.com>. A vuelta de correo recibirás el e-book gratis. Si tienes alguna duda escríbenos a la misma dirección.

El autor donará los ingresos obtenidos por la venta del libro a la Agencia de la ONU para los Refugiados.

C/ Diputació, 327, principal 1.ª
08009 Barcelona
www.malpasoycia.com

ISBN: 978-84-19154-05-7
Depósito legal: B-5737-2022
Primera edición: mayo de 2022
Impresión: Romanyà Valls
Maquetación: Joan Edo
Diseño de cubierta: Malpaso Holdings S.L
Imagen de cubierta: Istock de Archiv

Para Nuria
que es tanto como decir
para Lourdes.

RAZONES PARA EMPEZAR

Yo quería hablar del abuelo. El abuelo había dejado cuatrocientas libras en el banco anglo-palestino y enterrado junto a la casa una fortuna para evitar el saqueo de las tropas judías. El abuelo, intuía, estaba en el origen de todo, y esta historia de alguna manera tenía que comenzar en él.

Ahora bien, cada una de mis preguntas provocaban en Momo una desconfianza creciente. Solo al escuchar las conversaciones grabadas, descubro que si Momo desconocía o no recordaba algún dato, lo silenciaba por muy insignificantes que fueran las consecuencias de imaginar o intuir. Evitaba de manera obsesiva la invención incluso cuando todo era beneficio para la consistencia de su historia y ninguna la posibilidad de descubrir el engaño. Diré más, la incertidumbre le daba miedo, la contradicción lo irritaba, y con cierta frecuencia la charla derivaba hacia un ataque de soberbia o caía en un numerito de cabeza gacha y sarcasmos que encallaban el flujo de la conversación.

Resultaba agotador. A cada pregunta le seguía siempre un porqué y un para qué de vuelta. Y a fin de disuadirlo para que siguiera adelante y me dejara a mí la toma de decisiones, me inventaba extravagantes recursos de escritor. Le decía –qué sé yo– que en la imperfección de los recuerdos surge siempre lo más interesante de la literatura; que esa literatura no es más que un truco de magia, o que las contradicciones son necesarias para hacer partícipe al lector. Clichés, vaguedades, palabrería de vendedor de crecepelos con la que buscaba no sentirme tan vulnerable. La estrategia, para mi sorpresa, solía dar resultado y servía para que Momo recuperara la calma y el gusto por ser escuchado.

***

Había conocido a Momo nueve meses antes, durante una boda en la Casa de los Geranios de Múnich. Yo había salido al jardín a descansar y a evitar ser presa de alguna conga espontánea. A lo lejos discutía una pareja. Un grupo de chicas se descalzaba y dejaba sus zapatos de tacón sobre la hierba. Dos niños jugaban al pillapilla –o a su variante alemana–.

Ese fue el momento en que apareció Mohammad. Me sonrió. Enseguida entendí que a Mohammad tampoco le gustaba bailar. Los no bailarines nos reconocemos antes de que suene un acorde: esa mirada de aprensión, esa forma de rebuscarse los bolsillos, de comprobar segunderos, de remover los hielos en el vaso. Mohammad era el único que había venido a la boda sin corbata y de algún modo que se me escapaba había conseguido ser uno de los invitados más elegantes con su chaleco ceñido y su sombrero a lo Humphrey Bogart. El cigarrillo y el *gin-tonic* ayudaban a la analogía.

Me han dicho que eres escritor.

Mierda, pensé, ahora vendrá la terna de preguntas tan inocentes como indeseables: ¿de qué van tus libros?, ¿cuántos has vendido?, ¿están en inglés? Me buscará en Google. Me planteará hipótesis equivocadas. Me ofrecerá temáticas y argumentos para escribir.

Era el último tema del que me gustaría hablar. Hacía ya unas semanas me había hecho la firme promesa de dejar de escribir. Hasta entonces escribir siempre había sido un proceso involuntario, casi instintivo, pero después de un tiempo atrapado por mis limitaciones había descubierto que la emoción y las ganas por contar historias se habían ido. La decisión, además, me había procurado cierto sosiego: rendirse, recuperar la frecuencia cardíaca del corredor en reposo, la lectura, el pensamiento tan vilamatiano de que tal vez podría ser escritor si me propusiera escribir.

Mis dos mejores amigos también son escritores, añadió Mohammad antes de que tuviera tiempo de responder algo; poetas. Y me enseñó en el teléfono móvil unos versos en árabe. Las grafías eran olas, insectos en miniatura, patitas de pájaro sobre la arena.

Mohammad leyó el poema y al terminar pude comprobar que estaba tan borracho y emocionado como aparentaba. Sin entender una sola palabra, a mí también me había conmovido.

Por cierto, dijo, me llamo Momo.

***

Hacía horas que quería hablar con Momo. Aunque los dos estábamos sentados a la mesa de los angloparlantes-no-germanoparlantes, la boda había sido un suceder de actividades y discursos que no habían dejado tiempo para nada más. Antes de ir a Múnich me habían contado que Momo tuvo que huir de Siria al comenzar la guerra civil, que ahora vivía en el sur de Suecia y que su familia era de origen palestino; datos que abrían demasiados interrogantes para alguien en una búsqueda continua de historias gratuitas.

La brisa que llegaba de los canales del Nymphenburg rompía la canícula estival y hacía que uno se inclinase hacia la melancolía propia de las noches de agosto. El mundo parecía una habitación gigantesca y ventilada. Momo bebía a sorbitos, con esos ojos extraviados que pronto me serían tan familiares. Hablaba de poetas árabes, de poetas palestinos que iban a salvar el mundo y de poetas sirios que decían la verdad. Al poco rato la novia de Momo se acercó. Parecía salida de un manga japonés, con ojos maníacamente redondos y las mejillas altas y sanguíneas. Traía un enorme sombrero de Leprechaun y una sonrisa desmedida, como si a su boca le faltase carne para descender y cerrarse. De inmediato me cayó simpática.

Vete, mujer, le dijo Momo con una seriedad fatigosa, ¿es que no ves que los hombres están hablando? Casi no pudo terminar la frase y ya los dos estaban riendo. Ebba se sentó en las piernas de Momo y le besó la frente. Soy árabe, me dijo Momo al ver mi mirada de espanto, en los países árabes tratamos así a las mujeres, y levantó el vaso para lanzar un brindis por *the shitty Europe.*

Ebba me aclaró que Momo acababa de recibir la ciudadanía sueca y que era el primer viaje que hacía con su nuevo pasaporte. Quitándose la palabra el uno al otro, me contaron que desde el 11 de septiembre de 2001 –y especialmente desde que el Estado Islámico se convirtió en la mayor amenaza para Occidente–, esta era la primera vez que Momo tomaba un avión sin tener que pasar varios minutos contestando preguntas de la policía de frontera; que desde que salió de Siria se acostumbró a ir a los aeropuertos con varias horas de antelación por lo que pudieran alargarse los interrogatorios; y que con frecuencia era el mismo Momo el que nada más mostrar su documento de viaje sirio para refugiados palestinos miraba a los policías y les indicaba la puerta de la sala de pesquisas: Entramos, ¿verdad?

Animados por mi interés, Momo y Ebba comenzaron a desplegar todo su anecdotario y poco a poco pude ir colocando algunas piezas de sus vidas. Así descubrí que Momo estudió Derecho en la Universidad de Damasco y que en Suecia el título no había recibido convalidación alguna a pesar de que, según él, la educación en Siria es mucho más dura que en Europa –es lo habitual, dijo, médicos que trabajan en pizzerías y profesores universitarios reconvertidos en paseadores de perros–. Hacía unas semanas que había terminado el *Degree* en *Migration* en la Universidad de Malmö y mientras buscaba un empleo relacionado con sus estudios trabajaba en residencias de ancianos y centros de menores para inmigrantes.

Desde niño he querido ser juez, dijo Momo para concluir, pero es un sueño que nunca podré cumplir, me gusta el Derecho igual que a ti escribir.

Nada de eso, me apresuré a decir entre risas, a mí no me gusta escribir, pero si no lo hago, me siento… mal.

Ya veo, dijo Momo con la mirada perdida, escribir duele, pero no escribir duele más. Mi amigo Amid siempre decía que un talento es también una cárcel.

A fin de alejar de mí la conversación, le pregunté por su familia, si estaban en Suecia o permanecían en Siria. Momo contó que en Siria ya casi no tenía a nadie, solo familia lejana. ¿Amigos? Alguno, una exnovia en Damasco que acaba de casarse y tener una niña, pero solo me escribe para decirme lo maravillosa que es su vida; casi todos mis amigos están en Italia, Qatar o Dinamarca.

Vaya, tío, es una pena todo lo que ha pasado en tu país, ¿crees que regresarás algún día cuando terminé toda esa mierda?, es decir, gane quien gane habrá un país que reconstruir lleno de oportunidades.

Momo empezó a reír de la manera en la que solo ríen los borrachos y los locos. Llamó a voces a su novia que en ese momento regresaba al baile con unas bandas de espumillón en la cabeza y los zapatos de tacón en la mano. ¡Ebba, este tío me pregunta si volveré a Siria cuando acabe la guerra! Aunque parecía fisiológicamente imposible, Ebba abrió aún más los ojos y se unió a las risas.

Fue entonces cuando, con la voz pastosa y los ojos a medio cerrar, Momo pronunció la sentencia que puso todo en movimiento: No, tío, si vuelvo a Siria me matarán.

***

En su defensa diré que la idea había sido mía. Era yo el que había insistido en viajar a Suecia para que me contara sin teléfonos, mensajes ni largas esperas de por medio su historia. Una gran historia de superación, según dejaba entrever Momo con un punto de vanidad en la sonrisa. Sin embargo, cualquier pregunta que saliera de una órbita de pocos años para introducirse en la guerra de Siria se la tomaba como una amenaza, como un interrogatorio lleno de intenciones ocultas.

Sé que varias noches se fue a casa con la idea de poner fin a nuestro pacto después de que yo insistiera en cuestionar sus decisiones o en reabrir caminos que él daba por zanjados. Cuando eso ocurría, yo me iba a la cama culposo y lleno de dudas, sin entender qué hacía allí o a quién trataba de engañar. Y así fue hasta que conseguí persuadirlo con el argumento de que omitir ideas o seleccionar solo ciertos pasajes de su conveniencia era también una mentira, otra forma de ficción. Atrapado en su propia paradoja, aquella noche Momo se mostró arrogante y burlón, casi dispuesto a salir de mi apartamento con un portazo. No lo hizo, y de ese modo fue como supe que por mucho que condenara la tarea y negara su interés, había algo que lo impulsaba a seguir adelante, a contar lo que no quería contar.

***

A partir de entonces mi trabajo consistió en hacerle más grata la tarea; en descubrirle el gusto por contar y ser contado. Le dejaba hablar sin interrumpirlo durante horas y ni siquiera trataba de rellenar sus silencios con acotaciones o preguntas. Le decía, no te preocupes, habla, todas las vidas son incómodas, sucias y obstinadas, tú habla. Y así avanzamos, a tientas, entre frondosidades y zarzas. Y Momo se dejaba guiar, seguro de que yo conocía el camino.

Pero había –tengo que decirlo– otros momentos en los que yo tampoco me atrevía a continuar a oscuras. Por ejemplo, al acercarse a la sola idea de sus días en prisión, Momo me ordenaba apagar la grabadora y pasaba a comentar la próxima Eurocopa de fútbol. Cuando esto ocurría yo no encontraba el modo de sacarlo del caparazón, de explicar o, quizá, de disculpar mis propósitos. ¿Qué podía decirle? Yo nunca me he visto en la necesidad de responder preguntas en las que el más mínimo titubeo o confusión pudiera afectar de manera definitiva mi vida o la de mi familia. A mí me interesaba abordar raíces y genealogías para tener un ancla a tierra que me liberara del mareo de comenzar un nuevo libro –yo también tenía mis miedos–. Esa ancla tenía que ser su familia y, en concreto, el abuelo. Al menos eso creía yo, y el capricho que suscita lo prohibido avivaba esta creencia.

Pero Momo parecía haber resuelto de antemano los términos de un inexistente contrato y desde nuestra primera conversación fue evidente que el relato de su abuelo no entraba en cláusula alguna. No tardaría en descubrir que con su propia vida Momo había establecido los mismos límites y cada vez que se acercaba a esos límites hacía una pausa, bebía un sorbo de lo que tuviera a mano y enumeraba una vez más todo su repertorio de porqués. No entiendo por qué necesitas saber eso, me decía con intenciones de terminar con todo. Y yo no sabía cómo explicarle que tal vez lo necesitaba o tal vez no.

***

Tuve por primera vez noticia del abuelo en un breve intercambio de mensajes por Facebook. Antes de viajar a Suecia para comenzar las entrevistas sobre la experiencia de Momo en las revueltas de la Primavera Árabe en Siria, las torturas que sufrió en prisión y su posterior huida del país, quería conocer algunos detalles sobre su infancia y su familia que pudieran servirme una vez avanzara en la escritura. Momo se limitó a puntualizar edad y profesión de sus parientes más directos.

De su abuelo, un hombre al que a pesar de haber visto en una fotografía siempre imaginaré alto, huesudo y con bastón –lo que demuestra, Momo, date cuenta, la fuerza de un recuerdo frente a la verdad–, Momo me contó que escapó junto a toda su familia de Palestina en 1948 y que al poco de llegar a Damasco se alistó en las Fuerzas Armadas Sirias para luchar en la siempre inminente guerra contra Israel.

No suelo ser muy avispado captando revelaciones, pero recuerdo que fue en ese momento cuando se me ocurrió que tal vez el abuelo podía ser el hilo que liberara la madeja. 1948 es en verdad un año terrible en la historia de Palestina. Corresponde con la Nakba, «Catástrofe» o «Desastre», nombre que se le dio al éxodo de la población árabe, tanto cristiana como musulmana, tras la formación del Estado de Israel solo seis horas antes de concluir el Mandato Británico de Palestina. Animado por el descubrimiento, le pedí más detalles.

Momo tardó varios días en responder, tiempo que dediqué a documentarme sobre la Nakba y sus consecuencias, y cuando por fin lo hizo solo añadió que para saber más tendríamos que hablar con su padre pues lo único que él conocía sobre la juventud de su abuelo es que pasó muchos años en Rusia y Checoslovaquia trabajando de mecánico en tanques viejos y machacados de la Segunda Guerra Mundial. Recuerdo la imagen que me llegó al leerlo: un muchachito delgado y sucio como una cerilla quemada, discutiendo en ruso sobre mecánica, engrasado como un masái y bebiendo vodka sin etiquetar con camaradas y compañeros de fatiga. Una imagen sin duda equivocada, como equivocado es cualquier presentimiento fácil, pero con la fuerza suficiente para interesarme por ella.

Aún más que esa historia de tanques y fríos siberianos, lo que despertó mi atención fue que Momo hubiera pasado por alto hasta entonces sus orígenes palestinos –tierra que nunca ha pisado, pero que reconoce como propia–, y en concreto el modo en el que su abuelo llegó a Siria desde el norte de Palestina expulsado por los mismos hombres que fueron a salvar a toda su aldea.

Fue, al conocer estas referencias familiares, cuando por primera vez pensé en la idea del doble exilio, en la doble e irreversible huida que de repente une a abuelo y nieto en la desposesión. Ahí podría estar la historia:

Un viaje de Palestina a Siria, de Siria a Suecia, dos guerras, tres países y cuatro generaciones.

Primera parte

EN BUSCA DE UN COMIENZO

Preguntas: ¿Qué significa «refugiado»?
Te dirán: Es aquel al que arrancan de la tierra de la patria.
Preguntas: ¿Y qué significa «patria»?
Te dirán: Es la casa, la morera, el gallinero, las colmenas,
el olor del pan, el primer cielo.
Y no te privas de preguntar: ¿En una palabra tan corta caben
tantas cosas… y no cabemos nosotros?

MAHMUD MARWISH
En presencia de la ausencia

TOMELILLA, SUECIA

Mediados de mayo. Por una de las anomalías climáticas que empiezan a ser tan poco anómalas, en el sur de Europa la gente sigue agarrada a su abrigo mientras que Suecia entera se baña en las playas y bate récords de temperatura y días sin lluvia. Sentados en el tren que nos lleva de Ystad a Tomelilla, Momo me pone al corriente de la enfermedad de su padre. Es la primera vez que Momo menciona este problema de salud a pesar de que llevamos tres días repasando cada aspecto de su vida y de su familia. Para entonces ya he aprendido que es mejor no cuestionar sus razones ni su metodología para liberar información, así que le dejo hablar.

Me cuenta que hace casi un año que a su padre le dieron tres meses de vida por una afección pulmonar cronificada. Por suerte los médicos no solo erraron en el cálculo, sino que ahora apenas necesita la ayuda del oxígeno embotellado. La enfermedad es uno de los motivos por los que, a pesar de que, según Momo, su padre es un conversador insaciable, la charla no deberá extenderse. Momo se reserva así el derecho de poner fin a la cita ante el primer síntoma de fatiga.

No terminan aquí las pautas y los frenos: no se podrá hablar de su futuro laboral ni de las entrevistas que realizaron con la Agencia de Migraciones de Estocolmo, y me recuerda una vez más que «en ningún momento, bajo ningún concepto, por ninguna circunstancia» se hará mención de los últimos meses que la familia pasó en Siria. Eso no es negociable.

Yo ya me siento culpable por haber causado ciertas molestias culinarias a su madre por mi intolerancia al picante y no encuentro otro modo de responder a las restricciones más que preguntar por el protocolo a seguir para el saludo. A mi padre tienes que besarle la mano, me dice. Luego se ríe con ganas por el buen rato que va a pasar viéndome hacer el ridículo. No te preocupes, añade, mi padre es como yo, no tiene límites con el humor.

Mientras dudo otra vez de si se trata de una advertencia o de una broma –en los tres días que llevo en Suecia le he oído comentarios capaces de ofender a decenas de colectivos a la vez (especialmente crueles son sus chistes de árabes y las bromas sobre nazis a su novia alemana que ella contraataca con inteligencia y un delicioso sentido del humor)–, Momo hace una videollamada a su madre para anunciar que no tardaremos y vuelve a preguntarme si es verdad que no quiero nada de picante en la comida.

La casa está a unos veinte minutos en tren de Ystad, a las afueras de Tomelilla, un pueblecito de casas de ladrillo y calles vacías indiferenciable de cualquier otro pueblecito sueco. La inusual acumulación de días despejados junto al verde kriptonita del sur de Suecia han dejado un paisaje brillante y tierno que invita al paseo campestre. Momo me cuenta que el Gobierno sueco les alojó en Tomelilla después de pasar por numerosos infortunios y casas de acogida inhabitables. Mientras me explica las rutinas de los primeros días que pasó en Suecia –fútbol, estrés y largas horas mirando la nieve por la ventana–, llegamos a una tienda de comestibles árabes. Momo entra, abraza al tendero y me lo presenta. El tendero se lleva la mano al corazón y agacha levemente la cabeza en lo que parece un saludo de mosquetero. Momo compra la salsa de yogurt que su madre le ha pedido y *shisha* para la pipa de agua que el tendero saca del almacén. Después de pagar, bromean durante un par de minutos. El tendero guarda los billetes en la caja sin contarlos, circunstancia que aprovechará Momo para repetirme una vez más algo que ya me había contado tres veces: Nunca verás a un árabe contar el dinero de otro árabe, es lo que me gusta de estas tiendas.

Momo me dice que Mubarak es iraquí y que lleva en Suecia más de veinte años. También me dice que cuando eres un refugiado de Oriente Medio y llegas a Europa lo primero que debes hacer es buscar la tienda árabe del pueblo. Según él, en todos los pueblos hay una: Allí te ayudarán; allí conocerás gente que pasó por lo mismo que tú; allí por fin tu madre podrá hablar en árabe con otro ser humano que no sea de la familia y tu padre podrá quitar esa cara de «todo está bajo control» que quiere que vean sus hijos; esta tienda fue el primer lugar en el que me sentí tranquilo desde que llegué a Suecia.

El vecindario donde viven sus padres se encuentra a las afueras del pueblo. Un ejemplo rotundo de contaminación visual; edificios grises en una barriada gris que recuerda a los bloques grises de las ciudades soviéticas. Por suerte, la familia de Momo se aloja en la planta baja y tienen acceso a un diminuto jardín de muros encalados que le sirve al padre para airearse y caminar en círculos los días en los que su dolencia no le permite mayores esfuerzos.

Varios niños juegan en un parque algo descuidado. Por la lengua rocosa en la que gritan y ríen deduzco –y la deducción me incomoda– que ninguno es de origen europeo. Momo se percata rápido de mi interés, mezcla de curiosidad y extrañeza. Nos ayudan, me dice, pero no quieren vernos.

La madre sale a recibirnos. Se llama Lina. Lina sigue siendo hermosa –es indudable que de joven lo fue y mucho–. Es además tímida, introvertida y de naturaleza melancólica. A pesar de que habla un poco de inglés, no volverá a mirarme o a dirigirse directamente a mí en toda la tarde. El padre, por el contrario, es feo como todos los hombres enfermos, con la cara derretida de los hombres enfermos y el mal afeitado de los hombres enfermos. Momo se agacha y le besa la mano como a un papa. No sé si lo hace para reírse de mí o si debo imitarlo. Por suerte, el padre gira la mano y me la estrecha en previsión de que haga alguna estupidez. *Welcomewelcome*, repite varias veces y Momo se burla de él porque es la única palabra que sabe decir en inglés. *Shukran*, le digo yo poniendo a prueba la pronunciación de la única palabra que me atrevo a decir en árabe.

Nos sentamos a la mesa. Momo anuncia en inglés y en árabe su determinación de disfrutar de la comida. Eso significa que durante los siguientes minutos no hará de traductor ni para unos ni para otros. Entre tanto, Lina termina el guiso de arroz y cordero con la salsa de yogurt, prepara una ensalada y coloca las bandejas en la mesa.

Sin ningún tipo de ceremonia o comentario cada uno se centra en su plato y en sus rituales de masticación. De pronto me veo gratamente ignorado y libre para analizar intimidades y hábitos familiares. Momo y Lina se levantan continuamente, salen a fumar al jardín y le dan de comer a un perrillo llorón por debajo de la mesa. Yo mismo tengo que servirme el agua y la comida. La ausencia de protocolos podría interpretarse como una torpe descortesía, sin embargo, todas estas formas bruscas y despeinadas me parecen el escalón más alto en la pirámide de la hospitalidad. La aparente falta de consideración no tiene nada de irrespetuoso, al contrario. Disfruto de la espontaneidad y del inexistente formulismo, y agradezco detalles como que comamos en la cocina, que no hayan sacado vajillas ni mantelerías para invitados y que nadie me pregunte si me gusta el cordero o si deseo repetir. No se me ocurre una mejor manera de agasajar al recién llegado, de ofrecerle aceptación y acomodo. Me han sentado a su mesa sin disfrazar miserias ni abusar de un falso tratamiento reverencial. Me dan su comida y me muestran lo más íntimo que tiene una familia: sus liturgias domésticas, su banalidad.

Todo lo que pasa es verdad y me lo exponen sin disimulos ni dobleces.

Lina es la primera en terminar de comer. Sale de nuevo a fumar y observa sonriente desde el jardín mientras padre e hijo hablan con buen ánimo y se hacen reír el uno al otro. Deduzco que la conversación gira en torno al fútbol y en concreto al jugador egipcio Salah que esa misma tarde puede convertirse en el primer árabe que logre ser máximo goleador en la historia de la liga inglesa. Momo me explica que Mohammed Salah es el jugador favorito de su padre. Salah convivió desde pequeño con los refugiados palestinos de Gaza y eso le hizo sensible al conflicto árabe-judío. En una ocasión Salah tuvo que jugar en Israel. Pese a su oposición a viajar y a que le sellaran el pasaporte con el visado israelí, a Salah no le quedó más remedio que jugar: el partido era realmente importante y él era la estrella del equipo. Encontró, eso sí, la manera de mostrar su rechazo con simbólicos desplantes. En el momento de la presentación entre equipos salió del campo para cambiarse las botas, al saludar a los jugadores israelíes cerró el puño y lo chocó con sus manos y, por último, se negó a hablar con la prensa local. Su equipo ganó uno a cero y el gol lo marcó Salah.

Has tenido suerte, me dice Momo mientras se sirve más arroz con salsa de yogurt, mi padre hoy se encuentra muy bien; ahora iremos al salón a ver el partido y podrás preguntarle lo que quieras.

Mahmud se sienta en el sofá y estira las piernas. Dos perros negros salen de su escondite y se suben encima de él. Apestan a humedad y a moqueta. Sobre la mesa hay varios mandos a distancia. El padre elige uno casi por azar y enciende la televisión justo en el momento en que se escucha el pitido inicial del árbitro. Padre e hijo se alegran al ver que Salah está en el equipo titular. Momo me explica que tienen un aparato que les ha conseguido el dueño de la tienda árabe con el que pueden ver de forma ciertamente ilegal casi cualquier partido de fútbol que se dispute en el mundo. El padre de Momo los ve todos, conoce a todos los jugadores y la tabla de clasificación de todas las ligas, desde las asiáticas hasta la segunda división sueca. Hablamos un rato más de fútbol y pienso, como pienso cada vez que salgo al extranjero, que un español, abomine o no del fútbol, puede mantener una conversación agradable en cualquier lugar del planeta gracias al Real Madrid y al Fútbol Club Barcelona.

Agotado el tema de la piratería futbolística, el padre de Momo toma aire y le comenta algo a su hijo. Momo traduce: Mi padre pregunta qué es lo que quieres saber. Le digo que me gustaría que me contara la historia de su padre, es decir, del abuelo de Momo, lo que sepa de su infancia en Palestina, su vida antes del Plan de Partición de Naciones Unidas, el 47, el 48, cómo vivió la Nakba, su huida a Siria..., bueno, en general todo, ya sabes que me gustan los detalles y las pequeñas historias.

Momo traduce mi respuesta a su padre. La sonrisa le deforma la cara. Hace ademán de reír, pero una tos carrasposa y pulmonar se lo impide. En ese momento entra la madre con una tarta de queso coronada con discos de piña. Me corta un trozo y me lo sirve sin mirarme o preguntarme si quiero tomar postre. Mi padre dice que en ese caso deberíamos empezar por los tiempos de Moisés, me explica Momo.

Simplista e idiota, le digo que no será necesario –si he venido hasta Suecia, es porque ya me tengo bien estudiado lo que viene en los libros–. Lo que busco es su testimonio. La historia del exilio del abuelo que me permita enlazar con la historia del exilio del nieto. Dos guerras y tres generaciones sin patria, digo con fingida emoción. Indiferente y con la boca llena de tarta, Momo traduce el mensaje. El padre continúa mirando el fútbol como si no hubiera oído nada mientras mis esperanzas de que me diga: Chaval, coge el boli que voy a escribirte un libro deslumbrante, se apagan. En lugar de eso Mahmud me dará una lección de prestidigitación literaria: Necesito empezar por algún sitio, muchacho, hasta la historia más pequeña contiene dentro todas las historias del mundo.

En verdad que Mahmud no exagera. Para hablar de su padre se remontará hasta los tiempos de Moisés y de la Israel bíblica. Más aún, a los tiempos del diluvio universal y de un comerciante llamado Abraham nacido dieciocho siglos antes de Cristo. Dios le hizo a Abraham la promesa de que sus descendientes heredarían Sion, una tierra santa y virginal entre el río de Egipto y el Éufrates. Allí prosperarían y vivirían en paz. No sería fácil –nada de lo que regala Dios es un regalo–; antes deberían conquistar esta tierra a sangre y fuego como purificación y ofrenda.

Yo no consigo ver la relación entre Abraham y el abuelo de Momo y, aunque me parece fascinante que Mahmud sea capaz de levantar un relato conectando a su padre con la creación del mundo bíblico, me muestro seriote y quisquilloso. El padre de Momo, tan seguro y repantigado, disfruta de la escenificación y no manifiesta prisa alguna. Según él, es en Abraham donde empieza la historia que tiene que contarme. En Abraham confluyen y se desgarran las tres grandes religiones monoteístas: judía, cristiana y musulmana. Abraham va a heredar la Tierra Prometida, la tierra de la que mana leche y miel, pero tiene un problema más doméstico del que preocuparse: su esposa y medio hermana Sara no puede tener hijos. La tradición judía establece que es el hijo varón quien hereda las propiedades del padre, y Sara, que conoce bien las leyes, se ve apelada por la culpa. En una decisión que marcará el devenir de la historia como ninguna otra ha marcado antes o después, Sara lleva a su sirvienta Agar, una muchacha de raza árabe, a la tienda de su marido. Abraham y Agar yacen y de ese yacimiento nacerá un hijo al que llamarán Ismael. Dos tórtolas de un tiro, pensaría el viejo Abraham cuando recibió la noticia.

Ya tenemos descendiente varón: Ismael heredaría la fértil Canaán, el paraíso en la Tierra para el pueblo israelita. Y en verdad todo hubiera terminado aquí de no ser porque, tiempo después, Sara, a sus noventa años, se queda milagrosamente embarazada con otro varón: Isaac.

Ahora es Sara la que no puede permitir que Ismael, el hijo de una esclava árabe, herede la Tierra Prometida. Convence a Abraham para que expulse a Agar y a Ismael al desierto donde tendrán una muerte segura. Pero, ay, el repudiado Ismael sobrevive y, de acuerdo con las Sagradas Escrituras, el profeta Mahoma será uno de sus descendientes. Isaac, sin embargo, se convertirá en el patriarca del pueblo de Israel y en su árbol genealógico años después figurará Jesucristo. Para qué más, diría con sarcasmo un cómico en este momento, pero yo lo que pienso mientras escucho al padre de Momo es que ningún editor compraría un argumento tan imposible y culebrero.

Momo tiene razón, su padre es un narrador intuitivo. Habla en turnos de uno o dos minutos controlando los efectos dramáticos en un *in crescendo* continuado de suspense. Me gusta su árabe atascado, con sus haches y sus jotas atragantadas. Me gusta esa lengua montañosa y guerrera, un idioma que parece concebido para hablar de pérdidas y destierros. Su narrativa resulta sencilla y directa, y mientras espero a que me lleguen las traducciones, observo sus cambios de humor, sus cualidades austeras y resecas, el gozo con el que narra una historia que trata de hacer pasar por espontánea pero que sin duda ha sido ensayada y puesta a prueba ya frente a otras muchas audiencias.

Mahmud continúa con el resumen bíblico durante toda la primera parte del partido. Solo se interrumpirá cuando Salah, tras un par de buenos regates y un barullo dentro del área, casi logra el primer gol. De inmediato, Mahmud le pide a su hijo que compruebe en su *smartphone* si el otro jugador que le disputaba ser el máximo goleador ha conseguido marcar. Complacido por la noticia, Mahmud retoma el viaje del pueblo de Abraham desde Mesopotamia hasta el levante mediterráneo. Allí, Dios decide seguir midiendo la lealtad de los israelitas y ordena a Abraham matar a su hijo como prueba de fe. Con la determinación de los fanáticos, Abraham maniata a Issac, lo coloca en un ara de sacrificio y levanta la mano para decapitarlo justo en el momento en el que aparece un ángel para detenerlo. El viejo ha superado la prueba de fe. Ese lugar, el monte Moriá, es a día de hoy el Monte del Templo, el lugar más sagrado del judaísmo.

Uno podría pensar que las penurias de los judíos terminan aquí, pero los calvarios del pueblo elegido no han hecho más que comenzar. Una sequía los obligará a buscar refugio cerca del Delta del Nilo donde vivirán cuatrocientos años esclavizados por los faraones. Es aquí cuando llegamos a Moisés. Dios se le aparece junto a un arbusto y le ordena que libere y guíe a su pueblo hasta la Tierra Prometida. El padre de Momo hace referencia a la película de Charlton Heston y a las diez plagas mortales que demostraban que Dios siempre actuaría en beneficio del pueblo judío. Como vemos en la película, llegar hasta la Tierra Prometida no es fácil, y Charlton Heston tiene que hacer de milagrero durante cuarenta años para evitar que su pueblo pierda la fe.

Una vez termina con la historia del judaísmo evangélico, Mahmud pasa a exponer la importancia de Palestina para los cristianos. Palestina es el lugar santo donde nace Jesús, donde lo bautizan y donde lega sus enseñanzas. En el Monte Calvario de Jerusalén es donde lo ejecutan y donde sube a los cielos convirtiendo así a la ciudad en la capital del cristianismo.

¿Y los musulmanes?, ¿no es La Meca, en Arabia Saudí, su lugar más sagrado? Según el Corán, el profeta Mahoma viaja en una noche desde La Meca hasta Jerusalén. Allí sube a los cielos para encontrarse con Dios y a lomos de su caballo Buraq recorre el universo, conoce a todos los profetas de la Biblia y regresa a La Meca. Este viaje por el cosmos convierte a la Cúpula de la Roca –a pocos metros del Monte del Templo y del Monte Calvario–, en sacrosanto para todo el islam.

Tres lugares sagrados, tres religiones y un mismo país.

Tal vez consciente de que nunca llegaríamos a la historia de su padre, Mahmud acelera aquí su relato. Si la historia de los santos lugares le ha llevado la mitad del partido, en el descanso se ventilará la dominación de Palestina bajo el Imperio Romano. Poco más le durarán los macedonios, filisteos, asirios, babilonios, bizantinos, las cruzadas y el Imperio Otomano –que su propio abuelo ya conoció y padeció–, y al poco de empezar la segunda parte del partido ya empezará a hablarme del final de la Primera Guerra Mundial y del comienzo del Mandato Británico de Palestina. Es aquí cuando, finalmente, aparece el abuelo de Momo como salido de otra parábola bíblica o de una sura del Corán.

Desde la caída del Imperio Otomano al final de la Primera Guerra Mundial y el comienzo de los treinta años de Mandato Británico, en Palestina habían convivido familias y tribus árabes con comunidades judías llegadas antes de la diáspora provocada por el auge del nacismo en Europa. En un principio los británicos animaron a estos judíos preholocausto a establecerse en las ciudades, a crear vecindarios, escuelas y negocios bajo las recelosas miradas de los árabes. Eso llevó a la formación de guetos, colonias, compras de tierra y a una enmarañada e interminable suerte de rencillas y desconfianzas. Durante veintisiete años, la violencia y las enemistades no dejaron de aumentar entre las dos comunidades. Como en tantos otros territorios de su imperio colonial, la solución inglesa de gobernar sin mancharse con los problemas locales no funcionaba.

En las zonas rurales la integración avanzaba con menos discordias. El campo hermana y anima a crear lazos de subsistencia y camaradería. La suspicacia y las malas formas derivaron en alianzas tribales y de concordia por el bien común. En pocos años, los judíos desecaron ciénagas e hicieron fértil el desierto donde construyeron granjas privadas. Más inclinados siempre a los beneficios del comercio y el trueque que al desagradecido laboreo de la tierra, pronto empezaron a comprar aceitunas, cítricos y almendras a la población árabe. A la aldea del abuelo de Momo, por ejemplo, llegaban judíos de todo el valle por la célebre calidad de su aceite, única para fabricar jabón. Prueba de estas buenas relaciones comerciales es que el bisabuelo de Momo tenía amigos judíos, jugaba a las cartas con judíos y tomaba el té de la tarde con judíos, y nada, ni en el relato de Mahmud ni en lo que he podido leer sobre la Palestina rural de entreguerras, me hace presumir que haya en esto exageración o ánimo fabulador.

El abuelo de Momo se llamaba Hamis. Debió de nacer en el año 1932 o 33, pues tenía unos quince años cuando se marchó de la aldea seguro de regresar a los tres días. Hamis pertenecía a una familia de agricultores. Una larga estirpe de hortelanos y campesinos que se pierde en los recuerdos más antiguos de la familia. Cultivaban trigo, granadas, higos, albaricoques, toronjas, aceitunas. La tierra en el valle era fértil, agradecida, y el agua brotaba del suelo como por encantamiento.

Hamis vivía en una casa blanca de dos plantas alicatada en su interior con azulejos y baldosas esmaltadas de cenefas y arabescos azules. Una gran casa blanca embellecida de manera constante en cada nueva descripción. Los techos eran altos, las paredes sólidas, los portalones de gruesa madera labrada. Las ventanas formaban grandes arcadas con hermosos vitrales por las que entraba la primera luz de la mañana. En la azotea crecían vides retorcidas por los años y frente a la entrada principal, en un pequeño jardín, varias higueras rodeaban el orgullo de la familia: un frondoso naranjo traído por un antepasado desde los naranjales de Jaffa. A su sombra se tumbaba Hamis cada tarde para tomar el sésamo con ajo y limón que preparaba su madre.

Allí, en ese valle junto al Mediterráneo, está la casa a la que hay que volver, la Ítaca ocupada, destruida, abandonada. Esa casa blanca que mira a los viñedos del sur es toda la patria que tiene Momo. Cada vez que su abuelo le hablaba de ella, cebaba los superlativos y abrillantaba los colores. La casa era más amplia, más rica en detalles, más luminosa, más blanca; las uvas más carnosas, los albaricoques más tiernos, los dátiles más dulces y solo con pinchar las naranjas su zumo se derramaba por las manos. Lo perdido tenía que estar a la altura del destierro, del tiempo vivido fuera de Palestina. La herida tenía que escocer, abrirse, volver a doler con la acumulación de ayeres y de nostalgias. Solo así podía mantenerse sin cicatrizar, solo así la culpa y el martirio podían seguir haciendo su trabajo.

Acuérdate, Momo, acuérdate, le decía su abuelo, pues algún día tú también tendrás que contar a tus nietos la historia de nuestra aldea. Cuéntales dónde estaba la prensa de aceite, la mezquita, el palomar, diles que solo sabrán que han llegado a casa cuando al atardecer el cielo se vuelva rojo como las crines de los zorros. Que suban entonces a la azotea, díselo, Momo, que suban cuando el sol ilumina los jaramagos, las chumberas, las fuentes y los frutales, cuando los dátiles explotan en aromas y las palmeras arden lentamente. Entonces sabrán que han vuelto a casa. Y tu abuelo podrá descansar.

***

A fuerza de escuchar a sus padres, Mahmud también ha idealizado la patria que nunca conoció. Según habla de Palestina en su idioma seco y preciso, lo imagino de vuelta sobre una piedra alta, contemplando roquedos, encinares y robles. Lo imagino ahí, suspirando, con el *por fin* a punto de saltarle las lágrimas al ver la gran casa blanca que solo ha conocido en las historias de su padre.

Tanto da; allí solo quedan túmulos de piedra y lienzos hundidos. Los judíos derribaron la aldea con dinamita y reforestaron el terreno. Mahmud no recuerda ni siquiera el nombre del pueblo –detalle que me cuesta creer pues según he leído todas las familias palestinas conocen el lugar en el que está la casa de sus antepasados–, solo que estaba entre el mar de Galilea y la costa mediterránea porque su padre muchas veces le contaba que de niño iba con sus primos hasta la playa para tirarse al agua desde una vieja grúa de la Primera Guerra Mundial. Mahmud intenta varios nombres, como si estuviese aprendiendo un nuevo idioma. Nombres llenos de ges, de eses y de efes. Pero siempre termina por negar y sonreír ante lo enigmático de su propio olvido.

Está en un hermoso valle, dice finalmente como prueba definitiva de su verdad.

***

En ese pueblo lleno de ges y de efes creció Hamis, ensimismado, serio, meditabundo y con cierta propensión a la candidez. Nunca se le conoció más afición que los trastos con ruedas y el ruido de los motores. Puede que por eso le gustara tanto ir a la ciudad. O puede que solo quisiera alejarse del trabajo que desloma y no deja tiempo para pensar en tonterías, con esas despiadadas e interminables jornadas recogiendo olivas o ayudando a acémilas enyugadas a arrastrar cuchillas por el suelo pedregoso. Hamis quería otra vida. Hamis no quería zapatillas de esparto, sol ni manos encallecidas. Y es que Hamis sabía que el mundo y Palestina estaban cambiando; lo había visto en la ciudad.

Siempre que su padre o sus tíos se acercaban a los mercados de Haifa o de Acre para vender los excedentes de grano, frutas, olivas o leche de cabra, Hamis los acompañaba. Su padre aprovechaba aquellos viajes para extirparle algo de esa naturaleza extasiada tan dañina para el trabajo de jornalero. La pedagogía del padre se basaba en el esfuerzo y el autocastigo como única vía para ganarse esa sustancia tan viscosa que es el respeto ajeno. En el trayecto a la costa, Hamis escuchaba el duro peregrinaje de su padre a La Meca. Una crónica ciertamente inverosímil –un viaje de tres meses no admitía tantos padecimientos–: barcos de vapor, días perdido en el desierto, ferrocarriles, noches al raso, camellos, bandidos. Hamis no entendía la necesidad de buscar el sufrimiento para alcanzar la sublimación del buen musulmán, y nada más llegar al mercado aprovechaba el revuelo de ires y venires, de lamentos y mugidos, para escarpar de los aterradores relatos de su padre. Se perdía en el bullicio del puerto donde los pescadores tejían redes al caer la tarde o caminaba sin rumbo por las grandes avenidas asfaltadas donde podían verse ciclomotores de la policía británica, Dodges, MGs y viejas camionetas Jeep Willys. Qué garbosos, qué modernos, qué pieles tan suavísimas las de aquellos británicos que abarrotaban los nuevos cafés franceses de grandes luminosos. Qué elegantísimos iban con sus vestidos y sus trajes de tres piezas con los que la población local también sustituiría las túnicas y los sombreros árabes. Por todo eso Hamis admiraba a los ingleses. Admiraba esa distinción de fumar cigarrillos en las terrazas de los cafés, sus bigotes engomados, su forma de reír con todo el cuerpo y las buenas maneras con las que las damas del imperio ridiculizaban el folclore y exotismo local. Con ellos estaban llegando el progreso y la belleza. Pero sobre todo con ellos llegaba la velocidad y las carrocerías brillantes.

Y es que Hamis quería ser mecánico en un tiempo en el que casi nadie tenía coche. La circunstancia de no ser el primogénito varón le daba ciertas libertades familiares en herencia y responsabilidad. A fuerza de insistir, consiguió que uno de sus primos lo colocara de aprendiz en un taller donde a cambio de barrer y desengrasar uniformes se le permitía poner la oreja para aprender el oficio. Con doce años Hamis dejó la escuela, dejó un futuro de madrugón, deslome y almuerzo a media mañana y pasó tres años reparando neumáticos y amortiguadores. En ese tiempo pudo ahorrar unas cuantas libras, se casó con su prima carnal e hizo planes para formar una familia.

¿Qué hubiera dicho aquel adolescente tan despreocupado por los muros de la patria de haber viajado setenta años en el tiempo?, ¿qué pensaría al ver a toda su genealogía en la gélida y remota Suecia? Pues pensaría que la vida es ridícula porque la historia de todos los países del mundo se ve ridícula a poco que alejemos el microscopio con el que nos miramos.

***

Ridículo también fue el anuncio de sus admirados británicos de marcharse de Palestina:

Un grupo de terroristas judíos, cansados de que el Gobierno de Londres apostara por una Palestina unitaria, rechazando así sus exigencias sionistas de una tierra propia, dinamitó en 1946 un hotel en Jerusalén matando a decenas de oficiales y a sus familias. Aquello, en lugar de enfurecer a los británicos, les hizo replantearse su función.

Después del atentado, el Reino Unido decidió que no iba a despeinarse ni a sudar una gota más por aquella tierra ingrata que para ellos tenía poco de santa y menos de prometida. Se reunieron, se rizaron sus engomados bigotitos, discutieron y tomaron té con las guerreras abrochadas hasta el último botón. Fue entonces cuando alguien escupió y dijo: Caballeros, qué hacemos tomando este té tan amarguísimo lejos de las verdes y delicadas praderas de York. Dijo: Hasta aquí hemos llegado. Dijo: No podemos seguir civilizando al mundo entero y que nos lo paguen así. Dijo: Estos desagradecidos no merecen más tiempo de mediaciones y contrariedades de nuestro noble imperio. Dijo: Ya lo hemos hecho en la India. Otros dijeron, bueno, pero es que en la India... Y el primero dijo, que no, que ya está bien de tanto polvo, de tanta mezcla de dioses, de tanto muecín y de tanto judío pedigüeño.

Puesta fecha al final de su protectorado, la Organización de las Naciones Unidas tomó el control de las decisiones y, entre las prisas por contentar a todos y la necesidad de sacudirse la culpa del reciente holocausto en Europa, tomaron el camino más insospechado. Su solución: en lugar de un país unitario crearon un estado binacional, árabe y judío. Esto significaba dar un lugar a todos los judíos que habían sobrevivido al nacismo y que ahora ningún país quería acoger.

No por conocida la historia deja de sorprender. Tanto judíos como palestinos esperaban una decisión de Naciones Unidas contraria a las aspiraciones sionistas, sin embargo, con las ideas apresuradas es menester hacer lo mismo que con las personas: cuanto más encantadoras parezcan al principio más cauteloso se debe ser. Una magistral labor diplomática de última hora, la incompetencia de los países árabes para ganarse apoyos y la mencionada carga de conciencia occidental, voltearon los pronósticos. En 1947 el censo judío representaba el seis por ciento de la población total de Palestina, pero ese 29 de noviembre la Asamblea General de las Naciones Unidas les entregó el cincuenta y cinco por ciento de la tierra.

Los británicos, libres ya de responsabilidades, podían marcharse tranquilos a su isla a beber té con leche y a jugar al golf sobre mullidas praderas color pistacho.

Enseguida los judíos salieron a la calle a celebrar su nueva patria, su tierra prometida desde los tiempos de Abraham, y el presidente israelí Ben Gurion, sionista voluntarioso e impaciente, puso fecha a la declaración del nuevo Estado de Israel.

Los árabes no quedaron igual de contentos con el reparto. Al creciente y radical nacionalismo se unió un sentimiento de burla y estafa. No solo no admitían que Naciones Unidas otorgara al pueblo judío gran parte de sus tierras, sino que proclamaban abiertamente que estas eran las más fértiles, las más verdes, las más ricas en agua y recursos naturales.

***

Interrumpo por primera vez a Mahmud para apuntar que en internet había visto grabaciones en las que se muestra a familias judías desde Nueva York a Moscú apiñadas junto a la radio contando uno a uno los votos de la resolución de Naciones Unidas. Después del anuncio, el documental enseñaba a la población judía abarrotando calles, balcones y azoteas de Tel Aviv y Jerusalén para bailar en corro la hora.

Claro que salieron a celebrarlo, me dice Mahmud, hay un pastel como este de la mesa que no es tuyo y de repente te dan la porción más grande. Le pregunto entonces que por qué los árabes se quedaron en casa. Me responde que se quedaron desconcertados, ¿qué ha pasado?, pregunta Mahmud encogido de hombros y mostrándome las palmas de sus manos, yo tenía un pastel y ahora no tengo nada.

***

Hamis vivió aquellos meses de inestabilidad política con una contagiosa y ceñuda preocupación. Sabía que las noticias de la BBC eran sesgadas y parciales como lo eran las que llegaban desde otros países de la Liga Árabe. La BBC pedía serenidad, las radios árabes venganza. A esto se unía un boca a boca confuso e hiperbólico: matanzas indiscriminadas, violaciones e historias de familias que en la huida no podían ni enterrar a sus muertos. Se hablaba de que varios grupos sionistas armados querían más trozos de ese pastel del que me habla Mahmud. Se hablaba de que Haifa y Jaffa, la mayor ciudad árabe de Palestina, habían caído. Se hablaba de que Acre caería pronto. Se hablaba de que más de doscientas aldeas habían sido asediadas, dinamitadas y demolidas por tropas judías. Los británicos, en una actitud silente y escurridiza, hacían las maletas a toda prisa al mismo tiempo que grupos paramilitares judíos aprovechaban el desconcierto y el miedo para ocupar cada vez más carreteras y pueblos estratégicos.

Y, sin embargo…

En la aldea de Hamis seguían engordando las naranjas, las cornejas alborotaban al amanecer y las chicharras atronaban con la misma fuerza de siempre. Nada parecía haber cambiado desde la Partición. Las nuevas costuras del valle no habían descosido las anteriores. Se diría que las noticias hablaban de otro país. Que los rumores eran de otras aldeas tan parecidas a la suya y tan distintas al mismo tiempo. ¿Dudaba Hamis? Es posible, pero en las partidas de *shesh besh*, al vapor del narguilé, de la menta y de la salvia del té, los amigos judíos de su padre decían que no había de qué preocuparse, que aquella era una zona mestiza y de paz.

Una tarde de mayo de 1948, Hamis regresaba en bicicleta a la aldea cuando escuchó un rumrum de camionetas. Hamis conocía esos motores. Escondido tras una roca se asomó al acantilado y allí abajo, en la playa, vio una fila de hombres con las manos cruzadas sobre la cabeza. Frente a ellos había unos cuantos milicianos con fusiles junto a un puñado de rifles viejos amontonados en la arena de la playa. De vez en cuando el primero de la fila se acercaba a los milicianos, conversaban durante unos segundos y se lo llevaban encañonado al interior del pueblo. Al poco regresaban con otro fusil que tiraban en la pila. Este proceso se repitió durante unos minutos hasta que un anciano se acercó al grupo de milicianos y lo que les dijo no debió de gustarles. Golpearon al viejo en las piernas y le descerrajaron un tiro en la cabeza. Hamis se tapó la cara para no ver al hombre caer sobre la arena de playa como una fruta madura.

Cuando llegó al pueblo los hombres estaban reunidos en la plaza. Cabizbajos e insomnes escuchaban a un judío que representaba a las colonias vecinas. Hamis lo conocía. Era un hombre de fiar, muy respetado por la comunidad árabe por sus aptitudes mediadoras. Poco después de la declaración de independencia del Estado de Israel, aquel hombre había conseguido que pueblos árabes y colonias judías del valle firmaran un pacto de no agresión. Hamis pudo escuchar cómo el judío advertía a la comitiva de estatuas que había noticias de que un convoy de la Haganá pensaba atacar el pueblo esa misma noche. Ofreció tres opciones: entregar las armas, irse o luchar. Como prueba de su buena disposición, el judío les informó incluso de la estrategia que seguirían los comandos paramilitares para hacerse con el pueblo. Las tropas de la Haganá rodearían la aldea por tres flancos dejando libre el lado norte para facilitarles la huida hacia las montañas del Líbano. No querían matanzas, querían un éxodo limpio y voluntario. Si aun así persistían en la idea de quedarse, los milicianos lanzarían granadas, dispararían con fusiles de asalto y entrarían en las casas con lanzallamas. Con suerte, dejarían escapar a las mujeres y a los niños menores de diez años. Todo hombre mayor de esa edad sería ejecutado si había dudas de conspiración contra el Estado judío.

Hamis iba a hablar para explicar lo que acababa de ver en los acantilados cuando el jeque de la aldea dijo: ¿Por qué hemos de irnos?, no hemos hecho nada malo. Cierto. Aquellas eran sus casas. Aquellos sus *dunums* de tierra desde los tiempos de los grandes sultanes. Razón no le faltaba al jeque. Y Hamis volvió a dudar.

Contabilizaron hombres en edad de disparar un fusil: pocos, muy pocos. Contabilizaron después fusiles: uno para cada dos hombres. Contabilizaron munición: dos disparos por arma. Se debatió y se decidió luchar. Las mujeres y los niños se refugiarían en los olivares del norte. Los hombres se quedarían y plantarían cara. El judío asintió y alabó el valor de los aldeanos. Con todo, les advirtió de que el enemigo venía con carros de combate y armas modernas, y exageró el número y la calidad de las tropas, bien curtidas y organizadas por hombres que sabían hacerse obedecer. Antes de irse les deseó suerte y prometió hacer lo que estuviera en su mano para evitar muertes innecesarias.

***

No fue una noche, fueron seis. Seis noches sin dormir, me dice Mahmud. Peor aún, sin poder fumar para no revelar sus posiciones al enemigo. Hamis les habló muchas veces a sus cuatro hijos de aquella azotea desde las que veía sombras que iban de aquí para allá como cucarachas. Apostado en lo alto de la casa con un fusil de llave española que no sabía ni cargar, veía las siluetas de los cactus burlándose de su espanto. Se le llenó la fantasía de presencias y sonidos, y el peso de aquella arma vieja, su gélido metal, se le quedó para siempre en el recuerdo y le regresaba cada vez que un lugar se quedaba en silencio.

***

Podría ser cómico si no fuera tan dramático. Según escucho el relato de Mahmud, imagino al joven Hamis con la tembladera y el canguelo de cualquier muchacho de quince años que estuviera en sus alpargatas. Lo imagino con la mirada fija en el cielo, interpelando a todos sus dioses. Lo imagino prometiendo peregrinar a La Meca y ser el mejor de los musulmanes si lo sacaban vivo de allí. Nadie podría señalar su doble rasero, así somos todos en el momento más oscuro. La Haganá tenía tanques, tenía armas capaces de derribar una casa de un solo estornudo. Hamis las había visto y sabía que si las tropas judías encontraban el camino a la aldea aquello iba a tener más de ejecución que de batalla.

Siempre que mi padre hacía referencia a esta historia, dice Mahmud, terminaba con alguna broma, hacía el rifle con los brazos y aseguraba que si hubiera tenido que disparar aquel trasto otomano el cañón se habría abierto como un plátano y la munición le habría explotado en las narices.

A la mañana del sexto día llegó el ejército.

***

Llegamos por fin al punto del relato que yo buscaba y acerco la grabadora. Mahmud habla de memoria y sin detenerse por lo que Momo tiene que hacer esfuerzos para conseguir una traducción casi simultánea.

Momo me dice que su padre dice que su padre siempre le decía que en la cultura árabe si quieres asustar a alguien tienes que amenazar su honor. Momo me dice que su padre dice que su padre siempre le decía que para los árabes el honor está en sus mujeres, en sus madres, en sus hermanas y en sus hijas. Momo me dice que su padre dice que su padre siempre le decía que a los árabes solo les importa que no les violen el culo. Momo me dice que su padre le dice que su padre siempre le decía que mientras su honor esté en su culo antes que en su tierra nunca recuperarán Palestina.

Mahmud habla y Momo traduce:

Sé que hubo matanzas. Conozco bien la historia de mi pueblo. Sé que en otras partes del país los sionistas colocaron bombas, que hubo asesinatos por las carreteras, que usaban lanzallamas para expulsar a los palestinos de sus tierras. También sé que no hubo violaciones de mujeres y niñas como tanto se dijo en su momento. Cada uno tendrá su verdad y su historia. Yo solo te puedo contar la de mi padre. Mi padre siempre estaba enfadado y solo se le suavizaba el carácter cuando hablaba de sus años en su aldea palestina. Una de las cosas que más repetía era que los judíos del valle les decían que no se marcharan, que no iba a pasar nada, que ellos los protegerían. Esa es la verdad. Mi padre no vio ni a un solo soldado judío llegar a su pueblo. No escuchó ni un solo disparo. Se fueron de la aldea porque llegaba la guerra. Y nunca hubo guerra.

Mahmud habla y Momo traduce:

No culpo a los judíos. Ellos también sufrieron. Hacía solo tres años que habían cerrado Auschwitz. Los países árabes igualmente expulsaron a los judíos. También la Liga Árabe cometió atrocidades. Ningún bando supo encontrar una coexistencia pacífica. Todos tenemos razones para sentirnos maltratados. Y la prueba de que digo la verdad es que ni judíos ni árabes están de acuerdo con lo que digo.

Mahmud habla y Momo traduce:

El pueblo árabe nunca ha estado unido. Siempre vendemos la imagen de que sí lo estamos, pero no es cierto. También somos expertos en darle la vuelta a la historia para convencernos de que hemos derrotado a los israelíes. Llevo toda mi vida escuchando la propaganda del Gobierno iraní. Dicen que son capaces de entrar en Israel en siete minutos y que pueden acabar con todas las bases americanas del Golfo en treinta. ¿Y qué ha hecho Irán todos estos años?: luchar contra Irak, Yemen, Arabia Saudí..., con todos los árabes menos con Israel.

Mahmud habla y Momo traduce:

Mi generación, la primera que nació en Siria y nunca ha pisado Palestina, siempre ha culpado a nuestros padres por marcharse sin luchar; es tu país, tu tierra, nadie abandona su tierra sin luchar. La regalaron.

Mahmud habla y Momo traduce:

Nunca vamos a regresar. Somos los únicos refugiados del mundo que heredan de padres a hijos su estatus de refugiado. Somos refugiados, aunque obtengamos otra ciudadanía. Ahora soy sueco, mira mi pasaporte, pero sigo siendo un refugiado. Con eso nos engañan. Nos reconocen el Derecho al Retorno, pero todos saben que nunca vamos a regresar. Resolución 194, mi padre se la sabía de memoria. De Palestina se fueron más de medio millón de personas en el 48, ahora somos cinco millones. ¿Dónde iban a meternos? Israel tiene cinco millones de judíos. La guerra otra vez. Pero eso no es lo que quieres escuchar.

Y Momo me dice que su padre dice que su padre siempre le decía que no se llevó los zapatos nuevos de la boda porque no quería que se le estropearan.

¿Para qué?, después de todo iban a volver a casa en solo tres días.

Más que un ejército era una veintena de hombres fuliginosos y desollados por los vientos del mar de Galilea. Venían apiñados en la trasera de una camioneta y sonreían, envueltos en turbantes y kufiyyas para protegerse de la polvareda, bien armados con fusiles checoslovacos ZB y con cananas de munición cruzadas en el pecho.

Dijeron ser soldados del Ejército Árabe de Salvación. Venían a recuperar la totalidad de Palestina y a fundar un estado árabe libre y soberano. Tropas de Egipto, el Líbano, Siria, Irak y Transjordania invadían el país en ese momento por todos los flancos. Habían llegado para recuperar lo que Naciones Unidas les había quitado en la Partición y era cuestión de días que terminaran con cualquier resistencia sionista. ¿Cuántos días? Tres días, lo mejor es que abandonen la aldea, aquí serían solo un estorbo y estarían expuestos a los peligros de la primera línea del frente.

Aquellos hombres venían del Norte, del Líbano y de Siria, y sin embargo conocían historias del sur. ¿Cómo era posible?

Hamis, amedrentado por sus barbas de profeta, apartó al único imberbe del escuadrón. Después de un diálogo burdo y contradictorio, el chiquillo reconoció que desde que salió de su casa no había visto a ningún judío armado; que él no era más que un campesino, una roca que se había despertado convertida en estatua: solo cumplía órdenes. Los demás soldados, por el contrario, confirmaron masacres en aldeas de Nazaret, incendios y saqueos en carreteras de Jerusalén y barcos llenos de árabes echándose al mar para huir de las matanzas de la Haganá, el Palmaj y el Irgún. No solo proclamaban orgullosos la unión definitiva de todos los países árabes en la lucha contra el enemigo común, sino que añadían al potaje de arengas una victoria inaplazable y purificadora: Egipto tenía tanques y aviones con los que bombardeaba Tel Aviv, una legión jordana mantenía a Jerusalén bajo asedio, y los ejércitos de Siria e Irak pronto cruzarían el río Jordán para conquistar los Altos del Golán y toda Galilea.

Aquellas consignas tenían una marcada índole romántica y panfletaria que provocaba entre los vecinos de Hamis más recelos que entusiasmos. Las cifras aportadas por los soldados resultaban disparatadas y la crueldad descrita no encontraba correspondencia en su vida de azada y siembra. Cierto es que ya nadie negaba la guerra, cierto también que los argumentos parecían sensatos y persuasivos, pero en la aldea de Hamis nadie quería moverse; después de esperar un asedio durante seis días confiaban de nuevo en la mediación de sus vecinos judíos. Tras repasar el nuevo escenario, la decisión fue unánime: se quedarían en la aldea hasta recuperar el beneficio sanador de la rutina.

No mentimos, explicaban los hombres mostrando sus fusiles como prueba de su verdad, hemos venido a combatir. Y para demostrar lo necesario de su presencia contaron una historia reconocible por todos:

Cerca de Jerusalén había un pueblo de cuatrocientos árabes desarmados que convivían con un buen puñado de familias judías. Una mañana llegaron los milicianos del Irgún. Entraron en el pueblo con sus camionetas británicas y emplazaron con megáfonos a los habitantes árabes para que desalojaran sus casas. Pasados quince minutos, el plazo dado para cumplir las órdenes, algunos militantes de partidos políticos se entregaron, fueron hechos prisioneros y más tarde se los utilizó como escudo en la línea de vanguardia. Antes de que anocheciera, todos los varones mayores de diez años que seguían sin rendirse fueron apresados y recibieron un tiro en la garganta.

Mahmud recuerda que su padre no guardaba rencor a aquellos soldados del Ejército Árabe de Salvación. Sin duda eran honestos y en su honestidad creían ser dueños de un relato verídico. Venían de países que también habían sido colonizados por británicos y franceses. Conocían las cadenas que había que romper. Recrearon una sucesión de buenas intenciones y reforzaron su determinación ideológica para dejarse la vida por la causa palestina. Pero ni siquiera apelando al orgullo lograron convencer a los vecinos de Hamis. ¿Y si solo buscaban una expulsión sencilla de la población palestina? ¿Y si todo era un plan para evitar la guerra y que los judíos se quedasen con sus *dunums*, sus cabezas de ganado y sus corrales? Habían oído de paramilitares hebreos que se disfrazaban de árabes para saquear casas y pueblos fronterizos. En la aldea sabían que ahora estaban en un territorio difuso, trasunto entre campos israelíes y palestinos según el absurdo rompecabezas montado por Naciones Unidas. También conocían la nueva ley del autoproclamado Estado de Israel por la que se les desposeería de sus tierras si las abandonaban y eran ocupadas por judíos de las colonias vecinas. Además, dijo por fin el jeque de la aldea, si antes estábamos dispuestos a luchar solos por qué íbamos a irnos ahora que tenemos a un puñado de hombres bien armados de nuestro lado.

El jefe del batallón árabe no podía creerse lo que oía. Las explicaciones de los aldeanos eran de una necedad inesperada. No había épica ni llamamiento a la resistencia, solo encogimiento de hombros y miradas azoradas al suelo. No nos vamos; no hay motivo; tres días es demasiado tiempo; no queremos dormir al raso. El jefe del batallón perdió la paciencia y abandonó cualquier posibilidad de llegar a un acuerdo razonado con aquella caterva de pueblerinos. En un impulso desesperado, subió al minarete de la mezquita y disparó al aire una descarga de balas. Con la atención recuperada, ordenó una vez más a la población que saliera de sus casas por un periodo que en ningún caso sería superior a tres días. Vienen a violar a vuestras hijas y a degollar a las mujeres, gritó.

Ante el nuevo envite de amenazas, los líderes volvieron a reunirse, rehicieron el escenario, imaginaron un simulacro ajustado a sus miedos y se tomó la decisión.

***

Hay centenares de testimonios con el mismo relato. Se diría que todo un país se hubiera puesto de acuerdo para hacer una declaración sin fisuras frente a un juez sordo. Solo varía el tiempo de evacuación. Algunos refugiados hablan de doce horas, de seis días, de una o de dos semanas. En las historias de Hamis siempre eran tres días. Así que tres días repetirán Momo y su padre porque tres días repitió el abuelo miles de veces. Nadie creía que se prolongara más tiempo. Nadie creía que se pudiera vaciar a un pueblo para meter a otro como quien cambia el líquido de una botella. Así que los aldeanos confiaron en el ejército árabe, abandonaron la aldea con lo necesario para sobrevivir unos días a la intemperie y fueron a refugiarse a la sombra de los olivares.

***

Setenta años antes de que Salah se convirtiera en el primer jugador árabe en conseguir la bota de oro de la liga inglesa de fútbol, el abuelo de Momo dejó su casa y su aldea del norte de Galilea junto a su mujer, sus padres, tíos, primos, hermanos y una mula cojitranca que no llegaría a soportar los rigores del trayecto.

Mi padre nunca olvidó el modo en que murió aquella mula, dice Mahmud con una pena inesperada, como si en verdad conociera al animal, se tumbó y comenzó a jadear en busca de aire como si se estuviera ahogando bajo el agua. Antes de irse, continúa Mahmud, un tío de mi padre, golpeado por un presentimiento del que nunca dio explicación, convenció a la familia para llevarse las escrituras y las llaves de casa y para enterrar todo el dinero que tenían junto a una higuera a las afueras del pueblo.

Al llegar a este punto de la historia Mahmud comienza a reír y dice que cada vez que su padre hablaba de aquello trasformaba la historia y la enriquecía en detalles. Incluso aumentaba la cantidad de dinero enterrada. Antes de morir en Siria de una embolia, Hamis tuvo un ramalazo de lucidez y recordó el lugar en el que estaba escondida aquella fortuna de joyas y libras palestinas. Mahmud dice algo más mirando a su hijo. Momo duda y tarda mucho en traducir. Pregunto qué es lo que ha dicho. Momo sigue callado, golpeado por un mazo invisible. En mi ánimo fabulador pienso que el mensaje de

Mahmud a su hijo bien pudiera ser el lugar donde está enterrado el tesoro familiar. Eso explicaría el silencio, eso explicaría el tiempo que Momo se toma para inventar algo. Momo mira al suelo y traduce a su padre: Tus hijos también te reprocharán haber abandonado Siria, de la misma manera que yo reproché a mi padre abandonar Palestina sin luchar.

***

Fue al salir del pueblo y tomar la carretera que llevaba hacia el Norte cuando Hamis vio por primera vez a la multitud. Cientos de personas arrastraban carros, mulas, maletas, banderas blancas, bolsas de esparto, colchones de lana. Entre las ruinas de algunos pueblos había tiendas construidas con sacos vacíos de azúcar y harina. Familias enteras acampaban junto a los olivos más frondosos y en las cuevas más resguardadas. Hamis recordaba a una mujer que lloraba acunando a una almohada y a otra que amamantaba a lo que parecía un niño muerto. Recordaba que había gente tumbada en zanjas y regueros, dormidos, o tal vez no. Viejas con la ropa hecha jirones y los brazos en cruz. Y niños. Hamis sobre todo recordaba ver niños. Niños descalzos y con los ojos de cera que llevaban días caminando solos.

Ahora las historias sí eran reales.

Cuando pasaron los tres días pactados con el Ejército Árabe de Salvación, hubo quienes, ciegos a las evidencias, trataron de regresar. Se encontraron un pueblo cercado con alambradas de espino. Prohibida la entrada, les decían. Zona de entrenamiento militar, les decían. Una prima de mi padre, dice Mahmud, aseguró toda su vida que había visto a algunos de aquellos hombres que llegaron en camioneta caer de rodillas y echarse tierra en la cara en señal de duelo, testimonio de su vergüenza y su traición.

Hamis nunca había visto a tantas personas en los caminos. Ni siquiera pensaba que hubiera tanta gente en Palestina. Desde las colinas los megáfonos de los camiones les decían en árabe y en hebreo que se fueran al norte, que allí no había sitio para los árabes. A veces, se oían ecos de disparos aquí y allá. Las noticias de ciudades y asentamientos que caían en manos de los grupos armados judíos se sucedían. El Ejército Árabe de Salvación perdía terreno, retrocedía sin pegar un tiro a la espera de un armisticio que no llegaba. Mientras, las órdenes de evacuación empujaban a la población cada vez más lejos de sus casas. Un hormiguero de gente se desplazaba con colchones sobre sus cabezas. Decenas de mujeres cargaban con sus hijos a la espalda mientras los más ancianos pedían ayuda. Nadie sabía lo que iba a pasar.

Y lo que pasó fue que llegó el hambre.

***

Testimonios de la Nakba hay muchos, tantos como supervivientes, pero casi ninguno de los protagonistas habla de los días posteriores a su expulsión. Generalizan. Alejan la lente y sacan fotografías de campo. Hablan de lo que vieron, no de lo que hicieron. Abundan las novelas de escritores americanos y británicos de ascendencia palestina que regresan a la tierra de sus abuelos en busca de sus raíces. Utilizan tanto el ensayo como la ficción para analizar el conflicto –bien con neutralidad, bien con marcado posicionamiento ideológico– desde la formación de Israel hasta nuestros días. Pocos hablan de ese viaje. Todos dicen, nos fuimos del pueblo. Todos dicen, llegaron y nos expulsaron, o llegaron y mataron a los hombres. Luego dicen, entonces huimos al campo, o al Líbano o a Siria o a Gaza. Dicen, a veces las balas caían sobre nosotros como la lluvia y corríamos, corríamos sin saber adónde. Pero nadie alude a los pormenores del viaje, a los días sucios, a las noches de insomnio, húmedas y aterradoras.

Quizá la novela más cabal y sugestiva que ha llegado a Occidente sobre el destierro y la limpieza étnica en Palestina sea *La cueva del sol* del escritor libanés Elias Khoury. Su relato está basado en declaraciones recogidas en campos de refugiados palestinos de Beirut. El autor asegura que no hay metáfora, que todo lo narrado es veraz, y uno al leerlo comprende que por muy reales que sean, hay ciertas historias que se escriben mejor desde y con los mecanismos de la ficción. Acierta Elias Khoury al abordar su escritura desde la supuesta invención, de ahí que consiga una narrativa de la memoria tan auténtica. Hasta que las nuevas generaciones de escritores palestinos desentierren más testimonios, *La cueva del sol* es tal vez la gran novela sobre la Catástrofe. Su fuerza está en que huye, como huye el padre de Momo, de la propaganda (aspecto en el que, a mi entender, fracasa la adaptación cinematográfica, cegada en mostrar a los judíos como demonios por esa cosa de que no hay mejor torturador que aquel que ha sido torturado). Hermosa y total, *La cueva del sol* es un lúcido intento de encerrar todo el sufrimiento palestino en una historia de amor entre refugiados y combatientes que viven a ambos lados de la frontera del Líbano con Israel. Su tono es conmovedor e intimista, pero es precisamente este lirismo lo que provoca una omisión del hambre en su forma más explícita. Hay dolor, hay lucha, muerte y humillación, pero no hay hambre.

Para muchos el gran trabajo literario sobre la Nakba no es, sin embargo, una novela, sino el conjunto de la obra poética del escritor palestino Mahmud Darwish. El autor nació en 1942 cerca de Jerusalén y fue uno más de los setecientos cincuenta mil árabes expulsados durante aquellos meses de 1948. Su autobiografía poetizada *En presencia de la ausencia* es la historia de la pérdida del Edén; ese Edén al que todo palestino espera regresar y donde lo perdido deja un vacío irreparable: la memoria es siempre más poderosa que cualquier realidad. Darwish escribe desde esa memoria, la memoria limpia de su infancia. Lo hace hacia atrás pero también hacia delante («Pobre es la memoria que solo funciona hacia atrás», decía la Reina Blanca de *Alicia en el País de las Maravillas*), y en su prosa homérica las sensaciones son, como en la vida, más poderosas que los hechos. Darwish es el gran poeta de la Nakba, la voz de esa Palestina desahuciada y trágica. Toda su obra poética es un lúcido ejercicio de supervivencia. Te somete, te llena de ira, de humillación y gozo, y, sin embargo, la palabra hambre no aparece sino como alegoría.

Este hambre tan generalista y aséptica, tan nombrada y al mismo tiempo tan ausente en detalles, es lo que me lleva a temer por su carácter deshumanizador. Lo terrible al ser contado muda en inverosímil –recuérdese que tras el holocausto muchos dudaban de los testimonios de los supervivientes de los campos de exterminio–. La única forma de acercar al otro a ese terrible es nombrarlo, pero no contarlo, evitar referencias y detalles para dejar que la elipsis se colmate con las tinieblas y los miedos de cada uno.

Conscientes o no, esto han hecho los palestinos con su hambre. Con su silencio han escarbado un cráter tan inmenso, sombrío y resbaladizo que da miedo acercarse a sus orillas, pero que irremediablemente ha trazado su carácter reservado y paranoico.

Prueba de esa aridez defensiva es que Hamis tampoco habló a sus hijos del hambre. Nunca dio referencias ni contextos. Salió de su casa y llegó al Líbano por arte de encantamiento. Así, Mahmud solo pudo descubrir los detalles de aquel éxodo en los gestos y reniegos de su padre, casi a pesar suyo.

En un libro aburridísimo, mal escrito y peor editado sobre las consecuencias socioculturales de la Nakba –esa edición, pensé, es el espejo de lo poco que le importa a Occidente el drama de los refugiados–, leí que una madre a la que se le habían secado los pechos le quitó el heno a su burra, lo mezcló con agua, aceite y cebolla cruda y alimentó con eso a sus hijos durante días. Otro hombre cuenta que dejó que su mujer se sentara a descansar en una piedra cerca del mar Muerto mientras él iba a por agua y cuando regresó la mujer había muerto de sed. Para no romper el hilo narrativo y evitar este cráter en la historia, he pensado en utilizar estas mismas anécdotas para ilustrar el hambre de la familia de Hamis. Luego he pensado que si el abuelo de Momo y toda una generación de palestinos no ha querido detallar su hambre sería de un cinismo retorcido que fuese yo quien lo hiciera. En otras palabras, sería deshonesto que tomase otras guerras, otros grilletes y otras miserias para inventar su hambre. Y pensando en esto he recordado la célebre réplica del jornalero de la obra *España* de Salvador de Madariaga, cuando rechaza el dinero de un cacique para comprar su voto: «En mi hambre mando yo». Y eso me ha llevado a la reflexión de que ningún palestino habría querido que un europeo escribiese sobre su hambre por muy profundas y sesudas que fueran las razones que pudiera idear para convencerlos.

Momo solo recuerda un suceso a este respecto y será el que yo cuente. Una noche en la que no quería cenar un plato de coles y pan de lentejas su abuelo le quitó el plato y se lo comió entero en silencio. Aquella noche Momo se fue a la cama con el estómago vacío. Tu abuelo solo quiere que aprendas que el hambre te vuelve egoísta y miserable, le dijo más tarde su abuela Nadia para aumentar el misterio.

***

A propósito de aquel viaje de Hamis y su familia hasta las montañas del Líbano, Mahmud sabe poco, o quizá esté ya cansado de resumir la historia de su padre desde los orígenes precristianos. Fue en junio del 48 cuando el abuelo de Momo cruzó la frontera de Palestina con el Líbano por la alta Galilea. Eso es todo lo que sabemos. Y decimos frontera por darle nombre pues a buen seguro que no era una línea ni un río ni un lugar concreto, sino más bien una idea reversible y olvidadiza como históricamente han sido todas las fronteras. Les prometieron, como se ha dicho, que regresarían, que era temporal, pero lo temporal tornó en permanente y pronto solo quedaron palabras y recuerdos idealizados. Pero esa es otra historia y esta solo un pedazo de esa.

Lo que podemos decir sin arriesgar demasiado es que desde lo alto de las montañas de Nahal Betzet, Hamis vio Palestina por última vez y fue golpeado por el mismo augurio que golpeó a Momo al salir de Damasco más de seis décadas después. Hamis vio un país, un enfermo sin diagnóstico, un cadáver ya. Miró hacia el valle y quizá fue entonces cuando los presentimientos trocaron en certezas: supo que Palestina dejaría un vacío irreparable en su recuerdo, que desde entonces y para siempre su vida quedaba partida en dos. Supo que nunca volvería. Y supo, al mismo tiempo, que pasaría el resto de su vida pensando en regresar.

A pocos kilómetros, Líbano adentro, los convoyes de la Cruz Roja recogían a los desplazados para distribuirlos por los diferentes campos de refugiados que se habían levantado en los últimos meses. Unos a Tir, otros a Sidón, Beirut o Trípoli. El campo al que llevaron a la familia de Hamis era un mar de tiendas de lona terminadas en punta. Una planicie infinita, tristemente repetitiva, que crecía cada noche sin orden como una proliferación metastásica. Cuando llovía, el barro les llegaba a los tobillos. Cuando soplaba el viento, Hamis pasaba la noche agarrado a los listones de la tienda para evitar que se volara.

En agosto comenzó a llegar la ayuda humanitaria y con ella las colas para conseguir agua, harina, azúcar y leche. En esas colas algunos hombres trataban de reclutar voluntarios para volver a Galilea a luchar. Hamis y sus hermanos, cansados de tanta espera y de tanta miseria, quisieron unirse a la resistencia. Al oír el nombre del pueblo del que venían, varios acusaron a Hamis de traidor, de haber vendido sus tierras a los judíos y de tener tratos de amistad con los ingleses. Pero Hamis había decidido luchar. Sus hermanos querían luchar. Todos querían luchar. Ningún palestino dirá lo contrario. No había, sin embargo, nadie que los liderara, y setenta años después Mahmud me dice que todavía siguen esperando a ese líder.

Hamis no necesitaba escuchar las noticias para saber que la guerra se estaba perdiendo. Las tropas judías tenían experiencia militar por haber luchado junto a los británicos en la Segunda Guerra Mundial. Por el contrario, la mayor parte de los combatientes árabes carecía de una mínima instrucción o entrenamiento. El ejército judío era más pequeño en número que la coalición árabe, pero tenía armas, estrategia y un único fin político y militar. Un mandato casi divino. Opuestamente, cada país de la Liga Árabe luchaba por sus propias ambiciones geopolíticas. Miraban por una futura anexión de territorios más que por la suerte que corría la población local y, al mismo tiempo, recelaban de las intenciones de los demás en el reparto del pastel. No había disciplina, ni mando, ni organización, ni siquiera un mínimo apoyo occidental.

***

¿Por qué se fueron entonces del Líbano a Siria?, ¿por qué abandonar una segunda vez la lucha? Primero porque los padres de Hamis murieron de pena en aquel campo de refugiados de Beirut. Y segundo porque ese fue el momento en el que Nadia, la abuela de Momo, decidió desvelar que no había enterrado las joyas que le habían regalado el día de su boda con Hamis. Con aquello podrían alquilar una casa en Damasco, tener hijos, comenzar tal vez una nueva vida.

Pero todo eso es mentira. Hasta aquí me llega el valor para fabular. Seguir inventando detalles sería un error y una falta de respeto. Mahmud nunca me contará esa historia y es mejor que regrese a la realidad. Y la realidad es que Mahmud no sabe por qué su familia decidió dejar el campo de refugiados del Líbano. Ni siquiera sabe de dónde sacaron sus padres y sus abuelos el dinero para los billetes de autobús a Damasco y la casa que alquilaron en el barrio de Al-Shagour. Sencillamente se fueron. La historia de las joyas también es pura invención por el mero empeño de presentar aquí a la abuela de Momo. Y es que días después, tras conocer varias anécdotas admirables sobre Nadia, me enfadaré con Momo por haberla obviado y pensaré que de alguna manera hay que dar un lugar a esa mujer indómita y legendaria en la historia. Ella sí que era una heroína y no el melindroso y quejica de Hamis. Nadia sostuvo la colmena de hormigón y sacó adelante a cuatro hijos mientras su marido jugaba a los soldaditos y a las patrias en los Cárpatos. Nadia timoneó el barco en medio de la tormenta y lo llevó a puerto. Consiguió no solo darles educación a sus hijos, sino también el don de predecir las catástrofes y el valor de actuar en consecuencia. Dos de ellos viven en Dinamarca, otro en Rusia, y Mahmud, como sabemos, en Suecia. Mi abuela era una roca, repite Momo cada vez que la nombra. Por todo esto y más, la historia reclamada a Mahmud tendría que haber sido la de Nadia, no la de Hamis.

Los padres de Hamis tampoco murieron en el campo de refugiados del Líbano sino al poco de llegar al barrio de Al-Shagour, en el sur de Damasco. Murieron, eso sí, de pena, que según Mahmud es la causa de muerte más común y natural entre todos los palestinos. La nostalgia (*nostos*: regreso al hogar; *álgos*: dolor) es hereditaria y mortal para ellos y en ningún caso representa, como pudiera parecer, una licencia poética. Pronto me entero de que el resto de los bisabuelos de Momo murieron de la misma patología. Y este y el otro y la tía y el vecino y, en poco rato, Mahmud y Lina –que recuerda más muertos de pena que nadie– nombran a decenas de familias que murieron en Beirut y Damasco de esta singular variación del síndrome de Ulises.

No sé si los palestinos tienen una tendencia genética a morir de dolor por el hogar, pero investigando un poco he descubierto que, más allá de ser un recurso en las canciones para adolescentes melancólicos, sí que es posible morir de pena. Se conoce como el síndrome del corazón roto o enfermedad de Takotsubo, nombre este último mucho más exótico y apetecible puestos a elegir un modo de estirar la pata. Para morir de pena el ventrículo izquierdo tiene que deformarse hasta adoptar la forma de una trampa utilizada en Japón para capturar pulpos, un *tako-tsubo*. Los síntomas son difusos y susceptibles de llevar a confusión: tristeza, dolor de cabeza y pecho, insomnio y cansancio extremo. Seguro que existe una explicación científica para los procesos bioquímicos posteriores, pero según he leído sigue sin estar claro, como tampoco está claro por qué nueve de cada diez personas que mueren de pena son mujeres.

Según los padres de Momo nombran a familiares y amigos que cayeron en esa trampa para pulpos, poco a poco me devuelven a una placentera invisibilidad. Hablan con un entusiasmo creciente, con esa entonación maravillosa que tiene el acento palestino con el que parece que siempre estén recitando suras. Momo deja de traducir, sus padres dejan de verme y, mientras pienso que esta extravagante charla familiar es lo más agradable que me ha traído la idea de escribir sobre Momo, me recuesto e imagino una especie de Macondo palestino encamado. Imagino ancianos secretando de manera masiva hormonas de tristeza en el torrente sanguíneo, oleadas de hipotensión, caídas en cadena de los ritmos respiratorios, párpados pesados, ligereza en el habla. La muerte, en lugar de guadaña, acecha a la aldea con una gigantesca trampa para pulpos, y los palestinos, poco a poco, se van dejando ir por la pena, al otro lado. Muerte adentro, que decía Eduardo Galeano.

Creo que nunca sabremos los motivos finales por los que la familia de Hamis decidió ir a Siria. Mahmud no lo menciona y aunque le pido en varias ocasiones a Momo que le pregunte si recuerda algún detalle que pudiera llevarnos a aventurar una hipótesis, no consigo una respuesta convincente.

No, no sabemos por qué se fueron. En Damasco no tenían familia ni amigos. Podemos especular con la idea de que Hamis quería unirse al ejército sirio. Podemos pensar que tal vez creían que en Damasco serían mejor tratados que en Beirut, que habría menos refugiados y más recursos. Pero tampoco esto resulta indiscutible. Siria era un país que había ganado su independencia muy recientemente. Su Gobierno y su paz social eran inestables, gangrenadas por revoluciones internas y sucesivos golpes militares consecuencia de otro chapucero reparto colonial. No parecía, por lo tanto, el lugar más seguro y aconsejable para empezar una vida nueva. Algunos estudiosos del fenómeno migratorio e «integratorio» en Siria apuntan a que los noventa mil palestinos que inicialmente se asentaron en Damasco lo hicieron porque vieron mayores oportunidades económicas y educativas para sus hijos –en el día que escribo esto en el Líbano todavía se les niega la propiedad privada y no tienen acceso a la educación secundaria–. Así que, a falta de otros motivos, quizá fueron estas las razones últimas que empujaron a la familia de Momo. Hasta aquí podemos estirar las suposiciones.

***

Momo decide que es momento de marcharnos. Se está haciendo tarde y todavía quiere llevarme a visitar unos pueblos de la costa sur en los que estuvo colaborando como voluntario en la integración de refugiados menores de edad. Además, su padre está cansado. Desde hace rato es notorio que Mahmud mengua en intervenciones y entusiasmo y Momo se ve obligado a traducir frase por frase, lo que entorpece el fluir de la narración.

Siempre he sido de los que pierden más oportunidades por lo que callan que por lo que dicen, pero esta vez me resisto a dejarme llevar por mi obsesión a no molestar. Necesito encontrar una última referencia, un dato final o anécdota que me permita enlazar al abuelo con el nieto. El doble exilio. Palestina con Siria, Siria con Suecia. Y aunque no soy experto en el sutil arte del diálogo, sé que la mejor manera de hacer hablar a alguien con pocas ganas de hablar es formulando la pregunta más estúpida que se te ocurra para que se vean obligados a corregir o censurar tu estupidez. Eso es lo que intento. ¿Qué sabéis de vuestra casa en Yarmouk?, pregunto antes de que Momo se ponga en pie. Mi amigo baja la cabeza y resopla, él también sabe que con la pregunta su padre volverá a animarse.

Cuando Momo nació en agosto de 1987 poco quedaba ya del secarral a ocho kilómetros de Damasco al que Hamis y Nadia llegaron en 1949 con andares de ejército rendido. Yarmouk era entonces una planicie de rastrojos y chumberas abarrotada de tiendas de campaña terminadas en punta. Una inmensa bandeja de pasteles con pequeños corralitos de piedra y caña aún alejada del sentimiento damasceno.

Lo primero que hizo Hamis al llegar a Damasco fue alistarse en el ejército sirio. Gracias a sus conocimientos técnicos se le asignó trabajo como mecánico de camionetas y jeeps. Pronto ganó dinero suficiente para salir del campo de refugiados y alquilar un piso pequeño en Al-Shagour, un barrio al sudeste del viejo Damasco donde vivieron hasta finales de los años cincuenta. Pero todo esto ya lo sabemos.

En 1957 la Autoridad General para los Refugiados Árabes Palestinos compró los terrenos del Campo de Refugiados de Yarmouk a la Gobernación de Damasco. La recién creada UNRWA (Agencia de Naciones Unidas para los Refugiados de Palestina en Oriente Próximo) entregó a cada familia trescientas libras, tres sacos de cemento y diez pilares de madera. Yarmouk pasó de ser un asentamiento de lona y pecina a un arrabal de hormigón y cables con calles estrechísimas y laberínticas. Poco a poco Yarmouk duplicó su población con ciudadanos nativos, desaparecieron los puestos de control y la barriada alcanzó un continuo urbano con Damasco hasta convertirse en uno de los distritos más populosos y populares de la ciudad y en la indiscutible capital de la diáspora palestina. Fue entonces cuando Nadia y Hamis solicitaron un terreno en Yarmouk para regresar con los suyos. Cerca de la avenida principal construyeron una casa de una sola planta a la que veinte años más tarde se le daría un piso para que vivieran los padres de Momo y poco tiempo después otro nivel más para sus tíos. Así se construía en Yarmouk, casa sobre casa, campo sobre campo, generación sobre generación. Abajo Hamis y Nadia, encima Mahmud con su familia y sobre ellos un hermano de Mahmud con su mujer e hijos.

A raíz de un pacto entre Siria y la Unión Soviética por el que, a cambio de una mayor influencia comunista en el país, Siria recibiría grandes cantidades de material militar, Hamis comenzó a pasar largas temporadas en Praga y Leningrado trabajando en la reparación de tanques. Nadia se convirtió entonces en los cimientos, los pilares y las costuras de la familia. Adoptó la nueva cultura, canjeó la juventud por la crianza y silenció cualquier amago de morriña. Con todo, las ausencias del marido no impidieron que Nadia y Hamis tuvieran cuatro hijos y que al mirar hacia atrás desde la vejez siempre se reconociesen dichosos y afortunados.

Un vistazo con las gafas del presente puede llevar al equívoco de pensar que Hamis y Nadia fallaron en su apuesta de cambiar la modernísima y pujante Beirut de rascacielos y cosmopolitismo de postal por los cascotes y la brutalidad de Yarmouk, pero lo cierto es que en la segunda mitad del siglo XX los palestinos emigrados a Siria tenían más derechos y privilegios que cualquier otro palestino en el mundo, incluidos aquellos que se quedaron como apéndices tumorales en el vientre de Israel.

Pero el tiempo y la cotidianidad convierten a cualquier invitado en una molestia y los palestinos en Damasco no fueron una excepción. La multicultural Siria, aunque hospitalaria y amable, se esforzó para que los palestinos no olvidasen que algún día tendrían que hacer la maleta y cumplir con el oxímoron de regresar a un hogar que la gran mayoría desconoce.

Más de setenta años después de la Nakba, hay todavía políticas vigentes para recordarles su condición de huéspedes. A saber: siguen sin tener nacionalidad –una apatridia hereditaria y de la que solo se puede escapar siendo mujer desposada con un ciudadano de casta y condición–; no se les reconoce el voto –exclusión por otro lado ridícula con la autárquica familia Assad en el poder–, y tampoco pueden poseer tierras de cultivo en propiedad o más de una vivienda. Esta amputación en derechos civiles es excesiva y arbitraria vista desde las generaciones palestinas nacidas en suelo sirio, pero se ve mitigada si echamos un vistazo a las condiciones de hambruna y miseria en las que aún viven los palestinos en otros países y regiones de Oriente Próximo donde sus privilegios y libertades se ven cercenados drásticamente hasta el más elemental, discriminatorio y segregador de todos: el derecho a la educación. Ya se sabe, mal de muchos…

Utilizando la vista aérea de Google Earth observo que Yarmouk es un triángulo isósceles subdividido en dos por un gran tajo perfecto en forma de avenida por la que antes de la guerra civil cruzaban a diario más de un millón de personas a pie, en taxi o en microbuses. La BBC llegó a definir al mal llamado campo de refugiados como una bulliciosa área residencial con hermosos salones y cafeterías con internet. Antes de la guerra había cuatro hospitales, una veintena de escuelas, estudios de arquitectura, bufetes de abogados, peluquerías, zocos, multitud de colmados, heladerías, tiendas de moda, salones de baile y belleza, teterías, mercados de especias, vendedores de fruta y verdura y restaurantes con la mejor fusión de comida siria y palestina. Incluso la Agencia Española de Cooperación Internacional para el Desarrollo tenía en Yarmouk un centro para el tratamiento de la talasemia, un tipo de anemia hereditaria que cursa con una destrucción de los glóbulos rojos de la sangre.

Si nada queda del Yarmouk de Hamis y Nadia, lo mismo podría decirse del Yarmouk de Momo. La guerra llegó a Siria en 2011 y aunque Yarmouk estiró su neutralidad en el conflicto todo lo que pudo, finalmente ha sido una de las zonas más castigadas y en las que más sangre se ha derramado del país. Lo cuenta Aeham Ahmad en sus memorias *El pianista de Yarmouk*. Aeham fue uno de los pocos palestinos que se quedó en Yarmouk cuando se decretó el estado de sitio con el que el barrio quedó sellado desde mediados de 2013. De sus seiscientos cincuenta mil habitantes el barrio quedó reducido a quince mil incrédulos. *El pianista de Yarmouk* es el verdadero retrato de una guerra y el espejo de quien la sufre. Es, sin ningún tipo de dudas, el mejor libro que he leído sobre la guerra en Siria, no por su calidad literaria sino por la sencillísima razón de que es un libro sincero, lo que lo sitúa muy por encima de la mayoría de los libros que analizan el conflicto. Aeham cuenta su vida desde que su padre ciego le descubrió la música hasta su presente en Wiesbaden, Alemania, donde reside con su familia. No escatima en alegrías y pesares y de un modo natural cuenta cómo pasó de exportar instrumentos musicales por todo el mundo árabe a las dificultades para alimentar a su familia, la muerte de amigos y las diarreas ocasionadas por comer día tras día hojas de árbol y tréboles. A pesar del embargo y el presidio al aire libre en el que el régimen sirio convirtió a Yarmouk, Aeham consiguió hacerse una celebridad mundial con su piano gracias a internet. Con ayuda de una carreta movía su piano por las desbastadas calles de Yarmouk, desafiaba a francotiradores, tocaba y cantaba las canciones que él mismo componía mientras otro amigo grababa las actuaciones que más tarde subirían a Facebook o YouTube con un ingenio y valor envidiable. Hoy, después de sobornar a rebeldes y milicias fieles al régimen, de jugarse la vida y de cruzar el Mediterráneo en un bote para llegar a Europa, su fama sigue creciendo. Da conciertos y charlas por toda Europa y me atrevería a decir que su historia tarde o temprano se llevará al cine pues es una de esas magnas epopeyas tan del gusto de Hollywood.

A finales de 2015 –poco después de que Aeham consiguiera escapar del Campo– el diario británico *The Guardian* llegó a calificar a Yarmouk como «el peor lugar sobre la tierra». Bajo asedio, sin electricidad, agua, comida, devorado por las bombas y el embargo, Yarmouk se convirtió durante largos periodos de la guerra civil en una cárcel de doble dirección: no había manera de entrar o de salir. Ahora solo hay ruinas, polvo, cascotes y unos cientos de palestinos viviendo como ratones en un estado de sitio que va y viene bajo el control de rebeldes, soldados del régimen o grupos terroristas.

Yarmouk era, tal vez en unos años Yarmouk será, pero ahora, según escribo esto, Yarmouk ya casi no es.

***

Momo vuelve a besar la mano de su padre para despedirse. Mahmud arruga la frente. La piel de la cara le forma unos pliegues que acentúan su expresión. Dice algo y los dos se ríen. Sé que el mensaje no es para mí, sin embargo, no puedo evitar preguntar. Mi padre dice que después de contar la historia de Palestina está cabreado por haber perdido algo que nunca tuvo.

Sonrío.

Shukran.

Welcomewelcome.

***

Ya en mi apartamento, recibo un mensaje de WhatsApp de Momo con una foto adjunta. Me dice que la tomó un vecino la semana pasada. Es nuestra casa de Yarmouk, escribe con un emoticono amarillo de tristeza. A pesar del impacto –de repente ya no es una casa más tampoco para mí–, siento un golpe de alivio; sé que con ese mensaje Momo quiere decirme mucho más.

Sé que quiere decirme que lo ha pensado.

Que va a contarme su historia.

Segunda parte

UN COMIENZO

Con esa tristeza del desterrado
que es desterrado de su destierro.

REINALDO ARENAS

Al extranjero no maltratarás ni oprimirás.
Recuerda que tú también fuiste extranjero en la tierra de Egipto.

ÉXODO 22:21

YSTAD, SUECIA. 3 DÍAS ANTES

Sin duda el puente-túnel del estrecho de Øresund resulta más hermoso e imponente desde el avión que desde dentro del propio tren que lo atraviesa. Se trata del puente combinado tren-carretera más grande de Europa, lejos todavía de los grandes viaductos asiáticos que alcanzan decenas de kilómetros sobre el agua. A finales del siglo pasado las ciudades de Copenhague y Malmö tenían necesidades complementarias. La capital danesa ofrecía viviendas asequibles, la sueca un mercado laboral más atractivo. Tras la abolición de fronteras en la Europa comunitaria se decidió conectar a ambos países por un puente con la ayuda de una isla artificial levantada en mitad del estrecho. La isla se construyó con los materiales extraídos del túnel y, sin pretenderlo, se ha convertido en un laboratorio vivo donde no dejan de establecerse especies de aves y plantas. Sistemas poblacionales y taxonómicos aparte, la fuerza atractiva de la isla consiste en que, al regresar desde Suecia parece que uno sea engullido por el mar Báltico desbaratando así el lamento cortazariano: «Me atormenta tu amor que no sirve de puente porque un puente no se sostiene por un solo lado».

Tal vez las percepciones cuando se cruza el puente en coche sean otras, pero, como he mencionado, las vistas desde el tren no están a la altura estética de la perspectiva aérea. Solo tengo un par de fotos distorsionadas por la velocidad y las vigas de hierro, y lo que ahora recuerdo de mi primer paso por el Øresund de camino a Ystad es que nada más llegar a territorio sueco dos policías entraron en el vagón solicitando los pasaportes a todos los viajeros. Dinamarca y Suecia son países signatarios del Tratado Schengen lo que garantiza el libre tránsito de personas y mercancías entre sus territorios. Dicho de otro modo, si has entrado en Dinamarca nadie puede evitar que entres en Suecia, de la misma manera que uno cruza a Portugal desde España mientras ve cómo el óxido se come las garitas de la policía de frontera. Extrañado, pensé –basado en recientes acontecimientos– que tal vez se había producido un atentado terrorista del que por haber pasado las últimas horas en un avión no tenía noticia. No encontré ninguna referencia en los periódicos digitales y en mi mentalidad de europeo preñado de derechos estuve por negarme a mostrar mi documento de identidad hasta que no me dieran una explicación. No lo hice –soy melindroso con los uniformes y las lenguas nórdicas–, y será Momo quien más tarde me aclarará que desde la crisis migratoria de 2015 los controles entre Suecia y Dinamarca se habían intensificado: *That's the situation, man, they got tired.* Enseguida le preguntaré qué hubiera pasado de no tener conmigo la documentación y Momo se encogerá de hombros: Eres europeo, te habrían encontrado una solución rápida para no estropearte las vacaciones.

Momo conoce todos los datos y estadísticas y en el tren que nos lleva a su casa me contará que hasta finales de 2015 Suecia recibía a los inmigrantes con los brazos abiertos y cierta vanidad filantrópica. Ningún otro país se acercaba siquiera a sus números en solicitudes de asilo en términos relativos de población. Con diez millones de habitantes, a Suecia llegaron entre 2013 y 2017 trescientas cincuenta mil peticiones de asilo, la cifra per cápita más alta de la Unión Europea. Solo en

2015 más de ciento cincuenta mil migrantes entraron en el país escapando de la guerra y el hambre, mayoritariamente desde Siria y Afganistán. Desde entonces la concesión de residencias permanentes ha sido sustituida por temporales, se han restringido los reagrupamientos familiares y recortado las ayudas económicas.

Según Momo, todo esto también ha servido para que algunos partidos políticos suecos antinmigración hayan ido construyendo –a semejanza de otros países de Europa– un caballo de Troya para nostálgicos de regímenes totalitarios. Y a vista de los resultados electorales que se han ido sucediendo en los últimos años no les ha funcionado mal la estrategia: el partido de extrema derecha Demócratas de Suecia es ya la tercera fuerza política en el parlamento.

Este viraje en la sensibilidad colectiva tuvo su ejemplificación física, antes incluso de entrar en el país, en el aeropuerto de Copenhague. Allí se levantaron vallas temporales de dos metros de alto para impedir que los migrantes que han sido rechazados se suban a los trenes que cruzan el Øresund con destino a Malmö. La construcción de esa barrera fue calificada en Twitter por un exministro sueco como el día más negro de los países nórdicos en los últimos cincuenta años: «El puente era el símbolo de la unión entre los dos pueblos».

Las razones para la radicalización de algunos votantes suecos han sido que la inmigración masiva se ha vinculado con el aumento de la criminalidad, el desempleo y la amenaza al estado de bienestar. El británico Nigel Farage, quien con sus mentiras confesadas a la BBC sobre los millones de libras que recibiría el NHS británico (Servicio Nacional de Salud) impulsó fuertemente el voto a favor del Brexit, llamó a Malmö «la capital de las violaciones de Europa» por el presunto incremento de ataques sexuales en la ciudad portuaria perpetrados por inmigrantes árabes. Una información catalogada de simplista por el propio Gobierno sueco y sustentada por datos que demostraban cómo la violencia no había dejado de disminuir en Suecia en las últimas dos décadas. «Si el número de denuncias por violación ha aumentado se debe a que el concepto de violación se ha ampliado, por lo que se hace imposible comparar las cifras», declaró el ministro de Asuntos Exteriores sueco tras una acusación similar a la de Farage del expresidente de Estados Unidos, Donald Trump. El por entonces ministro de Justicia e Inmigración, Morgan Johansson, arrancó la campaña electoral manifestando que los suecos deberían estar «orgullosos» de haber acogido a unos ciento cuarenta mil sirios que huían de la guerra desde 2011 y manifestó que la integración es un reto para todo el país: «Ahora hay un debate que parece dejar implícito que deberíamos de alguna forma avergonzarnos de esto. Por supuesto que no deberíamos: deberíamos estar orgullosos. Esta es la mayor operación humanitaria de Suecia desde la Segunda Guerra Mundial».

Lo que no es opinable, me dirá Momo ya en la estación de Ystad, es que Suecia sigue siendo uno de los países más seguros del mundo bajo cualquier estándar, crece a buen ritmo y su índice de desempleo es de los más bajos de las últimas décadas. Momo no se inventa los datos. Esta prosperidad, según la compañía de servicios financieros Bloomberg, también debe ser reconocida a los inmigrantes: «Cuatro de cada cinco de los refugiados llegados a Suecia participan del mercado laboral, lo que supone una cifra muy superior a la media de la Unión Europea».

Hay algo irónico en el ceremonial de saludo de Momo. Se acerca con ademanes serios y te rodea con un solo brazo, casi parece que quisiera confesarte algo al oído. Ponen triste los abrazos de Momo. Abrazos de pésame. Una vez cumple con su protocolo, cambia de cara como un mimo, sonríe y empieza con las bromas. Alguien debería decirle a Momo que el cuerpo del abrazado no admite esa bipolaridad tan brusca, uno tarda en recuperar el tono y el humor.

Los españoles siempre llegáis tarde, me dice. Y yo no sé si es una burla recurrente, una reprimenda, si es porque me he retrasado al tomar el tren en el aeropuerto o porque llego a Suecia con casi seis meses de retraso.

Es cierto que mis intenciones siempre fueron las de visitar a Momo en noviembre y ahora estamos en mayo, pero también es cierto que a estas alturas he perdido algo del ánimo que me llevó a contactar con él. *Lo que tienes que entender es que mi dolor es solo mío y de nadie más*, me escribió en su último mensaje; y continuaba: *Sé que hay gente dispuesta a hablar, que piensan que al contar su experiencia exorcizan algo en su interior, que hablar de su trauma sirve para mitigarlo. Yo no.*

A su reticencia a hablar sobre algunos temas se suma un obstáculo más serio: no creo que haya nada sobre lo que escribir. Nada al menos original ni con la seducción literaria suficiente para justificar el trabajo. Hasta hace pocas semanas –guiado por las esperanzas infundadas de lo bellos que son los libros escritos en el aire– yo pensaba que

Momo había hecho «el viaje», como lo llaman ellos, es decir, los sirios que han escapado de la guerra con destino a Europa. Lo imaginaba con frío y sed en las montañas búlgaras; con un chaleco salvavidas en la oscuridad de una playa turca esperando a que los guardacostas desaparecieran para echarse al mar en una zódiac carrasposa; humillado en un campo de refugiados de Macedonia tras un cercado de alambre; escapando de la aterradora policía en Serbia; apaleado en Hungría o corriendo en la frontera albanesa para evitar su deportación. Qué sé yo. Todo eso que vio por la tele tras el gran éxodo de la población siria y que intuyo que la historia juzgará más humillante para los europeos que para los propios migrantes. Pero ha resultado que no es así. La travesía de Momo fue menos heroica y, seré sincero, más delusoria a mis propósitos.

Ya en el tren que nos lleva de Malmö a Ystad, Momo me pregunta por lo que ambos hemos dado en llamar distraídamente *the project*. Imagino que, por diferentes razones, a los dos nos gusta pensar en su carácter provisorio e intangible. Escarmentado de falsas certidumbres y agorero por vocación, yo me resisto a llamarlo *the book*, y Momo, hasta que no conozca cada detalle de mis intenciones, no va a decidir si merece la pena hablar de algo que no desea ver escrito. Al mismo tiempo intuyo que teme defraudarme e insiste en preguntas que cargan con una duda implícita. Esta insistencia puede entenderse como una falta de confianza en mis capacidades, pero también creo que Momo alimenta ciertas vacilaciones sobre que su historia no esté a la altura de mi ambición.

La mezcla –dudas, desintereses y trincheras– crea un clima de incomodidad que me hace sentir vulnerable. He venido a escuchar, pienso, no a justificar mi trabajo. Y a fin de hacerle entender que no busco cuestionar su dolor sino conocer su historia, improviso nuevas razones sobre el falso discurso que llevo preparado: Kapuscinski decía que es un error escribir sobre alguien con quien no se ha compartido al menos un trozo de vida. Y añado que estoy saturado de ver, leer y escuchar testimonios sobre la revolución y la guerra en Siria, la Primavera Árabe, la crisis de refugiados y la política migratoria europea. Teorizo sobre las consecuencias de la acumulación de desgracias para el espectador; insensibiliza, causa hastío y hace que la mirada se pierda en el páramo de la barbarie. Le digo que si uno quiere puede ver todas las crueldades imaginables y supraimaginables en YouTube, pero que una sola historia bien contada puede llegar a mostrar la tragedia de millones y conseguir de esa manera una verdadera identificación, un sentir objetivo, es decir, un diálogo. Ahí están Primo Levi, Anna Frank, Aleksandr Solzhenitsyn, Jean Améry o el sirio Aeham Ahmad. Una vez conseguido que esa historia se convierta en representación de un todo, las noticias, los documentales y los libros de historia se pueden comprender y asimilar en su auténtica dimensión.

Aunque ha estado en la cárcel varias veces por sus ideas, Momo no es Mandela. Momo ni siquiera cree en el valor sanador o pedagógico de las palabras. Para Momo todo es ciencia, realidad y presente. Dios es un insulto para el hombre. Cualquier cosa es tangible, levísima y aterradoramente vulgar.

A todo esto hay que añadir que, en el improbable caso de que Momo tuviese una historia, está el problema de que hay ciertas cosas de las que Momo no está dispuesto a hablar. *Tengo que vivir con ello*, continuaba el mensaje que me envió anoche antes de tomar mi avión a Copenhague, *no quiero abrir heridas que puedan hacer daño a otros, herirlos a través de mi dolor y herirme de vuelta con su dolor.*

Al inconveniente de sus líneas rojas se une el que yo tampoco sea escritor. Rehúyo una insignia que no puedo coserme a la solapa si no me la entregan antes otros ungidos, aquellos a quienes aspiras a ver como semejantes. La cosa es así, y aunque la ingeniería social tiene mucho que decir en estos bautismos, uno es escritor –en el sentido mercantil, público y, por qué no, íntimo del término– cuando los demás escritores te reconocen como a una especie más de su ecosistema, hayas escrito cientos de libros o ninguno. Y es que escribir es un verbo engañoso, no todos los que escriben son escritores ni todos los escritores escriben.

Por lo demás, no es la primera vez que intento algo parecido. Hace años ya pretendí escribir una historia sobre migraciones, con su drama y su aventura, pero nunca conseguí sacarla de ese lugar donde las novelas no escritas son todavía perfectas. Llegué a pergeñar un argumento lleno de misterio-amor-venganza, la trinidad acostumbrada. Invertí meses de trabajo en leer, estudiar y documentarme sobre el conflicto en Darfur, y fantaseé con la idea de visitar a un amigo que trabajaba en Sudán del Sur para conocer de primera mano la situación del país tras la independencia de Sudán. Más tarde le tocó el turno a Afganistán y después a los piratas somalíes. Pero nada me causó tantos apetitos por escribir como estudiar los flujos migratorios del desierto del Sahara –ese gran cementerio olvidado donde la ONU afirma, aunque no hay datos fiables, que mueren cada año el doble de personas que en el Mediterráneo–, tanto por lo trágico y calamitoso como por la escasez de literatura que cubriera todo el espectro de motivaciones.

Partir para contar fue uno de los pocos libros testimoniales que encontré sobre la travesía enteriza por el Sahara hacia El Dorado europeo. Ahí se narra el viaje de un joven senegalés, Mahmud Traoré, desde Dakar a Sevilla a lo largo de tres años y medio. Al leer su historia, supe que el proyecto que yo quería escribir no se prestaba a la ficción. Comprendí que no sabía nada sobre cruzar un desierto sin otra fuerza motriz que tus propios pies. Nada sobre el miedo a morir de sed, enterrar a un compañero en un momento en el que sudar te puede costar la vida o pagar tus últimas monedas para beber los meados reconcentrados de la vejiga del conductor de una camioneta. Nada sobre las secuelas psicológicas y las mafias que trafican con tus órganos y con tu alma. Entendí que una historia se construye desde los detalles y que, por lo tanto, un simple hacinamiento de datos, especulaciones y moralinas no iba a convertir un disparate impostado en la obra que me gustaría escribir. Comprendí, en definitiva, que no comprendía. Encontré las excusas y me rendí. Al fin y al cabo, para eso se lee, para desechar proyectos absurdos o que otros han sabido ejecutar mejor de lo que tú jamás podrías.

Partir para contar está escrito a partir de treinta horas de conversaciones grabadas entre el propio Traoré y sus confidentes, Bruno Le Dantec y Sonia Retamero. En el libro, Traoré es pudoroso y cabal. No se presenta ni como héroe ni como víctima. No ofrece moralejas ni busca el efectismo, tampoco la compasión o el aplauso. Su intención es individual, pero consigue representar a un todo, a una juventud atrapada entre el hambre, la soberbia y la vileza de las vallas materiales e ideológicas. La historia de Traoré es la síntesis de todas las historias de quienes se juegan la vida y la dignidad por el sueño de malvivir en un «primer mundo»; un mundo donde se les negará y juzgará como amenaza. Por eso tal vez no hay mucha narrativa sobre migraciones africanas, porque son pocos los que llegan y menos los que quieren contar la humillación de llegar. Por eso y porque en realidad nosotros, los consumidores de esta literatura, no queremos, como los tres monos sabios del Japón, leer, oír o contar esas historias. Incomodan, nos enfrentan a responsabilidades no atendidas, reflejan nuestra bajeza y nos hacen torcer la mirada.

Me gusta pensar que estoy aquí para hacer eso mismo, lo que hicieron Bruno y Sonia con Traoré en *Partir para contar.*

Me gusta pensar que he venido a escuchar.

El tren corre paralelo a una playa inmensa y azulísima. Me asomo a la ventana y pienso en tomarme estos días en Suecia como unas vacaciones y también pienso en que solo pienso en por qué escribo en los periodos en que no escribo, si es que esto tiene algún sentido. Y de pronto, sin saber por qué, se me ocurre que lo mismo sucede con el amor. Es decir, que uno solo se plantea el amor cuando ha dejado ya de amar. A lo mejor escribir es eso, un acto de amor, o más bien de cruel desamor, lo que explicaría por qué la escritura no puede forzarse ni guardarse entre tabiques y también por qué los escritores no quieren tener hijos que sean escritores. Y concluyo, de nuevo sin saber por qué, que todo este hilo discursivo tiene que guardar alguna relación con el viaje de Traoré desde Dakar a Sevilla, o con el de la familia de Momo desde Palestina a Siria, desde Siria hasta Suecia, o, quizá, con la última sentencia del mensaje que Momo me envió anoche:

Creí haberlo olvidado, pero ahora sé que el olvido no existe. Te contaré lo que quieras que te cuente, pero hay ciertos aspectos de mi vida, de mis últimos meses en Siria después de que estallara la revolución, que no puedo ver en un libro. Mi nombre no puede ir ligado a mi historia. Mi pasado es mío, mi dolor es solo mío y conmigo debe quedarse. Mi abuela decía que la mejor manera de sostener una mentira es convertirla en verdad, y esta es mi verdad: aquello no ocurrió. Y puesto que no ocurrió, no puedes escribirlo.

En casa de Momo –salón-cocina-dormitorio, todo en una misma pieza– no hay sillas y nos sentamos en el suelo a comer junto a una mesa baja. Para mí es una tortura más dolorosa que dormir en la cama de un faquir. Ebba ha preparado una ensalada de cuscús siguiendo una receta árabe: sémola de trigo, cebolletas picadas, perejil fresco, hierbabuena, tomates troceados, zumo de limón, sal y pimienta. Momo además empantana su plato con tabasco.

Nada más terminar de comer deciden ir a la playa. Ebba quiere bañarse y Momo va a acompañarla. Yo no tengo bañador –¿quién se lleva un bañador a Suecia en mayo?–, pero hace un día luminoso, un día que pide paseo y cotidianidad por lo que, en lugar de quedarme a descansar en el hotel, me uno al plan.

Caminamos junto al Báltico a través de un bosque de robles y pinos y hablamos de cosas que seguro no recordaré. En la playa hay mucha más gente de la imaginable por fechas y latitud. Grupos de jóvenes juegan al vóley playa, hacen barbacoas o pasean en bicicleta bajo un cielo enorme y azulón. Junto al carril para bicicletas hay un hotel spa con salida directa a la playa donde decenas de matrimonios beben copas de Moët & Chandon y se pasean entre las hamacas con babuchas y albornoces blancos.

Mientras Momo y Ebba se dan un baño, yo camino por la orilla y empiezo a pensar en cómo abordar el capítulo en el que conozco a Momo durante la boda de nuestros respectivos cuñados en Múnich: tiempo, forma, detalles, personajes, estilo, proyecciones. En la orilla descubro a una pareja joven que juega y saca fotografías a dos niños que por rasgos y color de piel resulta evidente que no son sus hijos biológicos. Los niños tendrán entre cuatro y cinco años. Corren y ríen como si no hubieran corrido y reído en su vida. Solo de pequeños se es capaz de alcanzar esa locura perruna. El niño tiene la piel empanada de rebozarse por la arena y el pelo rizado, largo y voluminoso de Marcelo, el defensa del Real Madrid. La niña da vueltas sobre sí misma con los brazos extendidos como las aspas de un helicóptero. Tiene los ojos grandes y la frente despejada por una coleta que parece una larga espiga de trigo negro. Me concentro tanto en los niños que tardo en darme cuenta de que otra pareja se ha acercado. Él está delgado como un galgo de carreras. Ella lleva un hiyab sobre el pelo y sonríe con una tristeza indisimulable. Los dos van en vaqueros y llevan camisetas blancas. El niño pega una patada a una pelota que llega hasta mis pies. Me dice algo en sueco, luego algo en árabe, me salpica y se parte de risa. El hombre de la cámara de fotos se acerca y me dice en inglés que lo disculpe, que hoy los niños han visto a sus padres por primera vez en dos años y están sobrexcitados.

¿Sirios?, pregunto.

El hombre asiente.

Me doy la vuelta y señalo a Momo: Mi amigo también es sirio.

Ystad es un pueblo elegante y distinguido. Todo en él es aséptico, armonizado y peatonal. Una especie de Disneylandia sin público. Resulta imposible encontrar papeles o colillas en el suelo, los jardines están cuidados con bisturí y las fachadas como recién enjabonadas. Ystad tiene la inutilidad de lo bello.

Leo en internet que la red de calles en la Ciudad Vieja se mantiene prácticamente sin cambios desde la Edad Media y que conserva una de las casas habitadas más antiguas de Escandinavia. En los últimos años la ciudad ha ganado en popularidad gracias a la saga de novelas negras del dipsómano inspector Kurt Wallander escritas por el gotemburgués Henning Mankell. A pesar de que en sus novelas Mankell se ciñe con escrúpulo al decorado de la ciudad –existe la calle Mariagatan donde vive el Wallander; existe el Hotel Continental con su fachada color crema, los elegantes salones de mármol y las lámparas de cristal donde el inspector suele ir a comer; existe la floristería entre Pottmakaregränd y Västra Vallgatan, y existen la comisaría de policía y la estación de tren–, lo cierto es que es difícil imaginarse a Ystad como un lugar que anime al asesinato. Los ystadianos son gentes de condición sigilosa con querencia por el paseo y las tristuras nórdicas. Si uno pasea por un mismo lugar a una misma hora lo más probable es que se encuentre con las mismas personas que ya desde el segundo día te reconocerán y sonreirán. Toda esta calma alto-burguesa hace que en Ystad tanto el índice de criminalidad como el de inmigración sea el más bajo de las ciudades del sur de Suecia.

Ebba y Momo me llevan a comer a un restaurante tailandés próximo a la Plaza del Mercado. Nos sentamos en la terraza y pedimos tres cervezas. El único plato de la carta que no presenta el amenazante icono de las guindillas al final de su descripción en sueco son unas brochetas de pollo que resultan estar deliciosas. Momo y Ebba me cuentan que se conocieron hace cuatro años en la Universidad de Malmö. Ebba estaba cursando una beca Erasmus y Momo vivía con una de las mejores amigas de Ebba. No fue hasta que ambos terminaron la carrera que retomaron el contacto y empezaron una relación a distancia entre Ystad y Múnich. Yo los escucho con un fondo de culpa y ternura pues, al menos Ebba, habla convencida de que cada una de sus palabras van a aparecer recogidas en un libro como una preciosa historia de amor.

Momo me dice que en cuanto terminemos de cenar iremos a casa y empezaremos con *the project*. Creo que me ve ansioso, aunque en realidad es la primera vez en varias semanas que me siento tranquilo y en paz con el presente. Así que mientras le digo la primera tontería que se me ocurre –por ejemplo, que tenemos aún muchos días por delante para trabajar y que es mejor hacer las cosas de un modo natural y sin artificios–, se nos acerca un joven esquelético y desaliñado. La presencia de este muchacho de barba robinsoniana en un lugar como Ystad resulta tan extravagante como mojar pan duro en una copa de champán. El chico se sitúa junto a Momo y empieza a hablarle desde arriba como si regañara a un perro. El sermón se desarrolla en sueco, por lo que ni Ebba ni yo podemos entenderlo. El chico mueve mucho las manos, escupe y señala con el dedo. La soflama gana en ímpetu y agresividad, pero a Momo se le ve sereno, atiende a lo que se le dice e incluso parece sonreír. En una pausa en la que el pordiosero se atraganta con su propia bilis, Momo levanta el plato y por un momento pienso que se lo va a romper en la cara. En lugar de eso le ofrece una de sus gambas rebozadas. El chico ni siquiera se sorprende con el gesto, coge una, se la lleva a la boca y la traga con cierto deleite. El proceso se repite hasta en tres ocasiones. Voces, escupitajos, dedo acusador y gamba rebozada. El camarero más joven se asoma y nos pregunta si tenemos algún problema; está verdaderamente asustado y trae la voz rota de los hombres prematuros. Momo le hace un gesto con la mano para tranquilizarlo y, prestigiado a través de su calma, le ofrece una silla al espantapájaros para demostrar que es nuestro invitado. Con los cuatro sentados a la mesa es Momo quien toma la iniciativa. El chico con aspecto de náufrago ratifica todo lo que se le dice mientras da buena cuenta del plato de gambas rebozadas. Con el estómago lleno, se levanta, le da la mano a Momo y desaparece por la calle adoquinada mientras continúa interpretando su exagerado monólogo. Pasados unos segundos, Momo estalla en carcajadas.

What the hell..., pregunto atónito. A veces pasa, dice Momo, pero ya has visto que era inofensivo. Lo miro boquiabierto, como quien observa a un payaso de circo a punto de realizar una operación de neurocirugía. A Momo le cuesta explicarse y nos habla como si Ebba y yo hubiéramos entendido cada palabra de la conversación. Ebba sonríe. Deduzco que no es la primera vez que ve a su novio combado por la risa tras un momento de tensión. Después de un rato, Momo recupera la seriedad en un camino inverso al de sus abrazos y concluye de manera enigmática: A mí solo me da miedo el exceso de bondad.

Más calmado nos explica que lo que el mendigo trataba de decir es que los árabes son peores que el cáncer, ladrones, violadores y terroristas. Unas ratas. Y que «va a matarnos a todos como no nos vayamos de su país». Le pregunto entonces por su respuesta. Pues le he dicho que tenía razón, me dice, que todos los árabes somos unos hijos de puta.

No será este el único problema relacionado con la violencia racial que presencio en mi viaje a Suecia. Días después, durante una concentración nocturna de coches antiguos en Ystad un hombre se me acercará y me contará que un grupo de árabes acaba de robarle la cartera y la bicicleta. El hombre está muy borracho y me pide dinero. A la semana siguiente, de vuelta a la estación de Malmö, cuatro jóvenes nos abordarán, le ofrecerán la mano a Momo con grandes reverencias, le darán la bienvenida a Suecia y a continuación le preguntarán cuándo piensa largarse de su país. Algo asustado, haré un gesto a dos miembros de la seguridad de la estación. Antes de irse, uno de esos jóvenes golpeará con fuerza su hombro contra el mío y otro me tirará la maleta.

Será Ebba, recién doctorada en Migraciones con una tesis sobre segregación e integración de la población árabe en Europa, quien me dará datos más objetivos. Según ella, la hostilidad contra los musulmanes y por equívoca extensión hacia todos los árabes –un quinto de la población mundial es musulmana, pero solo un quinto de esos musulmanes es árabe–, se ha convertido en una ramificación más del problema migratorio. En los últimos años ha habido una oleada de ataques contra las comunidades árabes con fuertes repuntes tras algunos de los atentados más sangrientos. Los Ministerios del Interior alemán y francés estiman que cada día se producen diez ataques en centros de acogida a refugiados. El servicio de inteligencia británico reconoce que hay un desafío cada vez más violento entre el ideario conservador y el mundo musulmán. Más de la mitad de la población en países como Reino Unido, Hungría, Polonia, Alemania e Italia considera que la llegada de refugiados –la mayoría mujeres y niños que escapan de la guerra en sus países, apunta Ebba– aumentará el número de ataques terroristas. Sin embargo, algo que llama la atención es que los atentados de los últimos años ocurridos en suelo europeo han sido organizados y perpetrados por ciudadanos franceses, alemanes o belgas de tercera y cuarta generación que jamás han puesto un pie en un país de mayoría musulmana.

Esta percepción hacia el mundo islámico se traduce no solo en que los islamófobos cada vez se vean más respaldados por la sociedad –o al menos no tan condenados–, sino también en un aumento progresivo de los partidos de ideología xenófoba que parecían relegados al confinamiento de los excéntricos desde la Segunda Guerra Mundial y que ahora comienzan a tener la llave maestra para la formación de gobiernos nacionales y administraciones locales.

Según Momo los medios de comunicación tampoco ayudan a suavizar el problema. No es raro ver en los titulares y cabeceras de los noticiarios la raza o religión del agresor si este pertenece a la comunidad árabe, mientras que si son los árabes los que reciben la agresión, la noticia es tratada sin connotaciones raciales o etnográficas en las páginas de sucesos locales lo que termina por crear la percepción errónea de que la proporción de criminales entre los inmigrantes es mayor a la real. Por ejemplo, señala Ebba para concluir, si mañana se produce una masacre en alguna ciudad europea cometida por un hombre blanco, se le etiquetará de perturbado mental, mientras que, si fuera un árabe, nacido o no en un país árabe, enseguida se hablaría de terrorismo.

El objetivo es fomentar el miedo, dice Momo, Bashar al-Assad hacía lo mismo en Siria. El miedo es un arma efectiva y contundente. Como prueba de su tesis me enseña varios titulares en su teléfono y así llegamos a la noticia de que la ONU ha denunciado las sistemáticas violaciones de los derechos humanos y el trato degradante que sufren muchos refugiados en la República Checa o Bulgaria. Especialmente gráfico, leemos, fue lo ocurrido en la capital de Gales cuando se obligó a los refugiados a llevar pulseras rojas de plástico para identificar a los que tenían derecho a recibir una comida diaria gratis. En Middlesbrough, Inglaterra, las puertas de la mayoría de casas asignadas a los solicitantes de asilo se marcaron también con el color rojo hasta que los abusos y el acoso que sufrieron sus residentes obligaron al alcalde a reprobar la medida. Eslovaquia aceptó a regañadientes a doscientos refugiados bajo la condición de que todos fueran cristianos. La ley de asilo danesa aprobada en 2016 fue comparada con el saqueo nazi a los judíos por permitir la confiscación de bienes y dinero. En Noruega se produjeron deportaciones de familias enteras con niños por la frontera ártico-rusa; Rusia declaró que no estaba dispuesta a admitir estas devoluciones, pero muchas familias temerosas de ser expulsadas a zonas en las que se alcanzan los treinta grados bajo cero huyeron de los centros noruegos para refugiados. En países como Finlandia, Alemania y Países Bajos se constituyeron patrullas ciudadanas para proteger a los vecinos de los inmigrantes. La solución adoptada por otros países como Polonia, España, Austria, Hungría y Francia para evitar estos y otros problemas, ha sido incumplir sistemáticamente las cuotas de acogida a las que se comprometieron tras la crisis de refugiados de 2015.

A todo esto, dice Ebba, hay que añadir otras formas de violencia más difíciles de encontrar en las noticias por su cinismo y crueldad: el cierre de fronteras, la construcción de alambradas y el velado desvío de los flujos migratorios hacia itinerarios más largos y peligrosos. El Mediterráneo, lee Momo, es ya la ruta más letal del planeta con más de tres mil muertes al año. Luego deja el móvil sobre la mesa y dice: Los europeos del sur os bañáis cada verano en un cementerio. La imagen, aunque llena de perversión, me provoca una profunda angustia y horas después, tratando de conciliar el sueño, imaginaré a una familia con sus toallas, bañadores y pelotas de playa nadando en una piscina llena de cadáveres.

Sentada en la cama como un buda, Ebba entreteje una bufanda de lana gruesa. Mientras, recostado contra la pared del salón, Momo bebe Jim Beam a sorbitos como los indios alcohólicos de las lavanderías de los cuentos de Lucia Berlin. Poco a poco el bourbon le ha ido calentando la lengua y ahora tiene las mismas ganas de hablar que de ofender. No deja de repetir que lo hace por mí, porque me aprecia, pero que no le interesa *the project*. Y mientras habla recuerdo otra de sus frases lapidarias cuando empezamos a intercambiar emails y le propuse escribir sobre su experiencia: *No pienso romperme otra vez por un libro.*

Momo enciende el portátil y me dice que ha redactado una lista con los recuerdos más significativos de su infancia. Ebba lo anima a leerla. A pesar de la empatía que tengo con Ebba, me gustaría que no estuviera aquí. Desconfió de que, como finalmente sucederá, Momo cuide demasiado lo que calla, lo que dice y la manera en que lo dice. Pero sobre todo temo que se entregue en exceso a la ironía y al gamberrismo y evite todo lo que pueda traerle recuerdos incómodos. Para hablar de ciertas penas es necesario un discurso largo, un zigzaguear pausado, sentirse presa y depredador a un mismo tiempo. Y sé que con Ebba aquí es imposible que Momo alcance ese trance nostálgico, esa íntima soledad con su pasado.

Los árabes somos un peligro salvo que vengamos de un país rico del Golfo, dice Momo sin venir a cuento y sin que nadie le pregunte. Hay veintidós países árabes en el mundo, pero vosotros –nos señala a Ebba y a mí con el vaso– los veis como si solo fuera uno. Todos musulmanes, todos islamistas radicales, todos integristas, todos analfabetos. En las películas en las que salen países árabes siempre te enseñan a personas enfadadas en el desierto. Al llegar a Europa muchos se sorprendían de que hablara inglés; claro que hablo inglés, idiotas, en Siria tenemos escuelas y universidades mucho más jodidas que vuestros cursillos de mierda.

Ahora veo que el incidente en el restaurante tailandés le ha afectado más de lo que en un principio creímos. Ebba me mira y levanta las cejas. Con el mentón me señala el vaso de Jin Beam que Momo se está rellenando. Sonríe; una sonrisa que pide paciencia. Luego se sirve ella misma un buen vaso con la intención, pienso, de que Momo no se beba entera la botella.

Siria era un país hermoso, continúa Momo, lleno de gente alegre y educada. Damasco está lleno de huertas, fuentes hermosísimas y riberas frondosas. Damasco era el paraíso. *Ash-Sham,* la llamaban, la Ciudad Jazmín. Hay rosas comestibles, frutales por todas partes y calles con más de cuatro mil años. ¿A quién queréis dar lecciones de civilización? Por el amor de Dios, si para Siria los romanos no son más que un visitante recién llegado. Cuando vine a Suecia vi dónde trabajaban los inmigrantes. Te hablo de médicos, arquitectos y profesores universitarios. Entregan pizzas, friegan oficinas y centros comerciales por las noches, manejan esas máquinas que riegan y barren las calles o, si son afortunados, conducen taxis. Un amigo que era abogado en Damasco y trabaja como conductor de autobuses en Berlín me dijo: No importa lo duro que te esfuerces en Europa, vas a terminar en un trabajo de mierda, en una habitación de mierda de un barrio de mierda, eso sí, rodeado de gente como tú; hemos venido a Europa a ser más pobres en un clima más frío, lo demás es igual.

Momo habla y el bourbon no disminuye la autenticidad de su discurso. Mientras le escucho, pienso en la escritora Chimamanda Ngozi Adichie y en su célebre charla TED *El peligro de la historia única*. En ella la novelista nigeriana habla sobre la manera en la que percibimos a un grupo que no está en una posición dominante e incluso la manera en la que, a fuerza de repetición, estos grupos terminan percibiéndose a sí mismos. Basándonos en un origen difuso y generalista (africano, árabe, asiático...) le damos a una persona una clase social, una religión, unas ideas políticas, unas costumbres y unas necesidades. Los diferenciamos de nosotros. Esta primera simplificación facilita la posterior asociación de estereotipos y la aparición de prejuicios: «Nuestras vidas, nuestras culturas, están hechas de muchas historias interrelacionadas [...], si solo escuchamos una historia sobre una persona o un país, corremos el riesgo de caer en una incomprensión grave».

Después de los atentados en las Torres Gemelas, Occidente regresó a una era de terror que parecía enterrada para siempre desde el final de la Guerra Fría. Todo conflicto tiene víctimas y estigmatizados. Esta vez la estigmatización señaló a los más de quinientos millones de árabes que hay en el planeta, sean de la religión que sean. De repente, y antes de que Chimamanda Ngozi acuñara el concepto, Occidente les aplicó «la historia única». Las Torres Gemelas cayeron en Nueva York, pero también cayeron sobre toda la civilización islámica, e incluso el líder palestino Yaser Arafat llegó a declarar que las Torres Gemelas se derrumbaron sobre la causa del pueblo palestino. Desde entonces quedó una imagen de terror y muerte reproducida en documentales, películas, libros e ideologías políticas. El peligro de «la historia única».

Tomo las palabras encendidas de Momo y le aplico la misma receta. Momo es un árabe que viene de Siria. Momo es un árabe que viene de Siria por lo que, siguiendo los preceptos de «la historia única», Momo será musulmán. Esta primera catalogación ya sería suficiente para muchos europeos del «pero» (yo no soy racista «pero», yo no discrimino «pero»). Seguimos: si Momo es musulmán, posiblemente sea machista por herencia cultural, casi seguro que será pobre y de tener estudios no pasarán de elementales. Momo también renegará de la cultura europea y eso me llevará a pensar que seguramente viva en un barrio de mayoría árabe donde solo se relacionará con árabes que comparten sus ideas y donde ningún occidental se atrevería a entrar por la noche. A partir de aquí ya todo es más fluido. Podemos construir su identidad de acuerdo con los prejuicios de cada uno y colocarle todos los *istas* que se nos ocurran: islamista, terrorista, yihadista. De esta manera ya he convertido a Momo en el otro. Y el otro asusta.

Algo deslavazada por la improvisación, le explico a Momo mi teoría. Entiendo lo que quieres decir, me dice, y por eso son tan dolorosas las mentiras y las miradas. Yo soy ateo, pero te puedo decir que ser musulmán no es solo una religión, es una actitud. Es muy sencillo, si sales a la calle y haces daño a la gente no eres un buen musulmán. Un musulmán es una persona que tiene control sobre su moral y sobre sus actos, alguien temeroso de Dios cuando va a tomar una decisión. En eso se basa el islam. Cuando yo era niño ser musulmán no era malo, pero hoy, en Occidente, no hay diferencia entre ser un árabe, un musulmán y un extremista.

Se suponía que íbamos a pasar la mañana en mi apartamento trabajando, pero han avisado a Momo de la residencia de ancianos para cubrir una baja por enfermedad. Me llaman porque saben que nunca les fallo, me dice al teléfono, si a un sueco le dices que no estás perdido.

Para no malgastar del todo el día he decidido acompañarlo. Caminamos por las sendas peatonales que circundan los canales de Ystad. Hace calor, acaban de regar y huele a tierra mojada. Lo importante, me dice, es estar siempre dispuesto, así te llamarán con más asiduidad y para mejores trabajos. Me intereso por saber por qué no busca un empleo que obedezca más a sus inquietudes o al menos que conlleve un horario y unos ingresos fijos. Mi padre, me dice, quiero estar cerca de mi padre.

Momo trabaja para una empresa de trabajo temporal que gestiona el cuidado y mantenimiento de varias residencias de la tercera edad a las afueras de Ystad. Cuando le llaman para cubrir bajas o turnos complementarios, Momo siempre acepta, no importa lo lejos que tenga que ir con su bicicleta, la climatología o lo demencial del horario. Me explica que por lo general su tarea consiste en llevar las pastillas a los residentes, poner gotas en los ojos, sacarlos a pasear, ayudarlos a levantarse y a acostarse, ducharlos si lo necesitan y cambiar las sábanas cuando se mean encima. Momo tiene un título de licenciado en Derecho por la Universidad de Damasco y otro en Migraciones por la Universidad de Malmö. Habla árabe, inglés y sueco con la fluidez de un nativo además de tener conocimientos de alemán. Se podría asegurar sin demasiado riesgo a equivocarse que su nivel académico es superior a la media del país, pero Momo tiene un trabajo precario y sin horarios que pocos ciudadanos suecos de su nivel curricular estarían dispuestos a hacer ya sea por el triple de sueldo.

Enseguida caigo en la cuenta de que yo mismo acabo de aplicar «la historia única» a Momo. Y es que Momo es sueco a todos los efectos, pero ya sabemos que a primera vista no lo parece. Tiene la piel de un beduino necesitado de vitamina D: fuliginosa pero empalidecida tras cinco años de días brumosos y soles débiles; las escleróticas biliosas, el pelo rabioso y abundante y los labios gruesos y algo amoratados. Mientras observo estos detalles, me cuenta que en algunas residencias hay ancianos que rechazan que un árabe les limpie el culo y son capaces de esperar horas y horas con los excrementos pegados a la piel hasta que le llegue el turno de trabajo a un sueco de linaje –el orgullo es una religión temible–. Algunos, sobre todo hombres, se niegan a dirigirle la palabra y no son raros los comentarios despectivos e insultos de residentes que piensan que Momo no habla su idioma. A riesgo de dar mala imagen, Momo siempre se encara con ellos: Los miro a los ojos y les digo *muuuy* despacio, en perfecto sueco holmiense: Vie-jo ha-blo tu i-dio-ma ten-go dos ca-rre-ras u-ni-ver-si-ta-rias y ha-blo cua-tro i-dio-mas cuán-tos i-dio-mas ha-blas tú vie-jo. Momo dice que después de esto algunos se enfadan, con otros se gana el respeto y la mayoría sencillamente se esconden como un avestruz y dejan que haga su trabajo.

En los días que llevo en Suecia, he comprobado que Momo pierde rápidamente el interés sobre cualquier tema de conversación. Incluso a veces se aburre de su propio discurso y salta al final de su alegato como un padre autoritario que nunca deja lugar a la réplica. Con todo, sobre estos microrracismos cotidianos le gusta explayarse y dar detalles. No hay que pasar mucho tiempo con él para darse cuenta de que ve exclusión y desprecio en todas partes: gestiones burocráticas, confusiones, comentarios y miradas, sobre todo miradas. Tenga o no razones, lo cierto es que Momo ha aprendido a contraatacar y enseguida acusa al prejuicioso de lo peor que se puede acusar a un europeo en público, de racista. Mi madre, me dice Momo mientras camina con la bicicleta a un lado, siempre sonríe cuando la discriminan, no ve racismo por ningún sitio. Pero sí lo hay, añade, en toda Europa. Hay un sustrato racista que estuvo, está y estará, y también hay otro racismo creciente y orgulloso de sus ideas que va ganando votos, pero ninguno de esos racismos es peligroso.

Le pido que se explique.

Momo me dice que la mayor parte del racismo en Europa es blanco, aséptico, transparente, lleno de referencias, de escondites colectivos y de conjunciones adversativas. Es un racismo condescendiente e idiota, donde el que lo ejerce ni siquiera sabe que lo ejerce. Lo curioso es que estos xenófobos desorientados son los más viles y abundantes, de un cinismo autocomplaciente y silencioso. Se creen justos y dadivosos desde sus atalayas morales y por eso son los más difíciles de enfrentar. Ya se sabe, con un malvado se puede negociar, con un idiota es imposible. Van camuflados de inocente ignorancia, se ven sencillos y generosos por no ir apaleando negros por la calle o por decir pobrecitos cuando ven a un niño llorando en una patera, pero al mismo tiempo despliegan una mezquindad dañina, una segregación cotidiana y consentida por segregacionistas y por segregados.

Mientras pienso en las veces en las que yo también me he escondido entre las masas para ignorar al ignorado o me he dejado llevar por esos desprecios rutinarios de los que habla Momo, abandonamos el frescor de los canales y el carril para bicicletas y cruzamos hacia un barrio de casas bajas con pequeños jardines descuidados y llenos de flores. Son calles por las que pasea poca gente y circulan menos coches así que los niños juegan en mitad de la carretera y montan en bicicleta sin vigilancia ni precauciones paternas.

Un ejemplo, dice Momo sin que yo se lo pida, ¿quieres que te diga lo más ofensivo que me ha pasado desde que vivo en Europa? Me han robado, me han golpeado y escupido, pero nada de eso se acerca a lo que soportaba cada día en la escuela de refugiados a la que tenía que asistir mientras se resolvía nuestra solicitud de residencia. Cada mañana los profesores se acercaban a mi mesa y me decían: Muy bien, eres muy listo. Yo lo único que había hecho era solucionar un ejercicio que resultaría insultante hasta para un niño de seis años. Cada día. Te ven como a un ser inferior y por eso te tratan con benevolencia y te ríen las gracias como se las ríen a un bebé. Muy bien, repite Momo con ironía, eres muy listo.

Además de su fisionomía, Momo dice tener otro obstáculo para la integración y la igualdad de oportunidades: su nombre. Desde hace tiempo quiere cambiarlo por otro más europeo, o al menos por uno que no invite al prejuicio. No se trata de perder mis raíces, comenta, se trata de sobrevivir. Momo conoce a muchos árabes que se han cambiado el nombre con el objeto de superar la primera barrera para conseguir trabajo, es decir, señala con un gesto de evidencia en las manos, que no tiren tu currículo a la papelera nada más leer nombre y apellidos. Para cambiarse el nombre Momo quiere pedirle permiso a su padre, pero aún no ha reunido el valor. Mohammed equivale a Mahoma, el nombre del profeta fundador del islam, y quitárselo significaría exponer a las claras su ateísmo frente a su familia. Según caminamos consulto el nombre en Google. Se estima que más de ciento cincuenta millones de personas llevan el nombre de Mohammed, lo que lo convierte en el nombre más común del mundo. Cuando voy a darle el dato, Momo se gira y me pregunta: ¿Tú crees en Dios?

La pregunta me pilla por sorpresa. Esto me hace perder unos segundos y con ellos una batalla que no sabía que tuviera que luchar. No hace falta que contestes, me dice con una sonrisita de soberbia, la duda te delata, hace unos años me hubiera burlado de ti por ser creyente o hubiera intentado hacerte cambiar de opinión, pero no pasa nada.

¿No pasa nada? Me ofende que Momo me etiquete tan rápido, que me enjuicie de la misma manera que yo enjuicio. Por un momento medito exponer mi postura, mis dificultades para empatizar con las personas que profesan alguna religión y la antipatía que siento por los que manipulan a los más débiles, a los dolientes, a los animales heridos y solitarios para llevarlos a su redil sectario con palabrería huera y engreída. Estoy a punto de decirle que mi agnosticismo deriva cada vez más hacia el ateísmo si es que me importara lo más mínimo ser una cosa o la otra, que no necesito creer ni descreer, que dentro de mí ya no hay lucha ni tribulación, pero sí rechazo y censura por las instituciones religiosas y los piadosos con vocación misionera. Ni siquiera soy capaz de envidiar la despreocupación de ceder tus problemas a una fuerza superior antes de ir a dormir. No sabes lo que te pierdes, me ha dicho en alguna ocasión uno de estos devotos. Y quizá tengan razón, porque si algo bueno me ha traído la duda es aprender a dudar de mis propias convicciones.

El silencio y la sonrisa blanda de Momo acentúan la humillación. Pienso entonces en jugar la carta de la vanidad y decirle que tengo una novelita al respecto de la religiosidad como algo inherente e instintivo a la especie humana, un vestigio del que no podemos desprendernos –lo que no se usa se pierde–. Ningún otro animal mira como miramos nosotros al cielo. Esa búsqueda del origen, ese primer mirar hacia las estrellas para pensar qué hubo antes y qué habrá después quizás haya contribuido a nuestro éxito biológico. Otra cosa es el relato que se ha hecho de ese automatismo religioso, la historia e histeria demencial y dañina que hemos construido en torno a lo no comprendido. Podría hablar con Momo durante horas sobre el concepto de Dios desde la antropología evolutiva, bajarle esos humos de prestigio con los que él mismo se reverencia, pero sé que no hay peor frustrado que el que intenta imponer al otro su frustración. Decido pues callarme mis citas sesudas y mis libros mal leídos. Me callo porque no he venido a exponer mis ideas ni mi pasado sino a provocar que Momo hable del suyo. Así que soporto su humor discreto e hiriente y le llevo la contraria porque, como todo el mundo, pienso mejor a la contra. No lo sé, le digo, igual que en su día un *Homo sapiens* miró al cielo en busca de respuestas, también hubo otro que miró a las montañas y pensó en lo que habría más allá; somos seres religiosos de la misma manera que somos seres migrantes.

Momo se detiene y me mira fijamente por primera vez desde que salimos de casa. Luego se queda en silencio; un silencio que parece una cuenta atrás. Y nunca sabré si con su silencio me muestra el respeto de los viejos llenos de heces cuando descubren que el árabe que les limpia habla sueco o si por el contrario quiere decirme que jamás ha escuchado una memez parecida.

Llegamos a la residencia de ancianos. Momo saluda a dos compañeros y me los presenta. Momo siempre quiere presentarme a todo el mundo que conoce. Luego me despido con un abrazo y nos citamos por la noche en mi apartamento. Le prometo comprar auténticas cervezas en el Systembolaget, las tiendas reguladas por el estado sueco donde se puede conseguir bebida con más de 3,5 de porcentaje alcohólico. En el camino de vuelta cruzo por un cementerio ajardinado y húmedo y pienso de nuevo en la idea que tengo de Dios, o más bien en la idea que me han inculcado desde pequeño. Con su soberbia, Momo me ha irritado, pero también me ha obligado a repensar mis certezas. Recuerdo todas las aberraciones que he visto y leído para venir a hablar con Momo sobre la revolución en Siria, la guerra y el Estado Islámico, evidencias todas ellas de que Dios no deja de enviarnos señales para demostrarnos que no es, que no está, que no existe. Y mientras curioseo nombres y fechas en lápidas musgosas, recuerdo uno de los muchos epitafios apócrifos adjudicados a Unamuno, magnífico fajador de dudas religiosas: «Solo le pido a Dios que tenga piedad con el alma de este ateo».

Me viene a la memoria entonces la historia que Momo me contó anoche sobre la primera vez que le insinuó a su padre sus ideas sobre Mahoma y el Corán y este lo echó de casa. Y me doy cuenta de que el ateísmo es un asunto que define a Momo de un modo diferente a lo que él cree. Porque para Momo su ateísmo es una cuestión de fe. La ausencia de un dios le resulta tan necesaria como lo es para un tullido su pierna ausente. Y pienso que Dios es tan importante para él –su no existencia, su absoluta insignificancia–, que de alguna manera tanto énfasis y ceguera en su discurso viene de la irritación que le provocan sus vacilaciones más íntimas, del enfado imperdonable que por algún motivo se tiene con Dios.

Dios no cabe en lo que ha sucedido en Siria.

Dios no cabe en lo que le hicieron en la cárcel.

Me has pedido historias, dice Momo mientras busca el abrebotellas en un cajón de la cocina, una noche cantamos en la terraza de mi amigo Amid una especie de rap contra el Gobierno de Assad. Todo el vecindario nos escuchó. Las luces cabeceaban en el patio y se apagaban. Ventana a ventana. Después nos quedamos callados. Pronto alguien llamaría a la puerta y nos llevarían presos. Qué miedo pasamos. Pero nada de eso ocurrió. Por primera vez creí que la revolución en Siria también era posible. Todavía no sabíamos que el precio que se le pide a un pueblo por una revolución es entregar a una generación entera. No luchas por ti, luchas por tus nietos nonatos y para ello sacrificas a tus hijos.

Momo ha vuelto del trabajo cansado y hambriento. Con la excusa de las auténticas cervezas y de que probara el embutido que he traído de España –Ebba es vegetariana– he conseguido que venga solo a mi apartamento. De primeras se muestra reticente al uso de la grabadora. Yo le digo que se relaje y por desviar el tema le explico el proceso ancestral de la matanza y cómo diferenciar un buen jamón ibérico del plástico salado que venden en los supermercados suecos. Luego hablamos de fútbol y de su pasión por el Valencia Club de Fútbol. Me dice que cuando era pequeño vio perder dos finales de *Champions* seguidas al Valencia y que desde entonces sueña con ver un partido en directo. Aprovecho para invitarle a mi casa a pasar unos días con Ebba, así podríamos ir a Valencia para ver un partido en Mestalla. Un palestino seguidor del Valencia, digo en tono burlón, lo que no pueda el fútbol... Exacto, me dice, esa es la belleza del juego, el fútbol es el único hueco que se permite mi sistema nervioso para la irracionalidad y la bajada de alarmas.

Momo se estira, cruza las manos por detrás de la cabeza y me dice que le gusta más el lomo que el chorizo. ¿Cómo quieres que empecemos?, pregunta a continuación. Bien, le digo tratando de parecer natural, ayer me hablaste de tu infancia en Yarmouk, y ya que has empezado a hablar de la revolución podrías continuar por ahí. Momo parece estar de acuerdo, pero me vuelve a preguntar por mi manera de trabajar. Para mí todo esto es nuevo, le confieso, así que lo mejor será simplificarlo: Quiero que me cuentes tu historia, después yo te la volveré a contar de una nueva manera.

La majadería es superlativa, pero Momo parece satisfecho con el trato. Enseguida intenta adoptar una dicción improvisada, aunque es evidente que él también trae un soliloquio aprendido.

Me dice: No quiero preguntas sobre la cárcel. Me dice: Si he sobrevivido, si he superado toda esta mierda es porque he sabido cómo tratarme, he sabido cuidarme donde otros no pudieron. Me dice: Creí haberlo olvidado, pero el olvido no existe para mí. Me dice: Todo me llegó una noche, de golpe, como una ola que te pilla despistado y te hunde hasta el fondo del mar. Me dice: Mi familia sí lo ha olvidado, para ellos nunca fui arrestado, para ellos nunca estuve desaparecido. Me dice: Solo hay una regla que debes cumplir mañana cuando conozcas a mi familia: no hablar del último año en Siria, porque no se puede hablar de lo que nunca sucedió. No puedo luchar contra mi recuerdo, repite, pero sí puedo hacerlo contra el de los demás.

Me levanto y me asomo a la ventana como si no me interesara lo que me cuenta. Un par de turistas se hacen fotos a la puerta del Hotel Continental y varios adolescentes beben cerveza y fuman en la terraza de un restaurante que ya ha cerrado. Permanezco así un rato. Quiero dejarle hablar, que no lo dé todo por ganado y se esfuerce por recuperar mi interés. Que una idea le lleve a otra sin interrupciones. Pero el plan no funciona. Momo coge el teléfono para consultar los resultados deportivos y después enciende la televisión. Las noticias de Euronews hablan de que han muerto sesenta personas en Gaza. Ayer el Gobierno de Estados Unidos anunció el traslado de su embajada en Israel a Jerusalén. Hubo protestas y murieron sesenta gazatíes. Hoy, precisamente hoy, se cumplen setenta años de la Nakba, y Palestina vuelve a estar de luto.

Y luego los europeos queréis que los chicos que tiran piedras contra los tanques sean considerados terroristas, me dice Momo como si me culpara de algo. Dolido por su nueva insinuación gratuita, utilizo un puritanismo equidistante y le contesto que Hamás, el grupo armado islamista que gobierna en Gaza, también ha matado a miles de israelíes y palestinos que no comulgan con sus ideas. Mi comentario, como esperaba, le ofende y la respuesta que me da es tan inesperada como heladora: Dentro de unos años no quedará ni un solo palestino en Gaza y Cisjordania, si yo estuviera allí, si nos obligaran a vivir a mí y a mi familia de rodillas en mi patria también mataría, ¿no harías tú lo mismo?

¿Yo? Si no me quedan dioses tampoco me quedan patrias. Soy incapaz de comprenderme desde un lugar o desde un tiempo –menos aún desde una bandera o un topónimo–. En realidad, nunca he tenido un sentimiento de pertenencia a ningún lugar y solo durante un tiempo muy corto tuve cierta conciencia europeísta. Puede parecer ridículo, pero me cuesta empatizar con esos hombres y mujeres disfrazados con banderas y escudos de armas. No reconozco sus asuntos serios, sus estirpes, estatuas y pasaportes. Me duele sobre todo ver a aquellos con los que comparto generación atalayados tras himnos mientras se golpean el pecho defendiendo las bondades de su territorio. Creo, y así se lo explico a Momo, que esconderse tras una bandera es muy triste. La bandera es el mono que siempre seremos reclamando su territorialidad. La bandera, le digo, es el primer muro que ponemos a lo que no comprendemos y no queremos comprender. Es el tambor de guerra. Me da vergüenza decir mi nacionalidad como si enumerara logros, y pienso que, aunque tuvieran razón y las fronteras fueran la única manera de asegurar la paz, esa paz de cartón piedra no merece la pena.

Hablo con tanta seguridad que espero que Momo suscriba mi alegato, que me diga, te entiendo, que me diga, tienes razón. Pero no responde. Incluso creo distinguir un gesto de rabia y asco según mastica mis palabras. De repente caigo en la cuenta de que estoy hablando con alguien que viene de una estirpe de apátridas, con alguien que hasta hace poco no ha tenido una nacionalidad, una bandera ni un lugar donde le reconozcan como ciudadano de pleno derecho. Con alguien que ha sido encarcelado y torturado tres veces por la idea de un país. Mientras yo llevo mi pasaporte europeo en la mochila, utilizo opiniones manoseadas, cruzo líneas y exijo derechos, Momo y su familia se han pasado la vida amenazados, deshumanizados, culpados como solo las víctimas son culpadas.

Los dos jugamos a despegar la etiqueta a los botellines vacíos. Imagino que en cualquier momento Momo dirá que se encuentra muy cansado y que lo mejor será continuar mañana. Con idea de retomar la conversación, le digo que mis amigos están discutiendo en un grupo de WhatsApp sobre un reciente ataque con armas químicas que unos atribuyen al régimen del presidente Bashar al-Assad mientras otros aseguran que se trata de vídeos preparados para inculparlo. Momo me mira y empieza a reírse. *Fuck off, man*, dice poniéndose en pie para ir a la nevera, Bashar ha ganado, ¿para qué iba...? Le pregunto si cree que la guerra ha terminado. Oh, claro que no, Bashar solo va a ganar una batalla de diez años, pero esto no ha terminado, hay toda una generación de niños en Siria que ha crecido en el odio a la familia Assad. Y al decir «niños», Momo traga y agacha la mirada y sin que yo se lo pida o le haga preguntas, empieza a hablar.

Te contaré algo, me dice. Todo comenzó el 17 de diciembre del 2010. Ese día, Mohamed Bouazizi, un mercader de Sidi Bouzid, en Túnez, fue humillado por la policía. Le confiscaron su carreta de verduras por no tener licencia de venta ambulante a pesar de que las autoridades habían asegurado que no era necesaria y se burlaron de sus protestas. De su sueldo dependían su madre, su tío y sus hermanos. Bouazizi además ahorraba algunos dinares cada mes con la ilusión de comprar una camioneta y retomar los estudios que tuvo que abandonar para mantener a su familia.

A pesar de que conozco la bien la historia de Bouazizi, me hago el ingenuo y le dejo hablar. Horas después de ese incidente, mientras Momo hacía un examen en la Facultad de Derecho, Bouazizi quiso presentar una queja ante las autoridades municipales para la restitución de su báscula y sus productos. Si se le negaba audiencia, Bouazizi amenazaba con prenderse fuego. Al dicho siguió el hecho. Ignorado, compró una lata de pintura inflamable en una gasolinera cercana y regresó al Palacio de Gobierno. ¿Cómo esperan que me gane la vida?, gritó al tiempo que se vertía encima la lata de pintura y se prendía fuego con una cerilla. Bouazizi era conocido en la comunidad por su buen humor y por regalar fruta a las familias más pobres. Pronto su sacrificio llegó a las televisiones y de ahí a las calles. La presión social fue tan fuerte que el presidente tunecino Ben Ali se vio obligado a visitarlo en el hospital, hacerse una fotografía y prometerle un traslado a Francia para recibir tratamiento médico. No hubo tiempo. Mohamed Bouazizi murió a las tres semanas. Aquello llevó al pueblo de Sidi Bouzid a movilizarse contra la pobreza, el desempleo y las políticas opresoras del Gobierno. A pesar de la represión inicial, en dos meses las protestas se extendieron por todo el país hasta conseguir que el Gobierno tomara el camino del exilio. Todavía sin bautismo mediático, había comenzado la Primavera Árabe.

Estrangulados por las altas tasas de desempleo y la brutalidad policial, los egipcios se levantaron contra su Gobierno solo un mes después de lo sucedido en Túnez. En un primer momento el régimen trató de someter las protestas mediante la fuerza y cortó el acceso a internet. ¿Por qué el acceso a internet? Porque la revolución tenía un novísimo y poderosísimo instrumento organizativo en las redes sociales; quizá la única aportación de la cultura occidental a la Primavera Árabe.

Me explico:

Los países ricos siempre vieron con buenos ojos a los sistemas autoritarios de Oriente Próximo encarnados por respetables presidentes de gobierno elegidos en las urnas –algunos de estos ilustres mandatarios conseguían cifras inverosímiles del 99,9% de los votos en las elecciones presidenciales–. Eran hombres encorbatados y sonrientes que no mataban de hambre como otros dictadores, sino de miedo. Por eso los líderes de Occidente nunca se molestaron en esparcir la simiente de la libertad y los derechos humanos. Los tiranos árabes aseguraban la estabilidad en la zona, reprimían a terroristas e islamistas, garantizaban el suministro de gas y petróleo y controlaban la inmigración irregular. Todos ganábamos y todo era fácil.

Pero el miedo es el estado larvario del odio. Se quiera o no, el que ha tenido miedo siempre terminará por odiar, en la mayoría de los casos a sí mismo, pero también a sus padres, a la humanidad o, como en el caso de Momo, a Dios. En 2010, los jóvenes árabes dejaron de temer a sus dictadores y en el proceso de metamorfosis se sobrevino la revolución. Pero para iniciar el cambio se necesitaba una nueva arma y una nueva estrategia que no se hubiera utilizado hasta entonces, y todo esto, sin saberlo, se lo facilitó Occidente.

A principios del milenio, las compañías telefónicas europeas habían forzado la liberalización de las comunicaciones en los países del norte de África y del Mediterráneo Oriental. Con la idea de hacerse con un suculento, bisoño y fértil mercado, ofrecían a bajo precio teléfonos móviles y más tarde *smartphones* que servirían a miles de jóvenes urbanitas –el medio rural seguía siendo mayoritariamente analfabeto– para conectarse al mundo y, lo más importante, para comunicarse entre ellos. Estos jóvenes descubrieron que no estaban solos en sus ideas. La colectividad perdió el miedo y sin miedo llegaron las primeras convocatorias de manifestaciones a través de las redes sociales. Solo había una consigna: las protestas debían ser pacíficas y había que evitar provocaciones. Estábamos ante la primera revolución social de la era digital.

El dique represor del Gobierno egipcio aguantó poco. Las manifestaciones no cesaron y Mubarak, presidente de la República durante casi treinta años, intentó maquillar su régimen despótico con algunos arreglos sociopolíticos que, por falta de práctica, no fueron más que gruesos brochazos. La maniobra de distracción no tuvo éxito y un mes después, acorralado por la población, el ejército y la comunidad internacional, Mubarak dejó su cargo.

El espíritu de Bouazizi siguió extendiéndose por decenas de países árabes. Inspirados por la población egipcia y tunecina, los libios prepararon su revolución para conseguir la renuncia de otro fanático: el estrafalario dictador Muamar el Gadafi. Pero, ay, Gadafi era un hombre vanidoso y ególatra. Durante décadas había recibido carantoñas de gran parte de Occidente que él aprovechaba para endurecer su maza de hierro. Ante las protestas, Gadafi se miró en el espejo y decidió que no, que él era el padre del socialismo islámico y no lo iba a deponer ningún mercader piojoso y hambriento. El perro rabioso de Oriente Medio, como lo definió Ronald Reagan, nunca permitiría que lo derribaran como a una ficha más del dominó. Dispuesto a convertirse en un mártir si era necesario, Gadafi aplastó salvajemente las protestas y llevó al país a una guerra civil. No parecía, sin embargo, una guerra que fuera a enquistarse. El triunfo militar del régimen sería rápido y escarmentador. Gadafi ya veía la victoria total –exaltación y gloria a nuestro líder–, pero entonces se produjo un cambio con el que nadie contaba: la OTAN intervino en apoyo a la rebelión. En agosto de 2011 las fuerzas rebeldes con ayuda de tropas militares de Occidente tomaron la capital, Trípoli, y dos meses después todos pudimos ver por la televisión el linchamiento público de Gadafi. Ejecutado el tirano, terminó la guerra en Libia, que no la inestabilidad que eventualmente llevaría al país nuevas guerras civiles.

Al principio, me dice Momo, mis amigos y yo veíamos la Primavera Árabe como algo lejano. Leíamos noticias y veíamos en internet a las multitudes celebrando la caída de sus dioses, pero en Siria nadie hablaba de revolución o de cambio de régimen. Nadie encarnaba las ideas de libertad y dignidad que estaban inspirando a millones de árabes en decenas de países. Es cierto que la población quería cambios sociales y políticos, pero no había un sentimiento generalizado contra el Gobierno. La mayoría de los ciudadanos no veíamos en el presidente Bashar al-Assad a un tirano, sino más bien a un hombre algo aburrido y presuntuoso que con sus dotes y aspecto de empollón estaba sacando al país de la miseria y el subdesarrollo. Bashar al-Assad era estabilidad y futuro, un sabio gobernante que había conseguido el apoyo de Europa y de los grandes actores sociales de Siria gracias a la mano izquierda que su padre nunca tuvo. Se intentó, es cierto. Se intentó lo mismo que en Túnez, Libia y Egipto, pero tímidamente y sin salir de la clandestinidad. Las escasísimas manifestaciones fracasaban entre nombres ostentosos y belicistas como Viernes de la Ira o Día de la Rabia. Los eslóganes y las canciones protesta no calaban en una sociedad amodorrada en una falsa transigencia pública y en la adoración a los nuevos dioses de la construcción y el turismo.

Un día, continúa Momo, mientras en un canal por satélite enseñaban las concentraciones del pueblo egipcio en la Plaza de Tahrir, le pregunté a mi padre si pensaba que en Siria podría suceder una revolución parecida que echara a los Assad del Gobierno. Sin apartar la vista de la pantalla, mi padre me respondió: Assad matará a todos los niños de Siria antes de que alguien toque su silla; la revolución es de los jóvenes, pero los jóvenes no conocéis a los Assad.

Augurio o no, el caso es que pocas semanas después, en una escuela de la ciudad de Daraa, al sur de Siria, cinco niños hicieron una pintada debajo de la ventana del director:

«Es tu hora, doctor».

Fue sin duda una idea tan ocurrente e irónica como cándida y negligente. Recordaba, por un lado, la caída de los dictadores de los países vecinos y, por otro, la educación británica como oftalmólogo del presidente Bashar al-Assad.

Y así fue como se desató lo imposible.

A la mañana siguiente los representantes del Gobierno de Daraa sacaron de sus camas a quince niños –algunas fuentes hablan de veintitrés–. Sin que ni ellos ni sus familias supieran lo que estaba pasando, fueron esposados y llevados al Departamento de Seguridad Criminal.

Una habitación blanca, una puerta de hierro y cables en el techo. Eso es lo que vieron. Eso es lo que han declarado quienes salieron con vida de allí.

Los detalles de la barbarie y la tortura que sufrieron durante veintidós días son fáciles de encontrar en internet. Hay vídeos, fotografías, testimonios de los supervivientes y un documental de Al Jazzera titulado *El niño que empezó la guerra de Siria*. Tras la carnicería, algunos fueron enviados de vuelta a casa envueltos en una sábana blanca dentro de una caja de contrachapado. Estaban mutilados e irreconocibles. Los demás continúan desaparecidos. Cuando algunos padres fueron a preguntar por ellos, Atef Najib, el primo del presidente Assad y jefe de seguridad de las fuerzas de Daraa, lanzó una sentencia –para algunos apócrifa, para otros genuina– que ha pasado a la historia del país: «Si queréis niños, id a casa a hacer unos nuevos. Si no podéis, enviadnos a vuestras mujeres y lo haremos por vosotros».

A pesar de su condición descreída y pesimista, Momo no pensaba que el Gobierno fuera a matar a su propia gente. Nadie lo creía. Por eso empezaron las protestas en Daraa y poco a poco se extendieron por todo el oeste del país. Se pedía libertad, trabajo y dignidad. Y para alejar al fantasma de la guerra civil o de las represalias policiales, se decía, se repetía y se cantaba que «Siria está unida». Nadie hablaba de un cambio de régimen, no se pedían cabezas ni se llamaba a las armas; solo se le pedía un poco de oxígeno a quien era dueño de la llave del aire.

Quien consiguió poner en marcha la revolución imposible, dice Momo, no fue un ejército de rebeldes. Tampoco la presión internacional, ni la oposición intelectual o política. La revolución comenzó con unos niños y un grafiti pintado sobre la pared de una escuela infantil.

Muchos dijeron que aquellos niños de Daraa fueron una señal de Dios al pueblo.

Momo suspira y se sienta como si no soportara el peso de su propio cuerpo. Memorizo su rostro, su quijada, sus pómulos, su caída de barreras y su beber corto y parsimonioso. Lo memorizo todo y lo apunto en mi cabeza porque sé que, ahora sí, va a empezar a hablar:

Lo que me ocurrió solo lo saben dos personas. Una es Ebba, la otra una anciana de la residencia que murió hace unas semanas. Compartiré algunos aspectos de mi historia contigo. Quizá, llegado el momento, pueda llegar a compartir gran parte de ella. Pero ya te lo dije, no puedes escribirla.

Tercera parte

UN FINAL

La revolución siria era imposible, pero sucedió.
Aplastarla era imposible, pero también ha sucedido.

Yassin al-Haj Saleh

I

DAMASCO, SIRIA. MARZO DE 2011

Cuando Amid terminó de recitar el poema hubo tímidos aplausos. Gracias, murmuró entre las aureolas de humo que cabrioleaban bajo los focos. Colocó el micrófono en el pedestal y bajó del pequeño escenario para sentarse con sus dos amigos. Momo tenía el rostro envenenado y un resplandor fosfórico en las escleróticas. Samer sacudía la cabeza en un gesto de fastidio; le entregó a Amid la boquilla del narguilé y se recostó en los almohadones. No me habéis estado escuchando ¿verdad?, dijo Amid, eran poemas nuevos. Luego dejó las gafas sobre la mesa, se anudó el pañuelo y reprendió a sus amigos: Sé lo que estabais haciendo, no deberíais hablar aquí de esas cosas.

Momo admiraba profundamente la poesía de Amid, pero nunca le había confesado que no soportaba su manera de recitar, aquel rictus de misticismo que denotaba un anhelo casi metafísico. Torció la boca y se puso en pie. No seas marica, Amid, dijo Momo, si solo estamos hablando del último episodio de la Pantera Rosa. Y repitió unos versos que su amigo había recitado para demostrar que pese a todo había prestado atención. Pero tienes razón, será mejor dejarlo aquí, tengo que irme a trabajar. Momo se terminó el vaso de zumo, dejó unas libras sobre la mesa y se despidió de sus amigos con un abrazo.

¿Qué le pasa a este?, preguntó Amid mientras Momo salía del café, ¿otra vez estáis con lo de los vídeos? Samer le dijo que no se preocupara: Ya sabes que Momo te lleva siempre la contraria aunque esté de acuerdo con lo que dices.

***

El tráfico en el centro de Damasco se movía como una oruga perezosa por las obras de la avenida de Beirut. Al llegar a la Plaza de los Omeyas, Momo se desvió y condujo entre callejuelas hasta la trasera del Hotel Four Seasons. Había llegado demasiado pronto así que aparcó en la zona de empleados y se recostó en el asiento para descansar un poco antes de entrar al trabajo. Casi por rutina, encendió el teléfono, se conectó al wifi del hotel y abrió el vídeo otra vez. Ya había miles de comentarios; algunos justificaban las acciones, muchos pedían venganza y otros apuntaban errores audiovisuales que ponían en duda su credibilidad. Más abajo la mayoría se perdía en discusiones inútiles.

En la radio se hablaba de lo que estaba pasando en Túnez y Yemen. En Egipto había caído Mubarak y las cosas no pintaban demasiado bien para Gadafi. Menos mal que en Siria todo funciona gracias a un Gobierno estable y honesto, decía un periodista, el único peligro es que el pueblo comience a creerse la sucia propaganda saudí que se está empezando a distribuir por internet contra el Gobierno del camarada Assad.

Sin mencionarlo, el periodista se refería a las decenas de páginas de Facebook con vídeos y montajes fotográficos que reclamaban difusión y justicia. En una de las secuencias más compartidas unos hombres con uniforme verde apaleaban a un anciano en Daraa mientras se oían disparos de fondo. Son solo unos niños, no puede ser verdad, pensó Momo para tranquilizarse. Pero las escenas resultaban tan desagradables y naturales que tenían que ser ciertas. Momo recordó entonces sus propias palabras: La Pantera Rosa mataría a todos los niños de Siria antes de que alguien toque su silla.

Ya en la recepción del hotel saludó a su compañero e intercambiaron un par de comentarios futbolísticos. Se cambió de ropa, se anudó la corbata y preparó café. El turno fue tranquilo. Apenas un par de clientes para el *check-in* y una llamada de un huésped europeo pidiendo otra almohada. Momo intentó aprovechar la noche para estudiar, pero le costaba concentrarse y seguía dándole vueltas al vídeo. Frente a Samer y Amid siempre adoptaba la postura del desacuerdo, de la disputa verbal, ese era su rol dentro del grupo de amigos. Él era el ateo de condición descreída y falsamente pesimista que había defendido en múltiples ocasiones la mezquindad sin límites del régimen. Pero lo evidente tiene la mala costumbre de fomentar dudas y decepciones, y ahora, incluso con los vídeos como prueba, Momo se negaba a creer que el Gobierno fuera capaz de matar a ciudadanos inocentes.

Por eso mismo habían empezado las protestas y por eso había discutido con Samer durante el recital de poesía. Dices que solo piden libertad y empleo, le dijo Samer, pero dentro de poco saldrán a pedir la cabeza de Assad y entonces habrá sangre. Aquí no va a pasar nada, Samer, el pueblo está acostumbrado a los Assad, y nada es más fatigoso e incómodo que perder una costumbre. Samer le recordó que el Gobierno estaba corrupto y que...

No seas ingenuo, Samer, le interrumpió Momo, sin corrupción este país no funcionaría, los sobornos mueven la economía y los sirios lo aceptamos como parte de nuestra cultura: tú me sobornas a mí, yo soborno a otro y ese otro mañana te sobornará a ti. Samer sabía que no había caso en discutir con su amigo. Habían subido la voz y era mejor extremar los cuidados. Se arrebujó en el pañuelo palestino y se centró en escuchar la poesía.

Entre la salida del trabajo y la primera clase en la facultad, Momo tenía un par de horas que normalmente invertía en dormir en el coche. Esa mañana, sin embargo, decidió conducir para despejarse. Casi sin pretenderlo llegó hasta la gran rotonda de las Puertas de Yarmouk. Recordó que de niño todos llamaban a aquella plaza «la Sandía» por la esfera que adornaba la fuente de la gigantesca rotonda, aunque a él siempre le pareció más bien una naranja. Junto a las fotos de Hafez y Bashar que coronaban los arcos de entrada al campo de refugiados, Momo leyó el lema que ya formaba parte de su paisaje de infancia:

«El pueblo árabe palestino saluda al camarada Bashar al-Assad y le promete mantenerse en la lucha hasta la victoria y liberación de Palestina».

¿Por qué no?, pensó, hace demasiado tiempo.

***

En Yarmouk había ruido. Siempre había ruido. Taladros y bocinas. Camionetas de reparto. Martilleaban las contrachapas de los negocios. Cantaban y se superponían los muecines. Gritaban los vendedores de fruta y verdura. Golpeaban los balones contra las paredes. Bandadas de palomas adiestradas volaban como nubes bajas. Una mujer sacudía una alfombra con motivos geométricos y el polvo subía hasta confundirse con edificios incoloros que parecían brotados de la propia tierra. Pronto el calor apisonaría Yarmouk y en las casas todo serían ventanas abiertas y zumbido de ventiladores hasta que, como era habitual, se fuera la luz por la sobrecarga de aparatos de aire acondicionado.

El cielo tenía el color rosillo de las flores de almendro. Las calles eran un hormiguero terroso y laberíntico de fachadas grises, bloques de cemento rectangulares y casas apiñadas en callejuelas estrechas sin ninguna finalidad estética. Antenas y cables de la red eléctrica cruzaban de terraza en terraza en una gigantesca y amorfa tela de araña. Los muros y las escombreras seguían cubiertas con grafitis, consignas pro-Palestina, banderas de la Rebelión Árabe, propaganda de la organización Al-Fatah para la liberación de Palestina y siluetas con el rostro de Yasir Arafat.

Nada parecía haber cambiado en los últimos años, solo unos cuantos pisos adicionales. Un nuevo campo que crecía sobre el campo. Por lo demás, todo parecía lleno de detalles para la nostalgia. Momo respiró. Olía como siempre olió: a café y a té azucarado, a jazmín y a jabón de aceite. Yarmouk huele a Palestina, decía siempre su abuelo Hamis. Pero Momo nunca había estado en Palestina.

Momo frenó de golpe. Las ruedas chirriaron como la piedra de un afilador contra un cuchillo y un grupo de niños cruzó a la carrera delante del coche. Momo reconoció enseguida los uniformes seudomilitares y los pañuelos anudados al cuello a la manera de los Boy Scouts americanos. A pesar del susto, sonrió con cierta añoranza y decidió seguirlos; hacía muchos años que no visitaba su antiguo colegio.

La chapa de metal oxidado con las letras UNRWA (Agencia de Naciones Unidas para los Refugiados de Palestina en

Oriente Próximo) seguía colgada en la puerta. A ese colegio encalado y enrejado en todas sus paredes y ventanas no asistían alumnos de nacionalidad siria, solo nietos –algún bisnieto ya– de inmigrantes palestinos. Los profesores no eran funcionarios del Gobierno, sino que recibían su sueldo de organismos internacionales, aunque estaban obligados a seguir el plan de estudios del Ministerio de Educación sirio. Había segregación horaria por sexos y, a pesar de impartirse clases a doble turno, la escasez de medios provocaba que en algunas aulas se amontonara a los alumnos como al ganado.

Tal vez la pintura saltada en las porterías. Tal vez alguna reforma en la fachada. Aun en su decadencia, todo era reconocible. Momo sonrió al ver en el patio el limonero y recordó que, cuando salían a jugar en los recreos, los ratones silvestres escapaban con rapidez detrás de cualquier grieta. Al ver a los niños puestos en fila en el patio también recordó que todos los sábados, antes de entrar en clase, había que alinearse para saludar a la bandera. Su compañero de mesa, un niño enclenque y avispado, tocaba entonces el himno nacional sirio en un viejo teclado y todos, profesores, alumnos y bedeles cantaban en una catarsis colectiva, enérgica y apasionada: brazo derecho alto sobre el hombro del compañero seguido de promesas de dar la vida por el presidente Hafez al-Assad, ese hombre tan, ese hombre que... Hafez al-Assad, estadista, padre y amigo. Un ser omnipresente, recortado con las flores de los parterres, retratado en muros, fachadas, barberías, escuelas, estampitas, carrocerías. Ese hombre que nominaba hospitales, calles y centros comerciales y deportivos. Todo era Assad y en todo estaba Assad: camisetas, tazas, relojes. Assad era Siria y Siria era Assad. Uno sencillamente no podía asomarse a la ventana o coger un taxi sin ver su silueta en espejos, anuncios y banderas. Hafez al-Assad, ungido protector de la identidad nacional.

***

La familia Assad pertenecía a la minoría alauita dentro de la rama islámica de los chiíes –la mayoría de los sirios son sunníes y tal vez por eso los Assad veían fantasmas de traición en todas las aristas de la patria–. Controlaban la policía, los medios de comunicación y el ejército. Contaban además con un férreo apoyo social y la generalidad del país defendía en público sus políticas y se enorgullecía de la nueva prosperidad que anunciaba el régimen. Después de décadas de colonialismo, guerrillas internas y sucesivos golpes de estado, con Hafez había llegado cierta estabilidad y aperturismo. En la calle se hablaba de la familia en términos elogiosos y al apellido Assad siempre lo seguían palabras elevadas como «pueblo», «democracia» y «patria». La realidad, sin embargo, era que, con más de una docena de agencias policiales distintas –muchas integradas por soplones y matarifes–, ofender o cuestionar a los Assad, aunque fuera dentro del grupo más íntimo, representaba un riesgo que pocos ciudadanos estaban dispuestos a enfrentar.

Los Assad llegaron al poder en 1970 después de que Hafez, padre del actual presidente Bashar, diera un golpe de estado. Hafez era un hombre inflexible, de media sonrisa y mirada falsamente benévola. En pocos años construyó una república estrictamente laica, una república socialista autárquica cimentada en el monopolio de su partido político y más concretamente de su clan familiar. Apoyado en un fuerte ejército de casi medio millón de hombres –espejo y espejismo de la diversidad religiosa del país– Hafez inventó la república hereditaria. También modernizó el país. Construyó bibliotecas, escuelas, autovías, lujosos hoteles y hospitales, y, al tiempo que caía la Unión Soviética, supo lavar su imagen de dictador feroz de cara a Occidente –eso sí, sin soltar amarres con la nueva Federación Rusa– mientras que dentro de sus fronteras resistía a sangre y fuego a una oposición armada, barbuda y radicalmente islamista: los Hermanos Musulmanes.

Hafez al-Assad murió en el año 2000 y le sucedió su hijo menor Bashar –el hijo mayor de Hafez, Basel, llamado a ser su heredero político había muerto en un accidente de tráfico unos años antes–. Retraído y con aspecto sietemesino, a Bashar los sirios lo conocían como «el niño de mamá».

El pueblo recibió con una esperanza casi supersticiosa al nuevo presidente. Razones tenía. Graduado en Medicina en la Universidad de Damasco y con un posgrado británico en Oftalmología, Bashar representaba la juventud, la honestidad y la renovación cultural de Occidente. La comunidad internacional lo acogió con mansedumbre y lo llamó reformista al tiempo que aplaudía la apertura económica del país. Y en cierta manera Bashar no defraudó, al menos no al principio. Nada más llegar al poder liberó a presos políticos, a opositores y a intelectuales; permitió las reuniones y el debate de carácter político y anunció la buena nueva de un dios infalible: el turismo. Si incluso se ha casado con una ciudadana británica, decían los más convencidos y entusiastas.

Pero ya se sabe que la naturaleza de los niños de mamá es enrabietarse al menor barrunto de competencia. En pocos meses, Siria regresó a la casilla de salida. Bashar dio un portazo a su inicial aperturismo con la detención de un grupo de intelectuales que no dejaban de cuestionar sus políticas. Las decenas de ramas de la policía secreta, la Mukhabarat, salieron de su letargo y recuperaron su omnipresencia centrada en combatir a los enemigos del régimen y en procurar el mantenimiento de los Assad en el poder. Se reabrieron las cámaras de tortura, volvió la represión y con ella el miedo.

***

Desde muy pequeño, Momo, como cualquier otro sirio, aprendió que no debía hablar de los Assad ni en su propia casa; nadie sabía quién podía estar escuchando. En Siria las paredes tienen oídos, fue una de las primeras cosas que aprendió Momo cuando llegó a la edad de las preguntas. Cualquiera, el tendero, el vendedor de helados, el barbero o incluso la profesora de Matemáticas podía ser una espía de la Mukhabarat. Todo era niebla y confusión en torno a la política, y Mahmud, que sabía que los niños son devotos cantarines de todo cuanto escuchan en casa, insistía en el especial cuidado que había que tener en la escuela. Su hermana mayor, Najya, siempre contaba el caso de una compañera originaria de Hama que en un recreo le había dicho que Hafez al-Assad era un dictador sanguinario. Alguien debió de oírla y dar el chivatazo, un profesor, un compañero, a saber. Lo que está claro es que una niña de ocho años no podía saber lo que era un dictador así que en algún sitio tenía que haberlo oído. A la mañana siguiente, cuando la hermana de Momo llamó a la puerta de su amiga para ir juntas a la escuela, nadie respondió. Y lo mismo durante muchos más días.

La política, sin embargo, estaba muy presente en las aulas. En la asignatura de Nacionalismo Momo aprendió que esa identidad nacional de la que tanto se hablaba significaba que tanto él como su familia no eran sirios, sino palestinos que viven temporalmente en Siria hasta que el país fuera a la guerra con Israel y pudieran recuperar la tierra usurpada –y Siria, claro está, su parte de los Altos del Golán trágicamente perdida en la Guerra de los Seis Días de 1967–. La madre patria esperaba a los palestinos con el fuego encendido y la comida caliente.

Nacionalismo era sin duda la asignatura favorita de casi todos los compañeros de Momo. A los niños les gustan las historias de guerras y más cuando te cuentan que has ganado y que vas a ganarlas todas. En lugar de nombrar a Israel se hablaba de la Entidad Sionista, de territorios por conquistar como en el Risk, de guerras pasadas y sobre todo de glorias futuras. A Momo, sin embargo, tanto infortunio y patriotismo infatigable lo aburría y de ninguna manera conseguía despertar una vocación guerrillera. A decir verdad, lo único que le gustaba del colegio era la clase de Música.

Extramuros la vida era más tranquila y despreocupada. Que Yarmouk fuera un lugar hermoso para ser niño es algo que ahora resulta difícil de entender. Tanto da. La hermosura de la infancia no depende del lugar sino de la luz. Y en Yarmouk había luz. Todo lo que uno vive en la infancia le pertenece para siempre en un grado máximo de privacidad. Y lo que Momo poseía en Yarmouk eran decenas y decenas de primos –ha olvidado cuántos, treinta o cuarenta–, los partidos de fútbol con el balón de trapo y porterías de tiza, la primera bicicleta que le regalaron con la que no podía alejarse más que tres manzanas y el recuerdo de las tardes en las que sus padres fumaban y bebían té azucarado con hojas de menta sobre las alfombras turcas de la azotea; una azotea siempre olorosa, llena de plantas y grandes rosas damascenas. En los meses de más calor, toda la familia dormía en esa terraza. Extendían alfombras y cojines y miraban las estrellas de Damasco o las luces del monte Qasioun mientras el abuelo contaba historias de Palestina y de una casa blanca como la pulpa de una manzana verde.

***

Se hacía tarde. El tráfico en Damasco era siempre terrible y Momo pensó que debería darse prisa si quería llegar a tiempo de coger un asiento en el aula de la facultad. Fue entonces cuando lo reconoció. Lánguido y vegetante, aquel hombre seguía pareciéndose a un Woody Allen amoratado. Había encanecido y caminaba encorvado como si vigilase con furia los cordones de sus zapatos. Pero sin duda era él.

Momo sintió un hormigueo en el cuello y un instinto primario: odiaba a aquel hombre. Agachó la cabeza y sonrió con cinismo al recordar que, después de todo y gracias a ese malnacido, Samer se había convertido en su mejor amigo.

***

Samer era –y es– un palestino de tercera generación al igual que Momo, aunque de orígenes más complejos. Huidos también de Galilea durante la Nakba, los abuelos paternos de Samer se establecieron en los Altos del Golán. Tras la derrota contra Israel en la Guerra de los Seis Días, tuvieron que huir de nuevo y terminaron en el campo de Yarmouk. Allí su padre conoció a una kurda originaria de Raqqa, ciudad del norte de Siria bañada por el Éufrates. Si la historia de los Palestinos es trágica, la desventura y resignación del pueblo kurdo solo se puede explicar desde la incredulidad y el asombro. Los kurdos son un pueblo tribal y nómada con una población de más de cuarenta millones que nunca ha disfrutado de un país propio. No hay caso igual en el mundo. La región de Kurdistán se encuentra repartida entre Turquía, Irak, Irán y Siria, más un pequeñísimo territorio en Armenia con frecuencia olvidado. A pesar de contar con una historia milenaria, lo más cerca que han estado de conseguir un estado propio fue tras la caída del Imperio Otomano, al finalizar la Primera Guerra Mundial. Pero el reparto colonial anglo-francés, el hallazgo de petróleo en zonas estratégicas que habían de pertenecer al futuro Kurdistán y una serie de dobles promesas y tratados inasumibles llevaron a una partición de fronteras que fragmentó al pueblo kurdo dentro de países en los que no eran bienvenidos. El régimen sirio siempre los ha considerado extranjeros y les ha negado más derechos incluso que a los palestinos –propiedades, voto, empleo público o educación secundaria– a pesar de que los kurdos no se han movido de su territorio desde hace más de mil años. Aun con todo, la vida de los kurdos en Siria es mejor de la que llevan sus hermanos en Turquía; allí ni siquiera se los reconoce como pueblo y hasta hace pocos años han tenido que soportar, entre otros estigmas culturales, la prohibición de su alfabeto bajo penas de cárcel.

***

Al ser hijo de palestino, Samer asistía a la misma escuela que Momo y estaba sentado junto a él el día en que la profesora le partió la mandíbula de un tortazo por no tener hechos los deberes de Nacionalismo. La camisa militar de Momo quedó manchada de sangre para el resto del curso. Samer salió en su defensa y los dos terminaron castigados y apaleados por el director. Les quedó eso sí, una buena historia que contar y esa amistad fraterna e inviolable de los que han compartido trinchera y heridas.

Sucedió en el tercer curso de primaria. Terminado el ramadán, explotó la vida en Yarmouk. Todo el campo de refugiados estaba de buen humor. Interminables colas a las puertas de cafés y heladerías, regateo ininteligible en los mercados, partidas de *backgammon* bajo las palmeras al dulce olor del narguilé, polvareda, ruido, ires y venires; la vida, en definitiva.

Para Momo el final del ramadán significaba tres días sin escuela. Tres días con la sola obligación de levantarse temprano para ir al cementerio con sus padres y sus hermanas. Luego visitaba a los familiares repartidos por Yarmouk, jugaba a la videoconsola con sus primos y recibía un buen puñado de libras para comprar cromos e ir a merendar la leche espesada que vendía junto a «la Sandía» un hombre con un radiocasete colgado del cuello que emitía versículos del Corán.

Tanta animación hizo que Momo se olvidara de hacer las tareas de Nacionalismo. Aunque esto no es del todo cierto. Esa primera tarde después del ramadán tocaba clase de Música. Cuando la profesora escuchó la justificación de Momo, le soltó una bofetada. La indisciplina se pagaba y el castigo físico era la mejor penitencia.

Todo habría terminado ahí, con una mandíbula partida como escarmiento y el aviso a navegantes. Pero Samer –quizá porque tampoco tenía las tareas de Nacionalismo o quizá dominado por los primeros coletazos de su naturaleza irreflexiva– se encaró con la profesora, una mujer de enorme culo que desafiaba a cualquier silla. Cuando la profesora se acercó al pupitre de Samer para aplicarle la misma medicina, descubrió una caricatura en su cuaderno en la que alguien con el bigotito y la media cortinilla del presidente Hafez se meaba sobre la bandera tricolor kurda.

Al tiempo que la profesora salía del aula, comenzaron a volar papeles y guantazos mientras unos y otros se reían de lo sucedido. La algarabía quedó reducida a un murmullo de hojas de cuaderno cuando a los pocos minutos regresó la profesora con el director de la escuela. El director preguntó y la profesora respondió. El director fue hasta el pupitre de Samer y vio su cuaderno. Sonrió con indulgencia. Preguntó otra vez y la profesora respondió. Pintas muy bien, Samer, ¿verdad? Samer asintió y el director le pidió que se pusiera en pie. Le pasó el brazo por encima del hombro, lo zarandeó con afecto y caminaron tranquilamente unos cuantos pasos hasta llegar al extremo de la clase. Entonces, sin nada que lo anunciase, el director paró en seco, abrió una ventana, levantó a Samer de la camisa y lo arrojó al vacío.

Dos horas más tarde los padres del defenestrado acudieron muy solícitos a la escuela. Entraron en el aula, observaron los pupitres vacíos de Samer y Momo y tragaron saliva. Delante de todos los alumnos pidieron disculpas a la profesora, le dieron las gracias al director con exageradas reverencias y subieron la voz para lanzar una amenaza que a buen seguro ninguno de los alumnos ha olvidado: Si esto vuelve a ocurrir puedes comerte la carne de nuestro hijo, solo acuérdate de devolvernos después los huesos.

***

Al salir de Yarmouk, Momo se dio cuenta de que no tenía suficiente gasolina para llegar hasta la facultad. Con idea de evitar el seguro atasco en el barrio de Al-Zahira, intentó una ruta diferente. Los nervios, el mal humor y la ansiedad lo llevaron a perderse por algún barrio de la periferia de Damasco en el que nunca antes había estado. Por suerte, no tardó en encontrar una gasolinera. Repostó, se compró un refresco y extendió sobre el salpicadero un mapa para averiguar cómo llegar hasta la Facultad de Derecho.

Primero escuchó los cánticos.

Luego vio las pancartas, las banderas y los brazos en alto.

ESTOCOLMO, SUECIA. ABRIL DE 2012

Dios es una mujer alta y delgada como un minarete. Tiene el pelo amarillísimo, casi transparente, recogido en un único penacho muy apretado. Dios se sabe todopoderosa y te mira a través de unas gafas de pasta que le van algo grandes en el puente de la nariz. Tendrá entre cuarenta y cuarenta y cinco años. Lleva una falda ceñida hasta las rodillas, zapatos planos y un conjunto de blusa y americana azul marino que le da un aspecto templado y aeroportuario. Parece un buen dios. Quieres que sea un buen dios. Necesitas que sea un buen dios. Te da los buenos días y te saluda en árabe y te pregunta cómo te encuentras y te pide que te sientes y te sonríe y todo eso crees que va a tranquilizarte, pero no lo hace.

Dios tiene una sonrisa espontánea que invita al sosiego, pero enseguida se sienta y ya no sonríe más.

Hace solo un momento, mientras esperabas a que mamá y Fatima hablaran con Dios, otros inmigrantes te han explicado la importancia de que te toque un buen dios. Porque resulta que hay dioses buenos y dioses malos. Ahmed es un marroquí al que le han denegado el asilo por tercera vez. Según Ahmed, a él le ha tocado un dios malo. Lo van a extraditar, pero él dice que se va a escapar a Italia donde vive su hermano, así será más fácil conseguir papeles, entonces volverá a Suecia, porque aquí hay más ayudas.

Tu caso es diferente, le has dicho, soy refugiado de una guerra. Hasta los más adormilados y murmurantes han levantado la vista y te han mirado con una perplejidad lastimosa.

Más que la mirada lo que te ha espantado es que parece que algunos llevan aquí mucho tiempo, que forman ya parte de este mobiliario de sala de espera. Al menos la habitación es amplia y ventilada, nada que ver con las salas de espera en Siria. Hay decenas de sillas de color madera y una máquina de agua en la que puedes elegir si la quieres tomar fría o caliente. Las salas de espera, piensas, representan a un país mejor que cualquier dato estadístico.

En el altavoz suena tu nombre. En Suecia nadie pronuncia bien la segunda sílaba.

Dios necesita un traductor. El traductor de Dios es una mujer bajita, de ojos veloces e inquietantemente verdes. Juntas, Dios y traductora, parecen un dúo cómico. La traductora te mira poco pero cuando lo hace se esfuerza por demostrarte complicidad.

Sabes que Dios te preguntará cómo has llegado hasta aquí, por qué, cuándo. Querrá muchos detalles. Para tu sorpresa, lo primero que te pregunta es si tú y tu familia estáis bien en el apartamento que la Agencia de Migraciones os ha asignado. ¿Significará eso qué podemos quedarnos?

Estás asustado. Has aprendido a temer los buenos presagios. Tienes tanto miedo que, mientras esperabas tu turno, te has descargado en el móvil la Convención de Ginebra sobre el Estatuto de los Refugiados. Te la aprendiste casi de memoria, aunque ahora no recuerdas nada.

Sabes que solo tienes tu historia, que no tienes evidencias, que no hay más pruebas que tu capacidad de hacerte «creíble».

Hay muchas cosas que te gustaría conocer de tu dios. Por ejemplo, te gustaría saber qué periódicos lee, a qué partido político piensa votar, si cree que lo que está sucediendo es un problema de Europa, de los países árabes, de Estados Unidos y Rusia o una consecuencia de un colonialismo mal clausurado. Buscas pistas por las paredes, en la mesa, intentas descifrar lo que escribe. Quizá Dios cree que en el país no entran más refugiados, que primero hay que solucionar los problemas de Suecia, de los suecos, de los ciudadanos de linaje y condición. Es normal, piensas, todos tenemos problemas. También te gustaría saber si las familias que están ahí fuera le provocan compasión o mala conciencia. Si distingue, a saber, a un palestino de un kurdo, el acento afgano del iraquí, las tristezas de un sudanés de las de un eritreo, a un migrante de un refugiado. Le preguntarías si alguna vez ha tenido problemas con algún árabe por la calle, y de ser así, de qué nacionalidad era. ¿Cree Dios en Dios?, ¿le gustan los restaurantes árabes? Y enseguida piensas que no, que lo que de verdad te gustaría saber de Dios es si tiene hijos, si tiene ojos para entender tu problema.

Por encima de todo está el miedo a que mamá o Fatima hayan dicho algo que no deberían haber dicho. Eso sería una catástrofe imposible de solucionar. No soportas que las cosas no dependan por entero de ti. Cíñete a la historia, les has dicho un millón de veces. Lo que no sabes no lo sabes, les has recordado. Vosotras estabais en casa, no os inventéis nada. Pero bien sabes que a mamá le gusta hablar, rellenar suposiciones con certezas, confundir lo que cree con lo que sabe. A mamá le gusta exagerar, dar detalles, repetirse, pobrecilla, como a todas las personas a las que de repente alguien escucha después de mucho tiempo de silencio doméstico.

Sabes que Dios tiene otros colegas. Otros dioses. Más tarde se reunirá con ellos y les contará tu historia. Lo que tu dios relate en ese olimpo decidirá un sí o un no. Sí o no. No hay más. Así que todo depende de lo que le digas ahora a este dios que te ha tocado por un simple ejercicio de azar.

¿Cambiarías de dios ahora mismo si te dejaran? No, no lo harías, te gusta tu dios.

Dios abre una carpeta y tuerce el gesto de un modo tan radical que te fascina y te aterroriza a un mismo tiempo. Piensas que si se cambiara el peinado y llevara lentes de contacto podría parecerte hermosa.

Debes concentrarte. Al principio es cuando más concentrado tienes que estar. Es necesario duplicar con exactitud las respuestas que diste el primer día que solicitasteis asilo en la Agencia de Migraciones de Malmö.

Dios habla corto y reposado.

¿De dónde vienes?

De Siria.

¿Cómo has llegado aquí?

En avión.

¿Desde dónde?

Turquía.

¿Desde qué ciudad?

No lo sé.

¿Quién te llevó hasta allí?

No lo sé, un coche, un hombre.

¿Cómo saliste de Siria?

En coche.

¿Has pedido asilo en otro país?

No.

¿Te han tomado las huellas en otro país de la Unión Europea?

No.

¿Con quién has venido?

Con mi hermana pequeña y mi madre.

¿Tienes más familia?

Sí.

¿Dónde están?

No lo sé.

¿Qué pasaría si vuelves a tu país?

Me matarán, es decir, nos matarán.

Llevas semanas estudiando las posibles preguntas. Ensayando las respuestas que podrían ayudarte. Aunque Fatima y mamá no han dejado de llorar, has tenido que trabajar con ellas las respuestas un millón de veces. Una sola historia, maciza, roma, sin fisuras, irrompible. Papá os ha dicho que Dios tiene que escuchar lo que Dios quiere escuchar. Papá sabe. Papá entiende. Papá siempre dice que no aceptes sobornos, que pidas favores. Papá te ha salvado muchas veces. Hay que ceñirse al guion.

Mamá y Fatima echan de menos Siria. Creen que van a volver. Tú sabes que no puedes volver. Ellas estaban en casa, saben poco, así que la historia que Dios quiere escuchar es la tuya. Tú eres quien va a ofrecer la perspectiva diferente.

Te ves reflejado en una ventana. Se te ve cansado. Desde que llegaste a Suecia la mitad de tu pelo se ha vuelto blanco. ¿Será por el frío? Sonríes. Hay surcos en tu cara, junto a los ojos. Has perdido peso.

La traductora te pregunta si estás listo. Asientes.

Empecemos.

Dios te preguntará lo mismo muchas veces. De diferentes maneras. Con diferentes entonaciones. Con eso no cuentas. Odias explicar lo mismo dos veces.

Pronto descubres que estabas equivocado, no estás en una entrevista. Esto es una investigación. No les importa tu historia y tu historia es todo lo que tienes. Buscan descuidos, contradicciones, errores en las fechas, incoherencias en el itinerario. Dios entra en cada detalle que mencionas, lo contrasta, lo clasifica y busca conexiones con la realidad siria. Te enfadas. Dices que eso ya lo has respondido varias veces.

La traductora te reprende con la mirada. Te has equivocado, no deberías haberle hablado a Dios en ese tono. A Dios no le importa tu trauma. Dios no es terapeuta, solo es una funcionaria algo cansada de escuchar mentiras con dos niñas en casa y un marido que tal vez tenga una aventura con una compañera de trabajo.

Serán cuatro horas de miseria. Limítate a la puta verdad, piensas otra vez. Si tu historia es demasiado horrible sonará impostada. Mejor que la suavices. Con las pruebas que manejas será muy difícil demostrarla. Hay que volver a pasar por la herida otra vez. Si lo haces bien será la última. ¿Será la última?

Es el momento de contar tu historia y sabes que toda tu familia depende de lo que digas y de que Dios te crea.

¿Cuántas veces te detuvieron?

Tres.

¿Quiénes?

Unas veces la policía, otras veces los servicios secretos. No lo sé.

Bien, empecemos por la primera.

Te concentras en recordar. ¿Qué hubieras pensado entonces si te hubieran dicho que un año después ibas a estar en Suecia?, ¿es que acaso te convertirás en un experto en derecho internacional?, ¿es que te vas a casar con una sueca? Nada tiene sentido y sonríes ante la sola idea de estar en Suecia casado con una sueca.

Por primera vez en tu vida echas de menos Siria. Empiezas a hablar.

Viernes por la mañana. Marzo de 2011. Has estado trabajando toda la noche en la recepción del hotel. Ahora tienes que ir a la Facultad de Derecho, luego podrás dormir unas horas antes de ir a clases de inglés y regresar de nuevo al hotel. Te quitas la corbata. Conduces con las ventanillas bajadas, despacio. De pronto te das cuenta de que no tienes suficiente gasolina. Maldices, si no llegas pronto a la facultad no habrá manera de encontrar sitio en el aula magna. Hay más de dos mil personas matriculadas en Derecho y solo trescientos asientos. Los que no tengan hueco deberán marcharse por donde han venido y pedir prestados los apuntes más tarde.

Te desvías en un barrio de las afueras de Damasco y conduces hasta la estación de servicio. Nada más bajarte del coche comienzas a escuchar los cánticos. Enseguida ves llegar a la multitud, son cientos, tal vez más. Llevan banderas, pancartas, los brazos en alto. Algunos graban con sus teléfonos móviles. Recuerdas entonces a los niños de Daraa, recuerdas los vídeos que se comparten por Facebook y YouTube.

Miras a la multitud. Te dan pena todos esos manifestantes. No crees que la revolución sea posible ni necesaria. Hace unas semanas Amid te preguntó si pensabas que algo parecido a lo de Egipto y Túnez podría suceder en Siria. Tú te reíste y le dijiste que Assad mataría a todos los niños de Siria antes de que alguien toque la silla en la que está sentado. Amid no podía creerte. Assad es un doctor, repetía, educado en Europa, es un intelectual, no un carnicero como su padre.

En la radio niegan. Dicen que en Daraa la población atacó primero a la policía. Dicen que esos vídeos han sido rodados en un estudio de grabación de Qatar, que están manipulados. Dicen que los ha preparado el régimen saudí o los Hermanos Musulmanes, «esos islamistas bárbaros». Dicen que había terroristas infiltrados entre los manifestantes, kurdos de Irak, miembros de organizaciones palestinas drogados por medios de comunicación extranjeros, sionistas y agentes de la globalización para causar revueltas en la pacífica Siria. Todo junto.

Pero tú no ves bárbaros ni terroristas drogados. Son chicos jóvenes, como tú, que caminan tranquilos y piden cambios. Escuchas las proclamas, las protestas. Piensas que tal vez algo sí ha cambiado: la gente ya no tiene miedo. O lo tiene, pero la dignidad lo silencia. O tal vez está tan cansada que el miedo ha dejado de importar. ¿Se han vuelto locos?, ¿cómo dicen esas cosas?, ¿dónde están las tibiezas en las que te han educado?, ¿dónde la desconfianza cotidiana?

Terminas de echar gasolina y te viene a la memoria el primer día que tu padre te dejó usar este mismo coche. Ese día fuiste con Samer a votar con vuestros documentos palestinos en la mano y los policías se rieron de vosotros. Luego recuerdas la vergüenza de ver los vídeos de Al Jazzera en el sofá de casa. Las madres llorando. La sangre. Los gritos. Los disparos. Las consecuencias de la tortura. No entiendes nada. No eres valiente, pero tampoco crees que esta revolución sea cosa de héroes. Sientes vergüenza y al mismo tiempo un extraño orgullo por haber puesto en palabras lo que sientes; vergüenza al ver cómo sufren otras ciudades, otras familias que intentan hacer algo. ¿El qué? No sabes. Algo. Tú no haces nada. Sientes vergüenza de tus principios, de ti mismo, de creer incluso que a este Gobierno le importa lo que le ocurra a su pueblo. La revolución no triunfará en Siria, de eso estás seguro. En Damasco apenas hay protestas y el régimen cuenta con apoyos internacionales, con el ejército, con tanques, con la policía, con matones, con decenas de comandos infiltrados en la universidad.

Los hombres que ves pasar son de diferentes etnias, religiones y estratos sociales. Van en familia. Llevan a sus hijos a hombros. Incluso distingues el rudo acento palestino entre la multitud. Están contentos. Gritan que Siria está unida. Que no quieren más tortura, injusticia y corrupción.

Y sin pensarlo te unes a la gente.

Todo ha sido muy rápido. Te han empujado y te han metido en una furgoneta por las puertas de atrás. Unos hombres vestidos de verde te golpean con palos. Te hablan de una lección que estás por aprender. Le preguntas al chico que tienes al lado si sabe dónde van a llevaros. No responde. Después de unos minutos la furgoneta se detiene y os sacan de nuevo a patadas. Ves la nieve detrás de las montañas del Qasioun. Sigues en Damasco, eso son buenas noticias.

Te llevan a una habitación donde hay decenas de personas. Todos hombres. Los policías de verde te quitan tu identificación. Pides hacer una llamada y se ríen de ti. Te dan un tortazo. Nadie te golpeaba así desde el colegio. Otra vez mencionan la lección que has de aprender. Intentas sobornarlos y te dan otro tortazo. Recuerdas a tu profesora de Nacionalismo. ¿Una llamada?, repiten algunos, pero ahora al sonreír se miran unos a otros con nerviosismo. Eres un loco o el hijo de un pez gordo. Descubres que a más de un policía le han entrado las dudas del matón melindroso.

La habitación está oscura, huele a humedad, a sudor. No parece sin embargo un lugar tan asfixiante y cavernoso como habías imaginado. Hay un pequeño murmullo que de repente se apaga, desaparece. Oyes gritar a alguien en alguna otra habitación. Grita de miedo, de locura o de dolor. Pronto aprendes a distinguir entre los tres tipos de gritos.

Peor que los gritos es el silencio que les sigue. El silencio entre gritos es lo más terrible. Sabes que ese silencio entre gritos lo escucharás ya durante el resto de tu vida.

Dicen tu nombre. Sales al pasillo y te llevan hasta una habitación más amplia y ventilada. Buscas por paredes y esquinas. ¿Qué buscas?

Eres de los afortunados. Te golpean en la cara con la mano abierta. Te preguntan: ¿Quieres libertad? No respondes y te golpean de nuevo. ¿Quieres libertad?, esto es libertad. Aprendes que la libertad es caliente, líquida y sabe a sal. Te golpean con unas varas flexibles en la espalda y en los dedos de los pies. El dolor es tan intenso que querrías arrancarte los dedos. ¿Vas a volver a hacerlo? Ahora sí respondes. Respondes que no.

Te interrogan, pero no tienes mucho que decir y ellos no tienen mucho que preguntar.

De camino a otra celda consigues sobornar a un hombre de verde para que te deje su teléfono móvil. Llamas a papá. Le explicas lo que ha pasado. Papá está tranquilo y te dice: No te preocupes, lo solucionaré.

La celda está llena de jóvenes. Huele a vinagre, a sudor, a meados. Te tumbas en el suelo y escuchas. Los gritos viajan por la piedra como si esta fuera un perfecto conductor del sonido. Cierras los ojos y, aunque lo creas imposible, duermes.

A la mañana siguiente te devolverán tus cosas. Tu padre vendrá a buscarte en el coche de tu tío Alaa. De camino a casa no diréis una sola palabra.

Antes de entrar en casa tu padre te pone la mano en el hombro y te dice: La próxima vez no será tan fácil. Y tú no sabes si se refiere a que la próxima vez no podrá sacarte de la cárcel o a lo que te harán en ella.

No lo sabes, pero pronto lo sabrás.

II

DAMASCO, SIRIA. ABRIL-OCTUBRE DE 2011

No le habrá venido mal.

Eso fue lo primero que escuchó Momo nada más despertarse. Era la voz de Najya. ¿A qué habría venido? A Momo siempre le extrañó que aun siendo hermanos pudieran ser tan diferentes, que aun habiendo sido criados bajo las mismas circunstancias y por los mismos códigos pudieran ver una misma realidad con formas y coloraciones tan opuestas.

Najya disfrutaba viendo grandes amarguras en cuestiones menores, se le daba bien y era infatigable. Opinaba que ella nunca recibió reconocimiento alguno a su entereza y dedicación por complacer a sus padres. Al menos no el suficiente si lo comparamos con los demás hermanos. Amira, la segunda, era el orgullo de la familia, trabajaba desde hacía dos años en un hotel de Dubái y recientemente le habían ofrecido un ascenso dentro de la misma cadena para irse a Estados Unidos. Fatima, la pequeña, acababa de empezar la universidad y por cuestiones tan profundas como evidentes siempre fue la favorita de Mahmud. Y qué decir de Momo. Su condición de varón ya le daba un estatus diferente en afecto y responsabilidades; hasta el Gobierno le eximía de realizar el servicio militar obligatorio por ser el único hijo de la familia. En cuanto a Najya, hacía un año que se había casado con un funcionario sirio. Ahora estaba embarazada, circunstancia que más que alegrar a los futuros abuelos había causado muchos y variados conflictos familiares.

La futura maternidad, lejos de suponer un renacer espiritual, la había obligado a dejar los estudios y a guardar reposo, cosa que había fortalecido más si cabe su naturaleza culposa e inculpadora. Extirpada en sus metas, Najya se irritaba cuando sus padres justificaban las actitudes demasiado apasionadas, demasiado imprudentes, de Momo. Momo es tan así, tan qué sé yo, tan él, decían Mahmud y Lina, siempre entre risas o encogimientos de hombros, según las consecuencias del disparate.

Pero esta vez la seriedad del asunto hizo que ninguna justificación se insertara entre las denuncias y protestas de Najya: Siempre ha hecho lo que ha querido, cuando ha querido, y vosotros –palabras y murmullos ininteligibles–..., cuestión de tiempo..., ya era hora..., un par de guantazos.

Desde el fallecimiento del abuelo Hamis, hacía ya tres años, la familia se había mudado de Yarmouk a un piso nuevo en Al-Malky, un céntrico y moderno distrito de Damasco. Un piso grande, con grandes habitaciones y grandes ventiladores de largas aspas. Escuchar a través de las paredes exigía concentración y dotes deductivas y Momo no se sentía con fuerzas para forcejeos mentales. Tenía la espalda dolorida y los brazos entumecidos como si alguien hubiera hecho nudos con su cuerpo. Sufría también una intensa presión en las sienes, una fuerza que lo jibarizaba, le exprimía los pensamientos y convertía los recuerdos en imágenes mezcladas y caóticas.

Se metió en la ducha y con el primer chorro de agua caliente se le desprendió un traje de escamas con olor a axila, a curtiduría, a cítricos podridos, que traía de la cárcel. El olor remontó con el vapor y con él llegaron recuerdos vívidos y ordenados. Y con los recuerdos la rabia, y con la rabia la impotencia. Percibió un golpe en el pecho que se parecía mucho a la ira, una ira que se parecía mucho a la humillación. El día anterior, ya en el coche con su padre, había decidido no contar lo sucedido ni a sus amigos ni en el trabajo. Mahmud, sin apartar la vista de la carretera, convino al plan con un gruñido carrasposo. Es todo cuanto hablaron.

De camino al salón Momo se cruzó con el marido de Najya. Tienes a tú hermana contenta, le dijo. Mi hermana siempre está contenta. Risas. Anda –brazo al hombro–, voy a intentar ayudarte con ella, pero tienes que prometerme que no volverás a hacerlo, conozco a algunos de esos tipos y...

Ahí está. ¿Se puede saber qué...?

Oh, Najya, déjame tranquilo.

Claro, tus tonterías solo te afectan a ti.

No estábamos...

¿Estábamos?

No estaba haciendo nada.

Por no hacer nada no detienen a nadie.

Mahmud encendió un cigarrillo y subió el volumen de la televisión por encima de los reproches de su hija. Lina entró en la cocina con la excusa de preparar té y estuvo cacharreando durante un rato, sacando y metiendo sartenes en las alacenas. Najya, consciente de lo que pasaba, moderó la voz hasta convertirla en un susurro: Papá ha tenido que pedir favores. Momo preguntó a su hermana si había visto lo que había ocurrido en Daraa y Najya dijo Daraa-Daraa-Daraa y luego dijo que todo eso no era más que propaganda. Momo resopló: Eres demasiado inteligente para creer esas mentiras. Najya lo llamó revolucionario y al decir revolucionario convirtió ya su voz en afonía. A ver, Momo, ¿qué problema tienes?, vas a la universidad, tienes trabajo, coges el coche de papá cuando te apetece, se te permiten todos los caprichos; ¿quién te ha pagado el viaje a Moscú de hace unos meses?, ¿qué más quieres?

Momo estuvo a punto de gritar que lo que quería era no tener que hablar en susurros en su propia casa, pero después de una rápida mirada a su alrededor se dio cuenta de que su reclamación no iba a servir de mucho.

Entre decepcionada y molesta, Najya colocó una mano en su vientre y otra en la zona lumbar para levantar su cuerpo de embarazada. Su marido se acercó a ayudarla y fueron juntos hacia la puerta. Antes de salir, Najya volvió a mirar a su hermano. Solo piensa que esta vez tus caprichos pueden tener consecuencias para todos, dijo sin ninguna expresión en el rostro.

Diciendo poco e insinuando mucho, Najya señalaba tres caprichos de Momo que resultaron en tres expulsiones: del instituto, de la mezquita y de su propia casa. Pero hasta lo más evidente tiene sus sombras y ambigüedades. En otras palabras, lo que para Najya era un capricho, para Momo representaba una lucha interior, una espuma ardiente que le rellenaba todas las cavidades del cuerpo cada vez que se enfrentaba a lo inviolable, a la cincha de lo establecido, al dogma y la tradición más irreflexiva y medieval.

Si hubiera que establecer en el calendario un despertar para esta vocación inconformista, habría que empezar por una tarde de septiembre de 2001 en la que Momo entró en casa después de la escuela. Llegó a la carrera, se quitó los zapatos y saludó con un grito a su abuela Nadia. Al subir las escaleras que comunicaban la planta baja donde vivían sus abuelos con el piso donde estaba el apartamento de su familia,

Momo se encontró frente a una rata del tamaño de un gato rollizo. Niño y rata se miraron un instante. Los ojos del animal eran dos bolitas de mercurio y su cola un látigo húmedo y ralo. Momo soltó un chillido y la rata escapó escaleras abajo acariciando con el pelaje sus pies descalzos.

A esa misma hora en la habitación de invitados que había justo a la derecha de la puerta principal, Mahmud bebía *arak* y jugaba a las cartas con tres amigos. Los cuatro hombres escucharon el grito y salieron al pasillo en el momento preciso de encontrarse con los colmillos de la rata. Todos ellos habían vivido escenas similares en sus casas, conocían al enemigo y sabían que no era buena idea enfrentarlo sin armas.

Al momento sonó el teléfono en la habitación en la que estaba Momo. Su padre llamaba desde el apartamento de los abuelos. Le pidió que colgase y volviera a llamar al piso de abajo para que esta vez fuera la abuela Nadia quien descolgara desde el salón. Así lo hizo. La abuela recibió la noticia, salió al pasillo y dio la orden: Todo el mundo quieto. Había cuatro hombres en casa, Momo y varios de sus primos trabajando en la azotea, pero fue la abuela quien agarró la escoba y cerró puertas y ventanas para que el bicho no tuviera por donde escapar.

No iba mal la tarde para Momo, al menos eso pensaba tumbado en el sofá. Todo el mundo estaba encerrado por culpa de una rata y él podía comer unos dátiles y relajarse frente al televisor para ver *Detective Conan*, su serie favorita. Para Momo era el mejor momento del día. Daba igual dónde o con quién estuviera, a las cuatro de la tarde siempre regresaba a casa para ver en la televisión *Detective Conan*.

Una hormigonera mugía con su rumor gástrico en el piso que sus tíos levantaban en la azotea. Momo subió el volumen al máximo. En el último episodio Detective Conan se había quedado atrapado en una fábrica que los Hombres de Negro estaban a punto de hacer saltar por los aires. Pero llegaron las cuatro y en la televisión no se escuchó la canción japonesa que Momo se sabía de memoria aun sin entender una sola palabra. Estaban los informativos y por lo que se podía leer en la cinta roja que se deslizaba por la parte inferior de la pantalla había ocurrido un accidente de avión. Los presentadores hablaban de Estados Unidos y se repetían imágenes en bucle. Un avión entraba en un edificio y desaparecía convertido en una bola de fuego. Justo en ese momento ocurrió lo mismo en la torre de al lado, esta vez en directo. La presentadora parecía muy alterada. Momo comió un dátil y sintió un doloroso chasquido en los maseteros. Maldijo para sus adentros, sabía que el Corán no le permitía ir más allá. Odiaba los informativos, los aviones, los dátiles y a los presentadores de las noticias. No entendía qué pasaba en Nueva York y no le importaba. Resignado, encendió la videoconsola.

Pasados unos minutos escuchó gritos en la calle, un eco lejano, bocinas de coche, un jolgorio de abejas que se acercaba y que empezaba a tomar forma en la avenida principal de Yarmouk. El grito crecía y llegaba junto con una multitud. Momo se asomó a la ventana. El murmullo se fue convirtiendo en una vibración que llegaba como las estampidas, más por tierra que por aire, y que poco a poco acompasó su ritmo hasta adoptar una inflexión coral, un zumbido colectivo e ininteligible.

Justo debajo de la ventana uno de sus primos discutía con un vecino mientras miraban un televisor que habían sacado a la calle. ¿Ahmed, qué pasa?, preguntó Momo. Hussein, le dijo su primo con ojos asombrados. Momo sabía que Sadam Hussein era un héroe para Ahmed, un héroe también en todo el Campo de Yarmouk desde que lanzó unos misiles contra Israel hace no-sé-cuántos-años.

Un grupo de personas atravesó las callejuelas que unían la avenida de Palestina para desaguar en la avenida de Al-Yarmouk. Había banderas de Palestina y de Siria, niños a hombros de sus padres que extendían los dedos índice y anular en forma de uve, y jóvenes subidos a los coches con camisetas de Hamás y Al-Fatah mientras los conductores tocaban sus cláxones al ritmo de las cánticos.

Todos sonreían.

En las escaleras Momo se chocó con su primo Abou que llevaba unos sacos de tierra a la azotea. Con este primo tenía más confianza que con Ahmed y le preguntó por qué estaba toda esa gente en la calle. Los aviones, le dijo su primo, ¿no lo has visto? Hasta ese momento Momo no había pensado que el accidente del avión y la muchedumbre que se agolpaba en las calles de Yarmouk guardaran relación. Fue entonces cuando entendió con claridad el grito que se repetía en la calle.

La abuela Nadia salió de casa con la escoba y una bolsa de plástico y se acercó al grupo de amigos de Ahmed que seguía pegado al televisor. No está bien que os alegréis por los muertos, les dijo mientras lanzaba la rata a una escombrera, nada de eso se lee en el Corán, seguro que hay niños en los aviones y muchas personas inocentes en los edificios. Un amigo de Ahmed dio un paso adelante y dijo que esos inocentes también sufragaban al ejército americano con sus impuestos y que con esos impuestos ayudan a Israel a destruir a todos los palestinos: Ellos saben lo que han hecho mal, ¡muerte a América! Y todos corearon y aplaudieron la misma consigna: *Al Mowt Li Âmrikâ.*

Momo miraba, escuchaba y no comprendía. Nadia le dijo que entrara en casa, pero él se mantuvo quieto como un poste, atento a las tesis y al apoyo colectivo de lo que según su abuela era una atrocidad. Los amigos de su primo parecían muy sólidos en sus posturas. Las acusaciones sonaban tan justas y los alegatos tan convincentes que tardó en darse cuenta de que aquello no estaba bien. Fue un segundo de lucidez. Momo entendió que lo que Ahmed y sus amigos celebraban era contrario a todo lo que él creía o le habían enseñado. Pensó que su abuela Nadia tenía razón y que incluso en el supuesto de que en los argumentos de Ahmed hubiera algo de verdad ahora mismo estarían muriendo niños asfixiados, aplastados bajo los escombros, y que muchas familias inocentes sufrirían durante el resto de sus vidas. Sentado en las escaleras, Momo se avergonzó de ser quien era. Se avergonzó de ser árabe y musulmán y sirio y de toda su ancestralidad palestina, y sin darse apenas cuenta movió los labios en una especie de maldición.

Sintió el miedo. Un miedo como todos los primeros miedos, incómodo y deslumbrante. En cualquier momento un rayo caería del cielo para dejarlo imposiblemente convertido en polvo, igual que a todos esos americanos de las dos torres de cristal.

Momo corrió a su habitación, se metió debajo de la cama y todavía con la excitación del que ha saboreado lo prohibido y ha disfrutado de la taquicardia y el dulzor, volvió a maldecir mientras por la ventana se colaba la misma consigna una y otra vez. *Al Mowt Li Âmrikâ. Al Mowt Li Âmrikâ.*

Incapaz de renunciar a su descubrimiento, Momo aplaudía como si hubiera desenmascarado el truco de un mago. Desde la penumbra y seguridad de su escondite, gritaba todas las barbaridades contra Dios que se le ocurrían. Y no pasaba nada. Nada. Solo dejó de aullar y patalear cuando descubrió los pies de su abuela junto a la cama.

Abuela, ¿por qué se alegran todos de algo tan horrible?

Aléjate de las ovejas, Momo, dijo Nadia, es más fácil engañar a un rebaño entero que a una oveja solitaria.

Aquella noche Momo deseó con todas sus fuerzas irse a Estados Unidos. Y de algún modo ciertamente ridículo pensó que, si había algo que podía sacarlo de Siria y de aquel barrio de ovejas, ese algo era aprender inglés. Encendió la luz, sacó de un cajón un diccionario y el libro *Harry Potter and the Philosopher's Stone* que su amigo Samer le había regalado en su último cumpleaños y empezó a leer.

***

A partir de entonces Momo tuvo una adolescencia anormal, es decir, normal, es decir, rabiosa y desbordada de angustias. A los pocos días empezó su primer año de escuela secundaria y eso significaba que tenía que salir a diario de Yarmouk para ir a una escuela siria de mayoría palestina que estaba a más de treinta minutos en autobús. Allí no se infringían castigos físicos y había más libertad. El salario de los profesores ya no venía de Naciones Unidas y era tan escaso que nadie se molestaba en impartir disciplina. Su primo Abou asistía al mismo centro. Abou era dos años mayor, larguirucho, giboso, con aires de matón entristecido y distraídamente benévolo. Momo aprendió pronto que acercarse a Abou era sinónimo de acercarse a los problemas. Y le gustó.

De estudioso tornó en holgazán, de retraído a frívolo, de reposado a intempestivo. Dejó de jugar al fútbol, abandonó las lecciones de piano –tantas promesas había hecho hasta que consiguió convencer a sus padres–, y adoptó la costumbre de fugarse de clase. En los recreos, los primos se subían al larguero de las porterías del patio y desde allí saltaban el muro de tres metros que separaba el aburrimiento del trajín de la ciudad.

Prueba de este total desinterés por el instituto y sus normas fue el día en que unos matones adictos al sirope de codeína organizaron un conato de huelga. En el receso entre asignaturas amenazaron uno por uno a todos los alumnos de la clase de Momo. Los levantaban por la pechera y con el puño cerca de la nariz les decían que si al día siguiente veían a alguien cruzar la puerta del instituto le arrancarían la piel y lo meterían en una bañera de sal. Al llegar a Momo varios de ellos se echaron a reír. A este déjalo, dijeron, si no viene un día normal no creo que vaya a venir mañana.

Damasco fue para Momo una revelación. Las avenidas eran amplias, con altísimas palmeras, atestadas de coches y vendedores ambulantes. Las abigarradas callejuelas de ocre tostado de la Ciudad Vieja poco tenían que ver con el color ceniciento de Yarmouk y estaban llenas de gentes, pieles y lenguas nuevas. Abou y Momo paseaban durante horas. Recorrían zocos y patios ajardinados y se asomaban a los elegantes cafés donde hombres y mujeres tomaban pasteles y helados o bebían zumos y cervezas. Descubrieron que la ciudad era una representación a escala de la pirámide social: en Damasco cuando más alto vivías más importante eras. A veces dormían la siesta, jugaban a las cartas y hablaban de Estados Unidos. Cuando conseguían alguna moneda tomaban *labne,* y en los días de calor caminaban hasta el río Barada y se tumbaban bajo los chopos para leer libros en inglés y comer pan de sésamo con aceite de oliva y sal.

Cuando los profesores averiguaron los métodos de fuga practicados por algunos alumnos, colocaron cristales sobre el muro de cemento. Momo, poco amigo de acrobacias, al ver que su vía de escape estaba sembrada de vidrios terminados en punta, robó un martillo del empleado de mantenimiento y rompió el candado de la puerta principal. Estas y otras ocurrencias provocaron no pocas expulsiones que Momo supo silenciar en casa para no alimentar el síndrome de oveja negra que ya Mahmud empezaba a diagnosticar.

Al abandono de sus obligaciones académicas se unió el de las espirituales. A Momo siempre le habían dicho que era musulmán y como respuesta él se había comportado como un buen musulmán. Iba a la mezquita los viernes, oraba, leía el Corán, profesaba la caridad, el ayuno y hablaba con Samer sobre el día en que peregrinarían a La Meca. Era tal su compromiso con los deberes religiosos que incluso una vecina del barrio iba a su casa para pedirle a su madre que Momo rezara por su marido enfermo. Pero llegó la época de buscar los límites, de tensar cuerdas y de proyectar la rebeldía sobre cualquier figura de autoridad. Una tarde, cuando todavía no sabía que se podía ser ateo ni lo que eso significaba, Momo trató de ridiculizar a un imán que explicaba a un grupo de adolescentes la homosexualidad como una patología contraria a los preceptos de Mahoma. Momo, que ya había descubierto que la única manera de acercarse a los hombres de ideas fijas es ponerse en su hipótesis, comentó con la simplicidad del niño que todavía era que, si un chico enfermo de homosexualidad moría habiendo sido un buen musulmán y cumplido con los cinco pilares del islamismo, le parecía una condena terrible verse obligado a pasar toda la eternidad con cuarenta mujeres vírgenes.

Este tipo de actuaciones a camino entre la burla y el desengaño fueron en aumento hasta culminar el mismo día en que cumplió los dieciocho años. Sin ganas ya de construir un largo e inservible razonamiento, Momo terminó la discusión con el imán acusando al Corán de ser un libro perverso e inútil. Nadie ha cortado nunca una cabeza o ido a una guerra en nombre del ateísmo, dijo frente al escándalo de quienes escuchaban.

Lo expulsaron de la mezquita, o se fue él, o ambas cosas. El caso es que ese mismo imán se presentó más tarde en casa de Momo para exponer a Mahmud su preocupación sobre las opiniones de su hijo.

No es que Mahmud fuera un hombre especialmente religioso, pero si conocedor de sus dudas, dudas que a veces lo asustaban y que a fuerza de regatearlas lo habían convertido en un ciego por voluntad. Un ciego feliz.

Pero Mahmud sabía que los dilemas nos reconcilian con nuestra naturaleza humana –ya de por sí inconsolable– y por eso también sabía que es más fácil creer lo que dice el Corán que enfrentarlo con razonamientos. Al mismo tiempo, era un hombre de profundos conocimientos teológicos que le podrían haber convertido en un imán influyente dentro de su comunidad si no le gustara tanto el sarcasmo y el regusto anisado del *arak*. Además, hoy era el día en el que su único varón se convertía en mayor de edad, no quería disgustos. En definitiva, decidió escuchar al imán, le hizo ver con buenas palabras que se tomaba el asunto entre la chiquillada y la preocupación y, después de varias reverencias impostadas, le prometió hablar con Momo.

Por la noche padre e hijo se enzarzaron en una disputa dialéctica sobre las religiones monoteístas, la vocación misionera y el islam. Mahmud exponía, Momo refutaba con preguntas y buscaba contradicciones. Los dos disfrutaban de la charla: Momo se sorprendía de los conocimientos históricos de Mahmud; Mahmud escuchaba orgulloso el ensamblaje de ideas de su hijo.

Ninguno recordaría después cómo llegaron a discutir las razones por las que las mujeres deben llevar hiyab. Pero si ni siquiera la abuela Nadia lleva velo, dijo Momo con ironía. Mahmud respondió que lo decía el Corán. Momo preguntó entonces que por qué debería importarle a él lo que dice el Corán. ¿Cómo dices?, preguntó incrédulo Mahmud: Según Mahoma las mujeres deben cubrirse cuando salen de casa para evitar que los hombres caigan en pecado. Momo volvió a burlarse: Estoy tratando de hablar contigo con lógica, papá, te escondes detrás de Dios. Mahmud se revolvió incómodo y señaló a su hijo con el dedo índice: ¿Te crees acaso más listo que Mahoma? Bueno, eso no, dijo Momo, está claro que Mahoma tenía que ser muy listo para engañaros a todos.

La madre de Momo trató de intervenir para suavizar el debate, pero Mahmud se puso en pie y le exigió a su hijo que se explicase. Padre, dijo Momo con toda la solemnidad que pudo, soy un buen hijo, has hecho bien tu trabajo como padre, por eso es mi deber agradecértelo y decirte que no creo en Dios.

Mahmud permaneció en silencio durante unos segundos, tal vez confundido, o tal vez esperando algo más de información que desmintiera lo que acababa de escuchar. Momo no añadió nada más y Mahmud, espoleado por un automatismo perfectamente integrado en sus deberes, expulsó a su hijo de casa con una sentencia calmosa y necesaria: Un hijo que no cree en Dios no vivirá bajo mi techo.

En su voz había más tristeza que furia, más decepción que dolor, y señaló la puerta con su dedo índice, despacio, muy despacio, como si realmente no quisiera señalarla.

Temeroso de que el orgullo le hiciera pronunciar una frase sin retorno, Momo se fue de casa sin intentar una réplica.

En la historia nunca escrita de la familia siempre quedó la certeza de que Mahmud habría terminado por capitular y traer de vuelta a su hijo pasados unos días de escarmiento. Pero sería Najya la que, después de dos semanas –y a instancias de la abuela Nadia–, iría a buscar a Momo al apartamento de Amid para convencerlo de que volviera a casa a pedir perdón.

Por fin, le dijo Samer nada más descolgar el teléfono, ¿es que no piensas ir a la fiesta? Momo llevaba dos semanas sin contestar mensajes; de casa a la facultad, de la facultad al trabajo, del trabajo a casa.

Desganado e indiferente, Momo preguntó por; Samer le dijo que; Momo preguntó dónde. Samer le dijo que en qué mundo vivía. Momo preguntó por qué. Samer le dijo que Amid había aprobado su último examen y que ya veo que ni siquiera lo has felicitado. ¿Estará ella?, preguntó Momo. Después de un breve silencio Samer dijo entre la incredulidad y el reproche que sí, pero que se trataba de Amid, no podía poner esa excusa.

Con ella Momo se refería a Shara.

Hacía ya cuatro años de la tarde en que Amid los había presentado en la cafetería de la Facultad de Derecho. Nada más verla, Momo aseguró que Shara era igualita a Amy Lee, la cantante del grupo americano Evanescence. A nadie se lo parecía, pero, para Momo, Shara era una copia con la autenticidad del original: mismos ojos de resucitado, misma voz, misma sonrisa inquietantemente infantil. Solo tardó unas semanas en declararle su amor incondicional, bueno, o algo parecido, porque lo cierto es que cuando estaba con Shara a Momo siempre se le olvidaban las palabras que había ensayado decir.

Desde el principio tuvieron un noviazgo paciente y algo aburrido a ojos de los demás. Uno de esos amores que ya desde el primer día parece que vayan a ser el último, no por pasional sino por rutinario. Cada mañana paseaban hasta a la facultad, se sentaban uno con el otro en una esquina de la segunda fila, se reunían con los amigos en una cafetería de la Ciudad Universitaria y regresaban a casa donde lo primero que hacían era llamarse por teléfono.

Pasado el flechazo por el parecido a Amy Lee, Momo se enamoró de su inteligencia. A menudo cogían un libro de la biblioteca y competían por ver quién era capaz de leer más rápido. Shara no solo ganaba con facilidad, sino que además podía repetir casi de memoria cuanto había leído. Meticulosa y optimista, Shara aplicaba a su futuro la misma receta que utilizaba para memorizar libros. Una vez graduada iba a doctorarse en leyes económicas, casarse, mudarse a un ático en el distrito de las embajadas –o, cuando estaba triste, a una casa con patio andaluz en la falda del monte Qasioun– y tener dos hijas para las que ya había escogido nombres y futuros.

El cuidado y el esfuerzo que Shara ponía en cimentar su porvenir no era algo que asustara a Momo. Al contrario. Momo admiraba la paciencia y determinación de Shara y poco a poco él mismo bosquejó también su propio futuro en un ejercicio de mimetismo. Sin darse cuenta comenzó a cambiar sus opiniones por las de Shara, a apreciar los beneficios del orden, a entregarse a la fuerza sanadora del sosiego y las rutinas puestas a trabajar en dirección a un objetivo. Él mismo se sorprendía de lo tranquilizador que era estar tranquilo, de lo terapéutico que resultaba el valor de la costumbre. Recobró la ilusión por la universidad, por graduarse y estudiar para juez, y en pocos meses no solo recuperó las asignaturas que tenía pendientes del primer curso, sino que aprobó holgadamente todas las del segundo semestre.

La educación religiosa de Shara, sin embargo, no era tan fácil de apreciar para alguien de la racionalidad extrema de Momo. La quería, sí, pero cada vez toleraba menos los recatos y las excesivas moralidades. Durante el primer año apenas se vieron fuera de la rutina académica más que durante un par de fiestas de cumpleaños y en un recital de poesía de Amid. Los códigos para hablar con Shara por teléfono se hicieron más complejos y las razones para tomar uno u otro camino en el regreso a casa cada vez más ridículas y ambiguas. Momo se fue cansando de tanto escondite, de tanta despedida lejana, de tanta evasiva para no verse fuera de los horarios que ella marcaba en una agenda semanal y de tanta mirada nerviosa a cada paso que los acercaba al barrio de Baramkeh donde trabajaba un tío de Shara. A veces es difícil de predecir la marea alta, le diría Amid cuando Momo le explicó su terrible e inesperada transformación.

Al final del segundo año, ese amor sereno de bolsa de pipas y largos paseos por la Ciudad Vieja dio paso a dilatados silencios. Momo tardó en advertir que lo que en realidad le resultaba más frustrante y difícil de sostener con argumentos no era el tedio, ni el secretismo, ni siquiera que tuvieran que despedirse dos manzanas antes de llegar a casa de Shara. Para Momo lo más terrible era la falta de contacto físico. Desde que comenzaron la relación Momo y Shara solo se habían cogido de las manos en dos ocasiones. La primera sentados en la fuente del Palacio de Azem el día en que murió el abuelo Hamis, cuando, frente a las lágrimas de Momo, Shara solo supo responder con un suave roce de condolencia. La segunda tras una discusión en la que Momo le recriminó su frialdad y excesivo recato. Le dijo que no podían continuar así indefinidamente. ¿Así cómo? Así, dijo Momo midiendo con los brazos la distancia entre los dos. Tras una larguísima mirada al suelo –larguísima al menos se le hizo a Momo–, Shara respondió al ultimátum colocando su mano sobre la de Momo. Momo sabía que aquello era la trampa de quien busca redención sin estar arrepentido, pero sirvió para ablandar su postura. Al acariciar la mano de Shara por primera vez, Momo comprendió que nunca podría cambiarla, que la voluntad inquebrantable y los rocosos principios que habían hecho que se enamorara de ella se habían vuelto contra él. Tenía que quererla así o terminar con la relación. En ambos casos se sentiría decepcionado y vacío.

Finalmente, Momo hizo lo que siempre hacía frente al absurdo, se rebeló. Él también era así, ¿cómo?, así, ¿qué más da? Frente a las dicotomías y el maniqueísmo moral Momo siempre había encontrado terceras vías y soluciones extravagantes. Una vez sopesadas todas sus opciones, miró a Shara a los ojos y casi sin pensarlo elaboró un largo discurso lleno de cursilerías, nostalgias y recuerdos compartidos. Y le pidió matrimonio.

Aquello trastocaba los planes de Shara de un modo que no supo controlar. Le soltó la mano y negó como si hubiera recibido una noticia terrible e inesperada. Hasta que no me gradúe no quiero casarme, dijo claramente ofendida. Podemos comprometernos ahora, dijo Momo, hablar con nuestras familias y casarnos después de terminar la universidad. La respuesta de Shara fue la misma y entre el orgullo de uno y la indignación del otro, no dieron con más salida que terminar con la relación.

No me olvides, le dijo Momo atragantado.

Momo pasó los dos meses siguientes en un estado de funambulismo depresivo. Dejó de ver a sus amigos, de ir a la facultad y de asistir a conciertos y recitales de poesía. La echaba tanto de menos que pensar en Shara le daba arcadas. Se encerró con la música de Evanescence, se dejó crecer una ridícula barba alopécica y suspendió todo el semestre. Con la idea de sacarlo de casa, su padre le dijo que tendría que ponerse a trabajar para costear las asignaturas pendientes. Momo llamó entonces a Dubái a su hermana Amira y esta le consiguió un empleo de botones/seguridad/chico-para-todo en el Hotel Four Seasons de Damasco.

Después de preparar las mesas para el desayuno, sacar la basura y organizar los turnos de limpieza, Momo se pasaba las noches en la recepción del hotel chateando con su primo Sasha, el hijo de un hermano de Mahmud afincado en Rusia desde hacía décadas. Sasha no hablaba árabe y Momo no hablaba ruso, por eso de niños se habían odiado con toda la fuerza que puede odiar un niño cada vez que la familia de Sasha venía de visita. Pero al llegar a la adolescencia el inglés sirvió de conductor y engrudo. Durante una de las visitas a Damasco de la familia de Sasha, los primos se hicieron grandes amigos y desde entonces compartían bromas, música y confidencias. Dos meses después de la ruptura con Shara, y con la idea de animar a su primo, Sasha le envió una invitación para que fuera a Moscú. Momo solicitó el visado y por primera vez en su vida viajó solo al extranjero.

Nada más llegar a Moscú, Momo dejó la maleta en casa de su primo y se fueron a conocer la ciudad. Primera vez en Rusia, primera vez que probaba el vodka –sal, vodka y limón, sal, vodka y limón–, primera borrachera, primeros besos con una chica y primera experiencia sexual. Todo estaba condimentado con la exaltación de la primera vez.

Fue una semana arrolladora e iniciática. Momo salía con Sasha todas las tardes y no regresaban hasta que el metro de Moscú empezaba a funcionar a la mañana siguiente. Bailaron durante horas, comieron de pie a la salida de los clubs nocturnos, bebieron mucho vodka, hicieron nuevos amigos y conocieron a chicas a las que Momo hacía reír imitando exageradamente los modos y el acento rusos.

Momo nunca se había emborrachado ni nunca volvería a tener semejantes borracheras. Después de los excesos, Momo siempre se encontraba tan mal que si alguien le hubiera dado una pistola no hubiera dudado en terminar con aquella agonía. *¿De dónde viene este dolor de cabeza?, ¿por qué tanta sed si no he parado de beber?, ¿se mueve de verdad el techo?, ¿por qué no me he acordado de Shara en todo el día?* Momo no podía dejar de sonreír. Luego pensaba en Shara, mantenía con ella una conversación telepática y se abrazaba a la almohada para no vomitar.

***

Por cierto, le dijo Samer antes de colgar el teléfono, ¿has escuchado lo que ha dicho la Pantera Rosa?, está dispuesto a conceder la ciudadanía siria a los kurdos residentes en el país. Como única respuesta Momo preguntó la hora de la fiesta. A las seis, contestó Samer nuevamente decepcionado.

La celebración fue en el apartamento que Amid tenía alquilado en la periferia de la Ciudad Universitaria. Además de los amigos que tenían en común, Amid había invitado a un grupo de poetas de la Facultad de Literatura Árabe y a unos músicos que tocaron canciones armenias y de la cantante libanesa Fairuz. En varias mesas bajas había dispuesto empanadas de verduras, humus, olivas, tabulé, ensalada de berenjenas, pasteles, té azucarado, refrescos y varios narguilés encendidos que Amid había pedido prestados. Los invitados se habían repartido por las alfombras y los grandes cojines del suelo y hablaban animadamente en grupos de tres o cuatro. Otros pocos habían salido a una pequeña terraza que daba a un patio interior y fumaban en silencio sus cigarrillos.

Aunque la celebración era en su honor, Amid nunca fue amigo de protagonismos y se le veía más pendiente de la comodidad ajena que de recoger parabienes. Momo lo sabía, sabía que Amid era de esa clase de personas cariñosas y bienhumoradas que disfrazan su timidez con sonrisas y tácticas amables. No por repetida la estrategia perdía eficacia: Amid siempre respondía a las preguntas con evasivas y vaguedades que derivaban de nuevo en un interlocutor que se cree respondido y se siente escuchado.

Llevaban varios años siendo amigos, desde que se conocieron en un recital de poesía al que Momo había acompañado a Samer. Momo y Samer estuvieron todo el recital entre la burla y la risa ante sus maneras engoladas y mesiánicas de recitar. Se marchaban ya cuando Amid se acercó a Samer y le hizo unos apuntes sobre sus poesías que llegaron a emocionarlo. Es la primera persona que entiende lo que escribo, le dijo Samer a Momo.

Amid era originario de As-Suwayda, un pueblo de mayoría drusa cercano a la frontera jordana, famoso por sus vides y por su festival del vino de septiembre. Curiosamente la ciudad es conocida como «la pequeña Venezuela» pues más de la mitad de su población nació en el país caribeño y posee la doble nacionalidad. Este era el caso del propio Amid, cuyo bisabuelo llegó ochenta años atrás desde Caracas a As-Suwayda y donde compró tierras y cultivó varias hectáreas de viñedos. La relación de Amid con sus padres no era muy fluida desde que decidiera cambiar la uva por el verso, lo que había acentuado aún más una naturaleza abierta a la melancolía y el exceso.

No había malicia ni dobles intenciones en Amid, eso lo sabía cualquiera que pasara cinco minutos en su compañía. Era hilarante con el gracioso, tierno con el alicaído y elogioso con el humilde. Por eso, cuando decidió convocar una fiesta en época de exámenes para celebrar su graduación, todos acudieron sin coartadas ni falsos esfuerzos.

Nada más entrar en el piso, Momo le dio un abrazo a Amid, lo felicitó con la mayor discreción y le pidió disculpas sin especificar el motivo. Luego hablamos, dijo Amid. Momo miró a su amigo con preocupación. Tenía la cara huesuda y los párpados hinchados, de un aspecto reptiliano. ¿Sabes algo de la prórroga?, le preguntó. Luego hablamos, repitió Amid.

Momo había pasado varias semanas desconectado de la actualidad universitaria, pero por un momento dudó de si no habrían sido años. De repente en la fiesta era normal hablar del régimen, de las manifestaciones y de la familia Assad. Hasta entonces, cuando se hablaba de política entre amigos solo se tocaban los grandes temas de manera tangencial y en base a generalidades: comunismo o capitalismo, Estados Unidos o Rusia; o se criticaba lo terrible de las guerras y dictaduras en algunos países árabes. Como si en Siria no tuviéramos problemas, como si en este país hubiera libertad, pensaba Momo cuando escuchaba esas conversaciones.

Ahora no solo se opinaba en detalle sobre las revueltas en Libia o Egipto, sino que se censuraba la situación de Siria. Por un momento Momo llegó a pensar que aquello era una trampa de la policía secreta de Assad. La Mukhabarat estaba infiltrada en todas partes y más en aquellos tiempos convulsos y más en los círculos universitarios. Enseguida desechó la idea al ver como unos y otros se mostraban vídeos en los teléfonos móviles y se decían nombres y palabras llenas de connotaciones que hasta entonces sonaban clandestinos y extranjeriles. Para Momo fue una revelación similar al día en que insultó a Dios y ningún rayo lo fulminó. Aunque hubiera que susurrarlo, aunque hubiera que dar rodeos semánticos y se mantuviera el instinto de mirar con cautela alrededor, se opinaba y, lo que era más sorprendente, no había cuidado por caer en posicionamientos. El miedo seguía, claro, el miedo estaba siempre, por supuesto, pero ahora era un miedo compartido y en lo compartido todos se sentían más valientes.

Shara apareció poco después. Momo la vio llegar como un animal tímido y sin embargo firme y sintió que le faltaba el aire. Sabía que no se quedaría mucho, estaban en época de exámenes y Shara no se permitiría desperdiciar su tiempo en ociosidades. El compromiso con Amid la había traído y el compromiso con ella misma se la llevaría pronto. Además, pensó Momo con cierto alivio, tampoco tendría manera de justificar en casa una ausencia prolongada. Quizá por eso nada más felicitar a Amid por su graduación Shara fue directamente al encuentro de Momo. Dime si es verdad, le dijo con una mirada fija y ensayada. Siempre que hablaba, Shara emanaba fuerza y confianza, sin embargo, no era una buena actriz, y aunque trató de mantener la compostura y la indignación a Momo le pareció que estaba tensa y con un punto de cobardía en el desplante.

Más que la pregunta de Shara a Momo le dolió la traición. Era una presunción peligrosa pues significaba que uno de sus dos mejores amigos había revelado el secreto de las hazañas moscovitas. Para Momo eso era un acto de deslealtad imperdonable.

Primero pensó en Amid. Sabía que Amid y Shara eran grandes amigos y tal vez en una apelación a la culpa estaba la confesión. Shara veía en Amid a un chico dulce y responsable, atento y respetuoso con las ideas de los demás y por eso siempre buscó su compañía y consuelo. A su vez, Amid pensaba en Shara como en una hermana pequeña a la que había que proteger por ser propensa a la lágrima y al dramatismo.

No ha podido ser él, pensó Momo. Amid era leal, un amigo de los que te hacen favores sin la báscula calibrada. Momo recordó que siempre había sido un aliado franco y con la sensibilidad de los perros para conocer el estado de ánimo de sus dueños. Lo veía capaz de una confesión así, pero no de llevarla a término sin advertírselo antes al infractor.

Descartado Amid, Momo pensó en Samer, en su continuo deseo de protagonismo y en su forma de entender el mundo como un teatrillo de variedades. Ahí estaba, presumiendo de unas ilusorias dotes de guitarrista y hablando con gestos y ademanes de dandi con la cantante del grupo de música. Samer llevaba un par de meses saliendo con una chica libia de orígenes italianos y desde entonces empezaba todas las conversaciones con un «porque nosotros los italianos» que hacía sonreír hasta al más taciturno. Samer lo tenía todo para caer mal y sin embargo irradiaba un algo magnético que a todo el mundo le gustaba. A todo el mundo, menos a Shara. Shara lo veía como a un egocéntrico sin escrúpulos. No soportaba su manera de burlarse de los sentires contrarios al suyo ni su carácter impredecible y desacomplejado tan opuesto a su tenacidad de termita. Samer le daba miedo, o envidia, o tal vez el miedo y la envidia sean una cosa muy parecida. Pero por encima de sus actitudes chulescas y de sus chistes malos, lo que a Shara más le molestaba es que tenía que reservarse estas opiniones porque todos los demás pensaban que Samer era un loco fácil de querer.

Momo buscó los ojos de su amigo Samer y ese cruce de miradas fue suficiente para descubrir al culpable de la puñalada. Pensó en acercarse y darle un puñetazo. No solo se libraría de contestar a Shara, sino que le daría una lección a su amigo.

¿Es verdad o no? La voz de Shara lo sacó del trance. Momo se hizo el sorprendido, preguntó con un punto de soberbia y desgana a qué se refería y trató sin demasiada convicción de cambiar de asunto. Tomó aire, cerró los ojos para recuperar la compostura y de pronto a la mente se le vino el olor de la celda. Recordó el interrogatorio y los gritos que llegaban atravesando suelos y paredes. La experiencia le provocó un cambio muy profundo y comprendió que la culpa de que ahora se encontrara en esa situación tan incómoda no era de Samer. Si no hubiera querido que se supiera, sencillamente no debería habérselo contado a sus amigos como había hecho con su detención. A lo mejor, pensó, lo que deseaba al contarlo era precisamente eso, que Samer difundiera sus aventuras en Moscú hasta que, saltando de chismoso en chismoso, llegaran a oídos de Shara.

Momo abrió los ojos, respiró otra vez tratando de disipar el recuerdo de la celda y miró a su exnovia. ¿Quieres que te diga la verdad o que te mienta?, le dijo justo antes de recolocar la vista en el vacío.

Shara, acostumbrada a guardar la compostura, agrandó los ojos para sujetar las lágrimas, se llevó la mano a la boca en otro gesto de mala intérprete y se marchó a casa.

Dos horas más tarde en la fiesta solo quedaban Samer y Momo. Juntos ayudaron a Amid a recoger el salón y luego salieron a tomar el aire a la terraza. De muchas de las ventanas que daban al patio interior salían luces amarillas que impedían ver las estrellas. Como si llevara horas esperando ese momento, Amid cerró la puerta con llave, sacó unas cervezas que tenía escondidas en el frigorífico y abrió una bolsita con hachís. Los tres empezaron a fumar y a reír.

Así que te han dado la beca, dijo Samer chocando la cerveza de su amigo, enhorabuena, hermano. Amid sonreía y hacía anillos de humo recostado sobre un gran cojín. Momo miró a sus amigos con cierta indignación. Aquello era muy importante y ni siquiera se lo habían contado. Enseguida recordó que Amid había tratado de llamarlo en varias ocasiones y él no había respondido a pesar de lo cual su amigo no le había hecho ninguna recriminación.

Amid soltó una carcajada e improvisó algunas bromas sobre su futura condición de doctor y las reverencias con las que deberían saludarlo. En cualquier caso, dijo, lo importante es esto, y desplegó un impreso en el que solicitaba una nueva prórroga por estudios para el servicio militar obligatorio: Desde luego no es el mejor momento para que te llamen a filas.

Sabéis, dijo Momo en un momento de silencio, empiezo a creer que algo bueno está ocurriendo en Siria. Amid miró sorprendido a su amigo y le preguntó cuántas cervezas había tomado. A Samer le hizo mucha gracia y la espuma se le salió por la nariz. Volvieron a reír.

Veréis, continuó Momo, mi padre ha estado trabajando en la frontera con Turquía y dice que los movimientos populares se están extendiendo por todo el oeste del país. Después de los incidentes de Daraa, la Pantera Rosa empieza a tener miedo. Las protestas cada vez son más numerosas y en más ciudades. Assad no puede seguir matando a la gente para silenciarla. ¿Tú crees?, preguntó Samer con sarcasmo. No sé, continuó Momo, dicen que va a hacer algunas concesiones, a elevar los salarios públicos y esas cosas; la semana pasada se liberó a más presos políticos y aunque el levantamiento del estado de excepción es una patraña no deja de ser un gesto significativo.

Samer hizo otra mueca de burla: ¿Pero a ti qué te ha pasado?, si tú eras el más pesimista de todos; a la Pantera Rosa le da igual todo eso, a pesar de lo que se ve en internet siguen sin reconocer a los muertos de Daraa y aseguran que solo se abrió fuego contra los manifestantes en legítima defensa. Me temo que Samer tiene razón, dijo Amid exhalando el humo y estirando los brazos, el otro día miles de personas se han manifestado en la Ciudad Vieja en apoyo a las políticas del régimen; Assad se siente más reforzado y ha dicho en la televisión que todo lo sucedido es culpa de una conspiración de países enemigos y de terroristas infiltrados.

Recostado en una esquina, Momo empezó a pensar que tal vez era la cerveza y la interpretación parcial que estaba haciendo él de esa noche lo que le habían creado una falsa ilusión sobre las posibilidades del alzamiento. Tal vez lo que decís sirva para el centro de Damasco, dijo sin demasiada convicción, pero no es así en los suburbios. Aunque no salgan por la televisión pública, las protestas crecen en Duma, en Latakia, en Homs. Tal vez sea cierto que hay una mano extranjera detrás, pero qué más da, al final solo pueden salir cosas buenas de todo esto.

Venga, Momo, le interrumpió Samer, si tú mismo dijiste que la Pantera Rosa es capaz de matarnos a todos y gobernar un cementerio solo para mantenerse en el cargo.

Y lo sigo pensando, dijo Momo, pero ahora el pueblo se siente fuerte y mi padre dice que algunos de los militares de las aduanas empiezan a pensar que si esto sigue así parte del ejército se puede sublevar y que se negarán a castigar a la población, ya pasó en Túnez y en Egipto, ¿sabes lo que significaría eso?, el final de la familia Assad. Te diré una cosa, la primera vez que maldije a Alá…

¡Oh, no!, dijeron Samer y Amid a la vez, esa historia otra vez no.

La primera vez que maldije a Alá, continuó Momo, no pasó nada y eso cambió mi vida, ahora por fin puedo maldecir a otro dios aún más poderoso y sé que tampoco pasará nada.

No estés tan seguro, dijo Amid mientras abría otras tres cervezas y se las acercaba a sus amigos, ya sabes lo que dicen, ni el mismo Dios se atrevería a difamar a los Assad.

Momo dejó su cerveza en el suelo y comenzó a tararear una canción con animado ritmo de *dabke* que había escuchado repetir una y otra vez en la manifestación. Poco a poco se fue animando y levantó la voz para cantar las estrofas que recordaba. Excitados por lo pegadizo del cántico, Samer y Amid pronto se unieron al estribillo con palmas y zapateos.

Bashar eres un mentiroso, Bashar la libertad está en la puerta, es hora de irte.

Yalla irhal ya Bashar.[1]

Maher[2] eres un cobarde, al diablo con tu discurso, no eres más que un agente de Estados Unidos, los sirios no serán más humillados.

Yalla irhal ya Bashar.

Bashar deja de esconderte, se te busca en Hama, tus crímenes no serán olvidados.

Yalla irhal ya Bashar.

Con la última estrofa los tres recobraron de golpe el juicio perdido. El cielo estaba limpio y estrellado: casi todas las luces de los pisos que daban al patio interior se habían apagado. Pero los tres amigos no miraban las estrellas; miraban la puerta y aguantaban la respiración, esperando a que algo o alguien la echara abajo de un momento a otro.

Se oían ladridos a lo lejos. Más lejos aún, los muecines llamaban a la oración y un grupo de coches aporreaban el claxon en alguno de los miles de atascos de la ciudad. Pero Samer, Amid y Momo no distinguían estos ruidos. De pronto su audición se había vuelto portentosa y eran capaces de pa-

1. «Vamos, vete, Bashar»: Canción protesta cuya autoría se atribuye a Ibrahim Qashoush. Durante las protestas en Hama de junio de 2011 un vídeo en el que se ve a la multitud coreando las estrofas de Ibrahim se hizo viral. Días después el cantante fue encontrado muerto en el río. Estaba colgado bocabajo y tenía las cuerdas vocales seccionadas.

2. Maher al-Assad. Hermano del presidente Bashar y comandante de la Guardia Republicana.

sar por alto todos los sonidos comunes. Ahora sus oídos solo atendían a las vibraciones más leves e imperceptibles: el crujido de las vigas, el zumbido de los cables de electricidad, el suave caminar de los insectos, la respiración contenida, la fricción de los párpados al cerrarse.

Pasaron unos minutos y nadie tocó al timbre. Ninguna otra bombilla se apagó en las ventanas que daban al patio. Los perros se cansaron de ladrar, los coches siguieron su camino y los almuédanos terminaron su llamamiento.

Samer, Amid y Momo se miraron, soltaron el aire que tenían guardado en los pulmones, apuraron la cerveza y todo Damasco quedó en silencio.

Aunque había prometido no asistir a más manifestaciones, Momo todavía era joven y pensaba que podía pagar cualquier precio que la vida le cobrara. Lo ocurrido en el apartamento de Amid le había hecho creer que algo en Siria estaba cambiando, que la revolución y la causa ganaban fuerza. Cada viernes, a la salida del trabajo, se acercaba paseando hasta alguna de las principales mezquitas a la hora en la que terminaban los rezos y se unía a las protestas. Cantaba, bailaba y daba palmas como uno más. Después llegaba el ejército, las sirenas y la policía, y todo terminaba en una estampida de gases lacrimógenos, piedras, cañones de agua, palizas y disparos. Momo no era rápido, pero sí intuitivo. La experiencia y el miedo le habían trabajado una suerte de instinto para anticipar las encerronas y escabullirse a tiempo por alguna callejuela antes de que todo se complicara.

La revolución, sin embargo, no prosperaba de la misma manera que en el resto de países árabes. Los muertos ya superaban el centenar, se hablaba de masacres en Homs y Hama y había tanques desplegados en los alrededores de Daraa después de que grupos opositores hubieran quemado varios edificios gubernamentales. Las manifestaciones revelaban que medio país estaba en contra del otro medio. Incluso en la familia de Momo había primos y tíos que se mostraban a favor de Assad y creían que tanto alboroto y aparente descontento solo era una conspiración de los Hermanos Musulmanes, o de Israel, o de Arabia Saudí que había enviado a extremistas a

Siria para desestabilizar al país. Para cada noticia había un culpable y para cada culpable una teoría conspiratoria bien cimentada.

Nadie se había atrevido a ponerlo en palabras todavía, pero el miedo a una guerra sobrevolaba ya las ideas de los más agoreros.

Momo también había descubierto que no todos los jóvenes estaban a favor de un cambio de régimen, y que incluso algunos de sus amigos más críticos con la situación del país ni siquiera apoyaban la manera en la que se intentaba derrocar a los Assad. En la universidad había muchos alumnos que pertenecían o simpatizaban con la Unión de Estudiantes, una organización afín al partido del Gobierno que entre otras cosas trabajaba en el espionaje y la delación para los servicios de seguridad a cambio de una subida en sus calificaciones o de las mejores habitaciones en las residencias de la Ciudad Universitaria. De este modo, en el ambiente estudiantil era fácil saber lo que opinaba cada uno: quien hablaba lo hacía a favor de Assad, los demás callaban.

***

Unos días antes de las vacaciones de verano, Momo y Shara coincidieron en el vestíbulo de la Facultad de Derecho. Después de una serie de comentarios amables y faltos de coherencia, empezaron a discutir y a subir la voz. En un principio todo eran acusaciones cruzadas, reproches o interpretaciones interesadas de una misma realidad. Momo se rindió y dejó que Shara desahogara su rabia para terminar así con el espectáculo cuanto antes.

Un grupo de alumnos comenzó a reírse del comportamiento de Momo. Se burlaban por dejar que una mujer le hablara con esa falta de respeto en público. Momo no quería problemas y le pidió a Shara que siguieran la conversación en otro lugar. Los matones se envalentonaron con la primera victoria y los siguieron a lo largo del pasillo. Las indirectas, onomatopeyas y comentarios ofensivos iban a más y ahora también se dirigían a Shara. Antes de salir a la calle, llegaron los primeros insultos y empujones.

Momo no pudo controlarse. Sabía que eran cinco contra uno y que le iban a dar una buena paliza, pero no le importó. Esperó hasta llegar a un punto del pasillo en el que no pudieran rodearlo y, al tiempo que hacía escudo con su cuerpo para proteger a Shara, sacó la navaja que llevaba siempre encima desde que era niño.

No fue la navaja. Tampoco la evidencia de que Momo estaba dispuesto a todo por cerrarles la boca. Fue su lenguaje. Tantas veces Amid le había hablado de la fuerza de las palabras y tantas veces Momo lo había tildado de cursi. Después de mudarse al distrito de Al-Malki, Momo había renunciado al fuerte acento de su familia para evitar las bromas y el estigma social que sufrían los palestinos en los barrios más aburguesados de Damasco en cuanto abrían la boca. Al principio su familia se había mofado de su repentino cambio de acento y de las nuevas expresiones refinadas y ridículas con las que llegaba a casa cada día. Pero poco a poco la realidad sacó músculo y en unos meses toda la familia fue adoptando en mayor o menor medida la modulación damascena.

Hacía cuatro años que Momo no recurría a esa jerga, a esa voz oxidada y violenta de los que han crecido en los callejones de Yarmouk y bailan la navaja con habilidad desde los cinco años. Por un momento a los matones les entró la duda de quienes solo encuentran valor en el miedo ajeno. Animado por la reacción que había provocado, de la boca de Momo salieron nuevas amenazas que los matones no entendieron pero que sí comprendieron.

Pero tampoco fue eso. Tras la primera vacilación, los acosadores se palparon el cuerpo y comprobaron con sorpresa que las palabras de Momo no les habían causado heridas. Se miraron, echaron cuentas y avanzaron a por él con sonrisas renovadas.

Mientras Momo soltaba otra retahíla de bravatas y exabruptos intraducibles, vio salir a un alumno de los servicios y acercarse a grandes zancadas. Dos más emergieron de una sombra al tiempo que se remangaban la camisa. Otros tres bajaron por unas escaleras laterales y rodearon al grupo. Más tarde Momo descubriría que ni siquiera se conocían entre ellos. Al escuchar a Momo, un mensaje atávico y subterráneo los había llamado célula a célula por el rizoma de su palestinidad. Un desarraigo hereditario, un no pertenecer a ningún sitio, la pérdida de un hogar desconocido sesenta y cinco años atrás.

***

Pasaron la tarde en una cafetería de la Ciudad Universitaria rememorando la inexistente batalla y dándose palmadas de ánimo. Todos eran estudiantes de Derecho y originarios de Yarmouk. Algunos aún vivían en el Campo y, aunque nunca se habían visto, no tardaron en encontrar conocidos en común y momentos y lugares en los que tenían que haber coincidido. Cada uno contó su historia y la de su familia, todas similares a las de los abuelos Hamid y Nadia. Todas iguales a las de cualquier familia de refugiados.

Le dijeron que Yarmouk era todavía y de momento un lugar tranquilo y casi ajeno al conflicto. Sin embargo, recientes acontecimientos comenzaban a amenazar la neutralidad palestina. El 15 de mayo, fecha del aniversario de la Nakba, decenas de autobuses viajaron desde el centro de Yarmouk hasta la línea del armisticio con Israel en los Altos del Golán. El Gobierno de Assad llevaba semanas instigando a los palestinos contra el enemigo sionista para desviar la atención del conflicto interno. Al llegar a la zona de observación de Naciones Unidas, cientos de jóvenes cruzaron la frontera siria con el beneplácito de los soldados y ondearon banderas palestinas en territorio anexionado por Israel. Dos de esos chicos estaban sentados ahora con Momo. Mataron a más de treinta de nosotros, dijo Ibrahim, el que parecía más comprometido y exaltado. Esos perros sionistas usaron balas de punta hueca, ¿sabes lo que te hace eso en el cuerpo? Momo les dijo que sí, aunque en realidad no lo sabía ni quería saberlo. No le eches toda la culpa a Israel, dijo Ahmed, el otro chico que había cruzado la frontera, el Gobierno sabía que nos iban a acribillar y por eso nos empujaron a la carnicería, solo querían desviar la atención de las cámaras de lo que está pasando aquí.

En la cafetería alguien pidió silencio con fuertes chisteos y subió el volumen de la televisión. Assad estaba dando un discurso desde la misma universidad para pedir diálogo y unidad frente a los terroristas que trataban de desestabilizar al país. De pronto un grupo de estudiantes gritó: «Assad es Siria,

Assad o nada». La mayoría coreó el eslogan y se añadieron las habituales consignas patrioteras que terminaron por exaltar a los congregados: «Dios, Siria, Assad y nada más».

Una vez más Momo corroboró que Assad contaba en la universidad con más apoyos de lo imaginable. Momo siempre había defendido el sistema educativo sirio y a menudo se quejaba del bajo nivel que traían los estudiantes europeos. Para Amid, sin embargo, el proyecto educativo de los Assad tenía un doble rasero muy bien trabajado. El régimen supo desde el principio que las ideas nuevas surgen entre la gente joven, entre la gente educada, y por eso se preocupó de cuidar a esa veta de la sociedad. Una jugada arriesgada, ¿verdad?, decía Amid cuando encontraba a alguien con ganas de escuchar, dar educación a un pueblo al que piensas someter por la fuerza es peligroso, y precisamente por eso Hafez se encargó con sumo cuidado de supervisar y dirigir la educación. Pero ¿cómo?, se preguntaba entonces Amid y a continuación él mismo explicaba su teoría:

En una de sus decisiones más elogiadas y populares de sus cuarenta años de gobierno, Hafez dio al país educación gratuita y universal incluso a nivel universitario. Para alcanzar este último escalón era necesario obtener unas determinadas calificaciones en la educación secundaria, de lo contrario los alumnos tendrían que buscarse la manera de hacer frente a los gastos de matrícula. Pretendido o no, lo que parecía un incentivo para que los estudiantes se esforzasen por conseguir buenas notas abrió la puerta a un nuevo tipo de corrupción y de rebote el Gobierno encontró un modo de tener ojos en todos los rincones de la universidad. Los estudiantes afiliados al partido baazista de los Assad, o aquellos que pertenecían a la

Unión de Estudiantes –grupo de claro corte progubernamental– solían conseguir un pequeño empujón en sus calificaciones para lograr el acceso gratuito a una de las treinta universidades públicas del país. Con esto su lealtad quedaba asegurada.

***

Momo miró a sus nuevos amigos palestinos y vio que los cinco bajaban la cabeza ante las arengas a favor de Assad. Aprovechando el griterío, Hassan, un cristiano originario de Jerusalén, le preguntó a otro llamado Said por su hermano. No sabemos nada, le respondió con un leve susurro. Al parecer el hermano de Said había sido apresado por grabar con su teléfono móvil una protesta a las puertas de una residencia universitaria. Según Said, alumnos de la Unión de Estudiantes lo habían identificado y los servicios de seguridad lo habían detenido al día siguiente al entrar en el campus. Said pensaba que se le requisaría el teléfono y se le daría una advertencia, pero desde entonces nadie había vuelto a verlo.

Ibrahim mencionó entonces un grupo de Facebook. Dijo que él sabía, que él conocía, que él podía. Hassan habló de derechos humanos. Otro dijo protesta pacífica. Y Said que contara con él. Ibrahim miró a los demás y les dijo que no había nada que temer, que solo se trataba de pedir democracia y libertad para los estudiantes que habían sido detenidos injustamente, para el hermano de nuestro hermano Said.

A Momo no le daba miedo participar en las protestas, sino la sospecha de que alguno de aquellos vecinos de Yarmouk perteneciera a grupos paramilitares. Cuando las miradas se centraron en él, Momo confesó que no, que él ya había sido detenido en una ocasión y que prefería no arriesgarse. La confidencia causó tanta admiración como desencanto y rechazo. Hassan incluso se atrevió a cuestionar su valor y la veracidad de su historia, pero finalmente todo quedó en una despedida cordial y en un intercambio de cuentas de Facebook y números de teléfono.

***

Desde que Momo podía recordar, Mahmud era destinado al norte del país durante las vacaciones escolares para trabajar en la frontera con Turquía. A toda la familia le gustaba pasar los veranos en Alepo, una ciudad superpoblada y hermosa –la más bella y elegante del mundo según los propios alepinos y la BBC–, levantada en mármol, famosa por su jabón de laurel y rodeada por grandes extensiones de arbustos de flor roja que producían los mejores pistachos de Oriente. A Momo siempre le gustó el frescor de sus callejuelas blancas frente al calor aplastante de Damasco y los zocos angostos y empinados llenos de aromas a canela, láudano y resina. En Alepo, además, tenía un grupo de buenos amigos cristianos con los que jugaba al fútbol cada tarde y se tumbaba a ver atardecer mientras comían aceitunas y dulces turcos.

Pero ese verano Mahmud cambió sus planes. Desde hacía años arrastraba problemas en los pulmones derivados de sus excesos con el tabaco y la *shisha*. La enfermedad podría haberle servido para una pronta y merecida jubilación, pero él había preferido recuperar un par de favores, falsificar los informes médicos y seguir trabajando.

Ese verano, sin embargo, Mahmud no se veía en condiciones de ocuparse de ninguna aduana en la frontera. A principios de abril Assad había cerrado el paso con Turquía para evitar la entrada a indeseables. Eso provocó que en las aduanas fronterizas las jornadas se alargaran a base de chequeos agotadores y exhaustivos en busca de cámaras de vídeo, sistemas de radio o equipos de transmisión por satélite de periodistas o miembros de organizaciones no gubernamentales que trataban de entrar en Siria sin los correspondientes permisos.

Cansado, empachado de rumores y oliendo ya el hervor de la mezcla de intereses que empezaba a cocinarse en el país, Mahmud presentó los informes médicos reales en el ministerio y se jubiló.

Fue un verano de lo más aburrido para Momo. Amid había regresado a casa de sus padres para ayudar en los viñedos antes de comenzar sus estudios de doctorado. Por su parte, Samer pasaba todo el tiempo con su novia libia y cada vez que se veían insistía en hablar un italiano de parvulario que resultaba cansino y poco divertido. Sin Shara y sin amigos, Momo perdía los días pegado a la videoconsola, leyendo libros de filosofía y chateando con su primo Sasha en el ordenador del hotel.

Una de esas noches Momo recibió por Facebook la solicitud de amistad de Ibrahim. Más por cordialidad que por interés, la aceptó. De inmediato le llegó una invitación para participar en unas charlas y lecturas de manifiestos a favor de los estudiantes presos que iban a realizarse el primer día de universidad. Momo recordaba bien a Ibrahim, fue el primero en llegar en su ayuda contra los matones. Admiraba su determinación desde antes incluso de saber quién era y lo que había hecho. Le escribió un mensaje privado y le dijo que lo pensaría.

Esto no hay quien lo detenga, contestó al segundo Ibrahim. Ningún ejército del mundo puede aniquilar a todos estos millones de personas. Momo se mostró complaciente, pero le dijo que una cosa era participar de una protesta y otra organizarla. Ibrahim se limitó a adjuntar un vídeo de la gran manifestación que había tenido lugar en Yarmouk por la muerte de otros veinte jóvenes en la frontera con Israel durante la Naqsa o «Día de la venganza». Llevados por el espíritu de la revolución, decenas de miles de palestinos gritaban libertad, igual que en otras ciudades sirias, y preguntaban por qué aquellos jóvenes habían sido enviados al matadero por Assad.

***

Cuando Ibrahim terminó de dar las explicaciones las doce personas que escuchaban aplaudieron. Y recordad, dijo, mejor mensajes que llamadas y mejor palabras que mensajes; hablad solo con aquellos que sean de vuestra confianza, sabemos que hay representantes de algunas asociaciones de estudiantes que pertenecen o dan información a la policía secreta.

Cuando todos se marcharon, Momo se acercó a Ibrahim. No quiero problemas, le dijo, no quiero ni pensar lo que sería que me detuvieran una segunda vez. Ibrahim le pasó el brazo por el hombro, lo zarandeó y le dijo que estuviese tranquilo: A mí también me han detenido hace un par de meses por lanzar carteles pidiendo la libertad de otro estudiante palestino, sé de lo que hablas. Ibrahim se desabrochó la camisa y le mostró unas líneas difuminadas, casi transparentes; líneas que serían invisibles para cualquiera, pero no para Momo.

Ibrahim le explicó una vez más que el objetivo era conseguir una protesta tan masiva que los servicios de seguridad no tuvieran medios para controlarla ni fuerzas para detener a nadie. Lo importante es permanecer unidos, solo podrán observar y cuando lleguen los refuerzos todo habrá terminado. Tengo un amigo cámara de televisión que va a estar en el campus grabando un reportaje. Subiremos el video de la concentración a internet para que todo el mundo vea que los estudiantes de Siria estamos unidos, que no somos terroristas y que solo queremos que nos dejen aprender.

***

Fogueado en muchas y variadas manifestaciones, Momo sabía identificar rápidamente a los miembros de la policía secreta por su modo de mirar y de mirarse. No tardó en distinguir comportamientos extraños en algunos estudiantes. Los infiltrados buscaban algo o a alguien y no sabían disimular.

En el otro extremo de la protesta, se formó una pequeña pelea. Momo vio a varios hombres con porras arrastrando a Hassan dentro de una furgoneta. En otra esquina de la plaza, dos hombres de paisano golpeaban a Said y lo metían en un coche particular. Lo mismo ocurría con varias de las personas que la noche anterior habían estado en el apartamento de Ibrahim.

Momo sintió que una mano se cerraba en su hombro y de lo más que tuvo tiempo fue de cerrar los ojos.

ESTOCOLMO, SUECIA. ABRIL 2012

Te preguntas. Te preguntas muchas veces, ¿por dónde se empieza a ordenar una vida?, ¿por el principio?, ¿por el final?

A veces parece que Dios trabaja para un público invisible. Ese rictus tan hermético, esa mirada tan anónima y esos movimientos automáticos tienen que ser una teatralización. Nadie, ni siquiera Dios, puede ser tan aséptico.

Tu dios tiene unas facciones suaves y ovaladas que no casan con tanta seriedad. La miras y piensas que seguro que se ríe a grandes carcajadas con sus amigas los sábados por la tarde, se suelta el pelo, bebe vino blanco y deja una suave línea de carmín en el borde del vaso. A veces, cuando ha tomado un par de copas, se desabotona un poco la blusa y dice groserías y hasta puede que tenga un punto de perversión que solo conocen los que la han tenido en su cama.

Contigo parece un soldado de uniforme. No cambia el gesto. No da síntomas de fatiga. No baja la atención. Termina de anotar y vuelve a las preguntas. No es necesario, pero te la traducen.

¿Qué pasó la segunda vez?

Tú sí estás cansado. No sabes por qué le estás contando los peores días de tu vida a una mujer que vive en Estocolmo. Hasta hace unas semanas Zlatan Ibrahimović era lo único que conocías de Suecia y ahora sabes que sus padres también fueron inmigrantes. Tal vez todos somos, de un modo u otro, inmigrantes. Pero eso a nadie le importa.

La traductora también parece agotada. Sus intervenciones cada vez son más cortas en comparación con lo que han sido tus palabras. Dios lo sabe, mueve la cabeza y la mira con incredulidad y cierta suspicacia.

Ya es casi de noche. El cielo está encendido y el reflejo de los últimos rayos te daña los ojos. Qué diferente es la luz del crepúsculo aquí. En Damasco aún será de día.

¿Agua?, que no, que gracias, que estoy bien. ¿Descansar?, que tampoco, que prefieres continuar, que cuanto antes termines mejor.

Dios parece estar de acuerdo.

La segunda vez.

Te esposan. Te meten en un coche. Un coche viejo, con olor a humus y a tabaco. Un coche no oficial. Detienen a Said, a Hassan, a Waed, a muchos de los que viste en casa de Ibrahim. Hassan se unirá a los rebeldes en octubre. Said se exiliará al Líbano y no volverás a saber nada de él. Ibrahim se suicidará dos meses después de ser liberado.

Te vendan los ojos. Te golpean. Sientes una respiración hirviente: ¿Quieres luchar contra nosotros?

Dios te pide con la mano que te detengas. Niega con la cabeza. Te estás adelantando. Espera, te dice con un interés renovado, te pide que retrocedas, Dios quiere saber cuándo, Dios quiere saber adónde, tu dios, maldita sea, quiere saber demasiadas cosas, pero sobre todo quiere saber por qué. Sonríes por primera vez en dos horas. ¿Por qué?, nunca hay un por qué.

Comienza el curso. Han sido semanas de preparación. Cuentas anónimas de Facebook. Correos electrónicos y mensajes de móvil. Tu primo Abou ha preparado *flyers* y dos pancartas en la imprenta donde trabaja. No sabéis cuánta gente irá. Ibrahim dice que una vez allí los estudiantes empezarán a unirse. Os vais a congregar en los jardines que hay frente a la Facultad de Derecho. Se van a leer poemas que hablen de libertad y algunos van a llevar guitarras para cantar canciones de Ziad Rahbani. Nada de consignas políticas. Eso es importante. Poemas y canciones. Queréis demostrar que lo que está ocurriendo en el país no es una lucha entre clanes o clases sociales. Tu hermana se ha casado con un alauita, dos de los compañeros que organizan la protesta son alauitas, Amid es alauita, y Assad, Bashar al-Assad, es alauita.

¿Tú qué eres? No eres sirio, tampoco palestino. Tal vez no seas nada.

Ibrahim tenía razón. Poco a poco algunos estudiantes se han empezado a unir. Otros se alejan. Comprometidos y cobardes, no hay más.

Han venido camuflados, pero sabes que han venido. O tal vez ya estaban entre nosotros desde hace mucho. Llegan algunos coches. Nadie se mueve. ¿Qué es lo peor que puede ocurrir?, alguien pregunta. Ir a la cárcel, ser expulsado. No, no van a expulsar a nadie, dice Ibrahim. Todos conocen el protocolo. Si te llevan a la cárcel no podrán abrirte un informe policial que diga que se te detuvo por manifestarte. No habrá registro alguno y no podrán expulsarte.

Comienzan las detenciones. Tienes miedo. Los que se han quedado están quietos. No vais a moveros. Nadie quiere darles motivos. No estáis haciendo nada malo ni protestando contra nadie. Solo estáis reunidos. Nada más. Se llevan a uno: es Said. A otro, a otro. A Hassan. Después a Ibrahim.

Y te eligen a ti.

Nunca sabrás quién te ha señalado. Quién ha dicho aquel, aquel y aquel. ¿Fue Waed? ¿Fue Oum? ¿Rami o Marie? No lo sabes. Nunca lo sabrás. A pesar de todo lo que ocurre hay demasiados defensores del régimen, amigos incluso, que al ver las imágenes repiten: tienen lo que merecen, si no quieres que te peguen no salgas a protestar.

Dios te pregunta por qué no estabas con tus amigos. Sonríes. Con esa pregunta te das cuenta una vez más de que Dios es europea. Ella piensa en manifestaciones europeas, protestas pacíficas donde lo peor que te puede suceder es que alguien te pise al caminar. Le explicas una vez más que en Siria hay medio país que está contra el otro medio país, y que cada una de esas mitades se divide cada día en más mitades y que la física dice que cualquier cosa se puede dividir en infinitas mitades. Si te llevan preso no sabes si volverás. En esos momentos no quieres a tus amigos cerca, no quieres que nadie a quien aprecias esté a tu lado y le pueda suceder lo mismo.

Dios entiende y por primera vez muestra algo parecido al interés en ti. Continúas.

Te llevan en un coche particular. El trayecto es largo y vais en silencio. En el coche hay cuatro detenidos más. Uno de ellos llora sin emitir un solo ruido. No os miráis. Pronto descubres que no vas a la misma estación de policía de la primera vez. Los edificios se van terminando, terminan las grandes masas de chopos que esconden al río, terminan las extensiones de frutales y olivos, las huertas y los campos de violetas.

Y llegáis al desierto.

Hay un edificio grande y feo. Marrón tierra. Tan camaleónico que no lo ves hasta que estás encima. Te sacan del coche y sientes una llovizna de arena. Como por instinto respiras por última vez antes de entrar. El aire está lleno de polvo, pero a ti te parece fresco como un trago de agua. Dentro hay una luz fluorescente. Mesas metálicas llenas de papeles que nadie lee. Máquinas de escribir que nadie usa. Te encierran en una habitación oscura con más personas. Por el olor, es evidente que muchos de tus compañeros de celda llevan allí varios días. Intentas concentrarte para ver si puedes oír gritos, lamentos o plegarias. No escuchas nada. Quizá, piensas, aquí se trabaje rápido.

Te dan una paliza. Os ponen a varios detenidos en fila y os golpean. Notas que todo es distinto a la primera vez. El trato, la manera, el ritmo. No sabrías explicarlo. La primera vez el mensaje también era otro: no te manifiestes. Ahora pareces de verdad un enemigo. Te tratan como a un enemigo capturado. Te dicen palestino, te dicen perro. ¿Crees que mereces libertad, perro palestino?, ¿te crees mejor que nosotros? Eso es lo que te dicen. Una y otra vez.

Recuerdas un vídeo de la televisión por cable en el que se decía que los verdugos de Assad fueron entrenados por la CIA. ¿Se puede entrenar a un torturador?, ¿no es todo cosa de imaginación?, ¿de talento?

A ti se te ocurren torturas terribles.

Pasáis de uno en uno a un cuarto vacío.

No será fácil. Ni será rápido.

La primera noche es la peor. Es la noche en que te presentan a tus amigos. Te desnudan y sacan palos. Palos con nombre. Muy flexibles. Si gritas no por favor, cogen un palo al que han bautizado «Noporfavor», si gritas oh, Dios, no, cogen un palo que se llama «Odiosno». Es una broma que les hace mucha gracia. Hay muchos palos y todos tienen un nombre. Lo que más miedo te da es que sientes que empiezan a divertirse.

Piensas que hay poca gente en el mundo que disfrute de su trabajo. Disfrutan, pero al mismo tiempo todo tiene un objetivo. El objetivo es degradarte. La humillación. Robarte la humanidad y que te sientas como un siervo, que te conviertas en un animal desnudo y sucio.

Cada día te dan un cuenco de arroz y luego una paliza. Pasas allí cuatro días. O al menos duermes cuatro veces. Después de cada paliza duermes. Duermes en el suelo. Está frío, pero al menos está seco. Nunca has dormido mejor. A todas horas escuchas gritos o crees escucharlos.

Al cuarto día te dejan hacer una llamada de teléfono. No sabes si son buenas noticias o el último deseo del reo condenado a muerte. Te tiemblan las rodillas, vibran como un diapasón. En la habitación solo hay una mesa y un teléfono. Ellos están contigo. Cuando vas a marcar el número de casa entiendes que no vas a ser tú quién hable. Cuelgas, dices que te has equivocado y vuelves a intentarlo. Entonces marcas el número del móvil de tu primo Abou. Confías en Abou. Abou sabrá qué hacer. Tantas veces dio la cara por ti en el instituto. Tantas tardes pasasteis en el río hablando de la vida y de chicas y de Estados Unidos. Sonríes recordando alguna de las trastadas y ellos te miran como se mira a un marciano.

Te quitan el auricular y hablan por ti. Solo deseas que le digan a Abou dónde te encuentras. Que no le pregunten nada. Una dirección, tan solo eso. Si le dicen dónde te encuentras tal vez papá pueda volver a sacarte de allí. Abou lo sabe. Abou llamará a mamá y mamá llamará a papá. Y esa será la solución.

Es la hora del cuenco de arroz y de la paliza. De las palizas cada vez vuelven menos. No sabes si los han liberado. Te parece que cada vez se ensañan más, que cada vez son más largas y, sin embargo, cada vez duelen menos, como si dentro ya solo tuvieras lana en lugar de huesos. La sola idea te da miedo. Te da miedo que el dolor se convierta en rutina, que llegue un momento en el que incluso lo desees, en el que puedas llegar a echarlo de menos.

Después del cuenco de arroz te sacan a la calle y sin saber por qué te entra un miedo mayor a cualquier palo flexible, a cualquier daño físico que puedan hacerte. Quieres regresar a tu esquina de la celda donde te sientes a salvo.

La claridad del día te hace daño en los ojos. No hay mayor placer que respirar.

Abou sale del coche y te rodea con sus grandes brazos de oso. Abou tiene valor incluso para retar a los soldados con la mirada. Menudo es Abou, piensas. Nadie podrá nunca con tu primo Abou, piensas. Ningún palo, se llame como se llame.

Abou arranca y después de un par de minutos detiene el coche. Tu primo te mira, te coge la cara con sus dos manazas peludas. Te escruta en silencio como si buscara en tu rostro la certeza de que eres tú. Sonríe: Tienes un aspecto horrible, primo.

Comenzáis a reír. Te alegras de haber llamado a Abou. Respiras tranquilo y te recuestas. Tu primo sigue mirándote. Qué pasa, preguntas; y él te dice que solo pueden ganar por la fuerza y que la única manera de usar la fuerza es justificarla. Tardas en entenderlo. Recuerdas que Abou era el chico más grande de todo Yarmouk. Su bondad es igual de grande. Abou pisa el acelerador y te dice que has sido muy valiente. Te muerdes el labio y empiezas a llorar.

No quieres volver a casa. Quieres regresar a tu celda, quedarte acurrucado en tu esquina hasta que sea la hora del cuenco de arroz.

III

DAMASCO, SIRIA. NOVIEMBRE-DICIEMBRE DE 2011

Momo quiso decir tantas cosas que al final no dijo nada. Mientras leía el documento pensaba que las decisiones importantes no se toman, al menos no en conciencia. El tiempo pasa y de algún modo ciertamente mágico estas se van tomando solas sin que te des cuenta o puedas hacer nada al respecto. Así es la vida se quiera o no, tan evidente que siempre sospechas del engaño.

Con la idea de parecer ocupado, Momo colocó la melaza en la cacerola del narguilé y prendió fuego al carbón con una cerilla. Ninguno de sus amigos aceptó la manguera. Amid caminaba por la habitación como si careciera de peso y tenía la mirada perdida en ese punto sin retorno que es la realidad no aceptada. Samer tenía los ojos cerrados y un molesto tic en la pierna derecha. Si bien intentaba que nadie advirtiera su pesimismo, se quedó lejos de conseguirlo: nunca fue bueno disimulando estados de ánimo.

Momo sí sabía mantener bajo control su tristeza. Abrió el ordenador portátil y buscó la noticia en periódicos digitales y redes sociales. Daba igual las veces que lo leyera o las quejas y llamadas a la protesta de los internautas, la nueva ley no iba a cambiar. Bashar había decidido suspender los aplazamientos para prestar servicio militar por estudios antes de que a Amid le llegara su prórroga de doctorado. De repente todo le pareció tan sencillo que tenía que ser cierto. Estamos jodidos, dijo, pero no en voz alta, en voz alta dijo: Vete a Turquía, o mejor al Líbano, para cruzar al Líbano no necesitas el pasaporte. Lo dijo sin pensar, por romper la sensación de ahogo. Los tres sabían que la insumisión y el exilio no eran una solución para Amid. Su familia era alauita y en varias ocasiones Amid había manifestado que para su padre el deber de todo alauita es defender a su comunidad religiosa, claramente en minoría demográfica, aunque en el Gobierno desde la llegada de los Assad. La mayoría suní siempre ha sido un enemigo al acecho y más desde la formación de Al-Qaeda, le decía con el dedo en alto, solo esperan una oportunidad para masacrarnos.

Si ahora que por fin iba a realizar el servicio militar Amid desertaba, toda su familia lo consideraría un traidor. ¿Qué futuro le esperaría entonces en el Líbano o en Turquía? La mendicidad, el desarraigo, la pena.

La deserción no era una salida, pero menos aún lo era entrar en el ejército de Assad. La Pantera Rosa nunca permitiría que nadie dejara el ejército si una guerra comenzaba. Y una guerra comenzaba. Era inútil seguir buscándole eufemismos a la evidencia. La revolución y sus ideales se llenaban de sangre. Cada viernes las manifestaciones eran más escasas y violentas. Empezaban a diversificarse los bandos, las ciudades se posicionaban de acuerdo con sus mayorías –o minorías– y los enfrentamientos armados eran habituales. Todas las semanas había ataques terroristas con decenas de muertos que unos aprovechaban para inculpar al otro y el otro para inculpar al uno. La gente moría online, en vídeos que circulaban por Facebook y YouTube. La policía usaba munición real, la Shabiba vertía gasolina sobre los caídos y el ejército entraba con tanques y armamento pesado en los barrios rebeldes. Tras las protestas y batallas de los viernes, los heridos huían al ver las ambulancias, arriesgándose a morir en casa: en los hospitales cualquier persona herida era reportada a las fuerzas de seguridad y más tarde enviada a hospitales militares donde eran torturados.

Entre atentados, represalias y batallas ya se hablaba de miles de muertos en todo el país.

La revolución, Momo lo tenía claro, ya no era tan inmensa ni tan verde y algunos titulares efectistas de medios extranjeros afirmaban que la «primavera» había terminado y el país había saltado directamente al «invierno».

La resistencia pacífica se demostró inútil. Tal y como Mahmud había señalado, a partir de julio muchos oficiales del ejército desertaron de las Fuerzas Armadas Sirias. Desde Turquía y Jordania emitían vídeos por internet para escenificar su alianza con el nuevo Ejército Libre Sirio que luchaba por la liberación del país de manos de Bashar. Al contrario de lo que defendía el Gobierno, el Ejercito Libre Sirio aseguraba que el conflicto no era sectario, pues en sus filas había miembros de diferentes religiones y minorías sociales: cristianos, drusos, ismailíes, kurdos e incluso alauitas como la propia familia Assad. Como en muchas manifestaciones la gente sacaba la bandera de la República Árabe de Siria, Assad lo mostraba como prueba del apoyo de la ciudadanía. Por esta razón, el ejército rebelde había adoptado la bandera original de la independencia de Francia con tres estrellas en el centro en lugar de dos. Con la escenificación y juramento de lealtad al nuevo ejército, los militares querían mandar el mensaje de que la revolución ya no era un jolgorio de canciones y pancartas, del pueblo contra el régimen, de piedras contra pistolas. Aquello, todos lo sabían, era el comienzo de la insurgencia armada.

***

Amid se esforzó por parecer el más animado de los tres. Abrió la ventana y la habitación se llenó de un olor a asfalto mojado. Ya es tarde para salir de Siria, dijo, pero no os preocupéis, el ejército no es tan malo, además, el servicio militar es ahora tres meses más corto; en poco más de año y medio seré un ciudadano libre y podré retomar el doctorado en Alepo o en otra universidad; o irme al extranjero.

Dijo: Mejor ahora que todavía soy joven. Dijo: Tarde o temprano todos tendremos que pasar por eso. Dijo: Bueno, todos menos Momo; y palmeó la espalda de su amigo y trató de sonreír. Dijo: Al fin y al cabo, no podría posponerlo para siempre, cuanto antes empiece antes terminaré. Dijo: Lo mejor es estar a bien con la ley, no son tiempos para buscarse más problemas. Y aunque dijo muchas más cosas, ninguno de los tres se creyó lo que escuchaba ni se sintió más tranquilo por escucharlo.

Mientras atendía a las razones de su amigo, Momo recordó una historia que le contó su abuelo Hamis según la cual, si un hombre es asesinado, de su cuerpo sale un pájaro que no deja de gritar venganza hasta que alguien se la da. Momo se asomó a la ventana e imaginó una calle llena de pájaros oscuros que graznaban, una nube de cuervos arropando Damasco desde el monte Qasioun hasta Yarmouk como una manta de plumas negras que poco a poco se extendía hasta cubrir Siria entera. Y comprendió lo que tantas veces le escuchó decir a su abuela Nadia: de la violencia solo sale violencia y un alma dura e impenetrable. El alma de Amid, sin embargo, era quebradiza, capaz de romperse con un poema. Si terminaba en una guerra, no lo soportaría. La guerra lo succionaría como el desagüe de una tubería.

A diferencia de la primera vez, Momo no se había encerrado después de la detención. Como si fuera un santo del cristianismo, encontró fuerza en el martirio. Sintió que tenía un trauma del que sobreponerse y se convenció de que en su superación encontraría sosiego.

Oficialmente no había sido encarcelado por lo que no tuvo manera de presentar justificación en el trabajo. Pasaba a menudo. La nueva ley permitía a la policía detener a cualquier individuo sospechoso de avivar las ascuas de la revolución y mantenerlo retenido durante ocho días. Antes que declararse un opositor, Momo se escudó ante sus jefes en fiebres y mensajes no entregados, dobló horarios en la recepción del hotel para recuperar las horas perdidas y aprovechó las noches para ponerse al día con los exámenes de la facultad.

Una de esas noches, mientras Momo regresaba a casa, escuchó en la radio que se habían producido marchas a favor del Gobierno tras la resolución que expulsaba temporalmente a Siria de la Liga Árabe. Se depuso a embajadores, se anunciaron sanciones políticas y económicas si la violencia contra la población civil continuaba, e incluso se amenazó con reconocer como representante legítimo a los miembros del Consejo Nacional Sirio en la oposición. Aquello era un asunto serio y un duro revés para la propaganda que vendía el régimen al exterior. Lo mismo había sucedido con Gadafi en el Líbano y supuso la intervención armada de la OTAN que culminaría con su linchamiento público.

A pesar del golpe, Assad no se amedrentaba. En un discurso televisado había asegurado que estaba dispuesto a batallar y morir para frenar la invasión extranjera. El alegato bélico y conspiranoico surtió efecto, y pocas horas después Rusia envió buques de guerra en apoyo al presidente sirio.

Momo apagó la radio y bajó del coche. En el portal se encontró a su abuela Nadia con dos maletas. Momo sonrió y le dijo que se alegraba de tenerla en casa. Hacía ya tres años que Hamis había muerto y sin embargo Nadia había decidido seguir viviendo en el piso de Yarmouk por mucho que Mahmud le había insistido en que se mudase con ellos. Yarmouk ya no era un sitio tan seguro como lo fue durante los primeros meses de la revolución. La vida en el barrio continuaba igual de tranquila y ajena al conflicto, pero en las principales calles de acceso se habían instalado puestos de control militar. Las relaciones entre Hamás y el régimen sirio se empañaban después de más de sesenta años de alianzas y algunos líderes palestinos empezaron a buscar apoyos en Turquía y Qatar, lo que no auguraba nada bueno si Bashar continuaba en el poder. El Campo de Yarmouk, amparado en la idea de que Siria no era su país, continuaba haciendo funambulismos con su neutralidad, pero en vista del rumbo que llevaba el conflicto más pronto que tarde debería posicionarse.

Al ver a su abuela con las maletas, Momo recordó el día en que al volver de la escuela vio a su abuelo Hamis inclinado por un viento imaginario y con la mano izquierda hecha un capullo sin florecer. Así pasó casi cinco años, cada vez más arrugado, cada vez más plegado sobre sí mismo. Tras la embolia solo quedó de él su bigotito, su naturaleza tosedora y la mirada de furia que vertía en papelajos mal escritos que la familia poco a poco dejó de leer y él de escribir.

Al entrar en casa vieron a Najya en el sofá con una barriga desproporcionada. Fatima, apoyada en la pared, miraba al suelo y en la pantalla del ordenador portátil estaba Samira en videollamada por Skype desde Dubái. Enseguida entraron Mahmud y Lina con rostro funerario y aturdido. Mahmud había reunido a la familia para decirles que se iba a pasar una temporada a Dinamarca para visitar a sus hermanos. Ya tenía el visado, los billetes y todo en regla para salir del país. Si lo que Mahmud pretendía con la reunión era tranquilizar a su familia consiguió el efecto contrario. Nadie interpretó la noticia como unas merecidas vacaciones y entendieron que en la solemnidad del comunicado había un mensaje más grave y contradictorio.

Pero Mahmud no era hombre de dar explicaciones –menos a su familia–, y lo más que hizo fue acercase a su hijo en el pasillo y decirle: Esto es muy serio, no podemos ignorarlo. Antes de que se enzarzaran en una discusión que no iba a llegar a ninguna parte, Nadia se metió entre los dos y se llevó al nieto del brazo.

La oscuridad del dormitorio era fría y compacta. Momo encendió la luz de la mesilla y se sentó en la cama mientras su abuela deshacía maletas y sacaba perchas de los armarios. Esta familia lleva décadas de revolución y no ha conseguido nada, dijo Nadia. Tu abuelo y yo no teníamos estudios, pero teníamos la revolución. La revolución nos protegía. La revolución era volver a casa. Ahora tú ya sabes en que consiste todo eso, ahora ya sabes que todo es mentira. La verdad duele, Momo, pero también consuela.

En el salón se escuchaba el televisor a todo volumen. Momo cerró la puerta y miró a su abuela: pequeña, encogida, reducida a su osamenta; y sintió lástima por lo que el tiempo terminaría haciéndole, por su decadencia, por la humillación física que a todos nos espera. Pero también se alegró de estar con ella, allí y ahora, para poder escucharla. Si algo sabía hacer la abuela Nadia era sacar la incomodidad y la zozobra de cualquier pecho.

Nuestra familia, continuó Nadia, siempre vivirá en tiendas de campaña por mucho que hagamos los muros de piedra y pongamos vidrios en las ventanas. Da igual la casa que compremos, o el acento que uses al hablar, Momo, tú siempre serás un chico de Yarmouk, nunca de Siria y tampoco de Palestina.

Nadia se sentó en la cama con su nieto y le cogió la mano –su mano era rugosa como la cáscara de un limón–. La revolución de tu abuelo fue unirse al ejército para sentir que tenía una patria por la que luchar, le dijo, quizá la tuya sea estudiar para dejar de necesitarla. ¿El qué, abuela?, preguntó Momo, ¿la patria o la revolución?

Nadia sacó de la maleta una fotografía de Hamis y se la acercó a Momo. Hamis aparecía junto a un tanque con ropas militares remangadas, una llave inglesa, un paquete de cigarrillos y una media sonrisa depauperada. En aquella imagen tal vez tendrían la misma edad y sin embargo su abuelo parecía mucho mayor. Momo se fijó en sus ojos, esos ojos brillantes que tienen los fotografiados antiguos, y buscó en ellos un algo revelador, un sentir arraigado y familiar. Un hilo que los uniera. Pero solo pudo ver tiempo, lástima, desamparo y miedo. Fue entonces cuando Momo entendió lo que su abuela quería decirle. Daba igual contra quién luchase o quién ganara la guerra, él, al igual que sus abuelos y sus padres, sería un inmigrante toda la vida.

Samer y Momo lo acompañaron a la barbería. Afeitado riguroso a navaja, cejas arregladas con hilo de algodón, patillas recortadas y nuca alineada.

Todo les hacía gracia mientras le pasaban la maquinilla eléctrica a Amid y sus largos tirabuzones caían al suelo como sinuosas cascadas negras.

Tras varias bromas y negativas, consiguieron convencerlo para aplicarle cera caliente en los pómulos y la nariz. Después del bálsamo y de un masaje con crema hidratante, le aplicaron talco con una brocha de barbero por toda la cabeza. Quedó irreconocible, una ovejita esquilada e indefensa, todo sonrisa en la calavera.

Amid pasó el resto del día frotándose la cabeza: el contacto con su cráneo ralo y suave lo tranquilizaba.

Cuando salieron de la barbería comenzaba a caer la tarde, una tarde uniforme, de un rosa sucio, una de esas tardes que se resisten con tozudez a ser descritas. Los tres amigos se sentaron en una cafetería y hablaron de cualquier cosa que tuviera que ver con alegrías pasadas. Momo recordó el día en el que decidieron ir a votar en las elecciones presidenciales. Cuando los policías vieron el documento palestino que presentaron se echaron a reír. A los palestinos no les estaba permitido votar, aun así, los policías los acompañaron para asegurarse de que votaban por Assad.

Samer entendió el juego y recogió el testigo. Recordó que en esa misma plaza habían visto la final del mundial de fútbol de Sudáfrica en el que la selección española se había proclamado campeona. Varios restaurantes y cafés habían sacado televisores a las terrazas. Momo llevaba puesta la camiseta de España con el siete de David Villa a la espalda mientras que Samer y Amid tenían pintados los colores rojo y amarillo en la frente y las mejillas. España ganó la final a Holanda con un gol de Iniesta en los últimos minutos de la prórroga. Cuando el balón rebasó la línea de cal, todo Damasco tembló con la fuerza de un terremoto. Momo recordó una vez más que al día siguiente se dijo que Damasco fue la segunda capital del mundo donde más gente había celebrado ese gol. Te pusiste a llorar como una niña, le dijo Samer. Momo frunció el ceño y dijo que eso era mentira. Luego se quedaron en silencio, pensando en la inutilidad de las conjeturas, en tanto absurdo acumulado y en tanto despropósito.

Momo y Samer miraron a Amid de reojo en busca de algún tipo de claudicación o de verdad transformadora. Amid parecía ajeno al escrutinio y se acariciaba la cabeza en un suave movimiento pendular. Es increíble, dijo, solo hace un año y medio de aquello, no entiendo qué es lo que ha pasado.

***

Cuando terminaron de empaquetar las pertenencias de Amid ya era tarde para otra cosa que no fuera regresar a sus casas.

Bueno, pues ya está. Sí, qué cambio. Parece otra casa. Ya lo creo. Pero fíjate qué hora es. Sí, se ha hecho tarde.

El apartamento había quedado irreconocible, con olor a frigorífico viejo y un eco fantasmal que invitaba a la rápida huida.

Amid les dijo que estaba bien, que se podían marchar, y trató de hacer un esfuerzo por sonreír, pero solo consiguió una mueca como de tragar piedras. Momo y Samer se miraron con extrañeza, como si hasta ese momento no hubieran entendido la gravedad del asunto. Con una mala dramatización de su cansancio, Momo se dejó caer en el sofá y propuso pedir algo de comer al *shawarma* de la esquina. Samer, resignado y suspirante, envió un mensaje a su novia para cancelar su cita. En ese momento sonó el móvil de Momo.

Waed, un compañero de Momo que había participado en las protestas de la Facultad de Derecho, quería saber el número de teléfono de su primo Abou. La petición le pilló por sorpresa, no por la hora ni por el interlocutor, sino por la naturaleza del mensaje. Varios amigos de Waed preparaban una sentada para el día de Navidad en una de las plazas de mayoría cristiana de la Ciudad Vieja. Waed no le pedía que se uniera, ni siquiera que tratara de reclutar voluntarios, solo necesitaba hablar con Abou para que hiciera unos carteles en la imprenta donde trabajaba. ¿En qué consiste la manifestación?, preguntó Momo. Waed insistió en que no se trataba de ninguna manifestación, sino de un acto pacífico y silencioso para defender que el conflicto que vivía Siria no era sectario ni religioso.

Cuando Momo, con la inflexión irónica utilizada cuando no se está muy seguro de qué opinar, les explicó a sus amigos la llamada que acababa de recibir, Samer empezó a burlarse y a apuntalar los motivos por los que los pacifistas no podían hacer ya nada frente a la militarización del conflicto. En cierta manera Momo estaba de acuerdo con Samer, pero en su carácter había algo que siempre lo empujaba hacia la postura contraria, a razonar el enfoque enemigo y buscar el conflicto verbal. Tiró de sarcasmo, interjección y maldiciones y le reclamó a Samer un discurso más serio y cargado de contenido. A falta de respuesta, Momo aportó el suyo.

Puede que Waed tenga razón, dijo, la revolución comenzó como una manera de protestar contra la opresión y el paro y poco a poco la Pantera Rosa la está llevando hacia una lucha entre comunidades. Las minorías quieren reformas, pero no a costa de su marginación, por eso se posicionan a favor del régimen: tienen pánico a convertirse en ciudadanos de segunda si cae el Gobierno alauita. Fíjate en la comunidad cristiana, al principio se mostraron neutrales y benevolentes, pero Assad ha conseguido meterles miedo con la posible islamización del país. Les ha cambiado la zanahoria y ahora avanzan hacia un apoyo cerrado al régimen. Creen que la llegada de una dictadura suní acabaría con la laicidad del Estado y la falsa protección de los alauitas. Pero la revolución no es una beligerancia sectaria, la revolución no quiere cambiar una dictadura por otra.

Para sorpresa de Momo, Amid salió en defensa de su tesis, aportó nuevas razones como el agotamiento colectivo y la falta de un debate ideológico y defendió la idea de continuar con las protestas pacíficas. Es cierto, dijo, la Pantera Rosa nos hace creer que si el Gobierno cae y llega la mayoría suní al poder, cristianos, drusos, palestinos y demás minorías étnicas se verán amenazadas y tendrán que abandonar el país como sucedió en Irak. Su mensaje cala y a lo mejor lo que tu amigo quiere hacer sirve para puntualizar que esto no es un problema de etnias o de dioses, sino de dignidad y democracia. Sin ir más lejos la mujer de Assad es suní. Se puede tener cualquier credo y estar en contra de la violencia y del partido baazista.

Samer, con los pensamientos ya en orden, les dijo que no se trataba de un juego de ajedrez doméstico. Apoyaba la teoría conspiratoria por la que Estados Unidos había provocado sibilinamente la guerra y afirmaba que Assad era mucho más poderoso de lo que el pueblo creía, con tentáculos internacionales fieles y enérgicos, capaces de apoyar militarmente al ejército sirio y vetar cualquier resolución que llevara a una intervención de la OTAN en el país. Él era más partidario del sentido común y la paciencia como arma de desgaste, e introdujo la idea de que las reformas que la revolución buscaba exigían de un cambio de mentalidad al que solo se llegaría tras varias generaciones: Europa tardó siglos en alcanzar su democracia todavía imperfecta.

Momo, palestino; Samer, medio kurdo y Amid alauita. Los tres pertenecían a una minoría y eso les hacía creer que sabían cómo se comportaban todas las minorías. Pronto se enzarzaron en discusiones históricas y conspiranoicas que derivaron, como derivan todas las discusiones políticas, hacia lo obvio y lo anecdótico. Intentando dar nombre, si acaso explicación, a lo que ocurría, Momo dijo que Siria siempre ha vivido bajo la opresión y el miedo a expresar sus opiniones: Por eso detienen a la gente, saben que por cada historia que se cuenta de personas que han ido a la cárcel y no han vuelto, otras mil volverán a tener miedo.

La causa. El precio de la causa. Las consecuencias de la causa y de llevarla hasta el final. El riesgo que cada uno estaba dispuesto a asumir por la causa. De todo eso hablaron entre titubeos y argumentos dispersos. Amid dijo: A lo mejor lo que la causa necesita es que individualmente perdamos el miedo a asumir el castigo por un bien común. Y Momo apuntó: El mayor miedo no es el castigo, el mayor miedo es la espera de ese castigo.

Ni Samer ni Amid sabían que Momo había participado en decenas de manifestaciones y menos aún que había sido encarcelado dos veces. No conocían el grado de compromiso de su amigo ni tampoco por lo que había pasado en prisión. Y Momo no quería que ese fuera el momento en el que se enteraran. Había encontrado el modo de disimular sus ausencias. Sabía que Amid y Samer las habían atribuido a su carácter a tiempos sombrío y a ratos misantrópico. A fin de no levantar sospechas, se recostó en el sofá y regresó a las generalidades y a las amarguras filosóficas y dijo que eso, al fin y al cabo, es lo que nos pasa a todos cada día de nuestras vidas. ¿El qué? Pues eso, sufrir por adelantado.

Una nueva llamada de teléfono salvó a Momo de seguir embarrándose en explicaciones que nadie le había pedido. La novia de Samer no había recibido el mensaje de cancelación de la cita y exigía atención y explicaciones. Samer se levantó de un salto y salió a la terraza para hablar con más intimidad.

¿Qué vas a hacer con tu amigo?, preguntó Amid. Momo tosió, se hizo el despistado y empezó a recoger su mochila. Me refiero a la sentada, si vas me gustaría ir con vosotros. Momo miró a su amigo y en sus ojos vio algo difícil de sintetizar. A diferencia de Samer, a Amid no era fácil engañarlo con un par de bromas o cambiando el significado de los debates. Amid era experto en la dialéctica del despiste y sabía reconocer cuando alguien camuflaba la verdad por muy sofisticadas que fueran sus coartadas.

Has estado dentro, ¿verdad?, preguntó Amid sin nada que lo anunciase.

Momo lo miró como se mira a una aparición y entre susurros le dijo que no se arriesgara. Estoy fuera porque mi padre tiene contactos, pero tú estás a punto de entrar en el ejército. Precisamente por eso, dijo Amid, qué alternativas me quedan, déjame ser libre una última vez.

Momo no se dejó atrapar por la cursilería del argumento y se puso el abrigo para marcharse. Amid lo sujetó del brazo y lo obligó a aguantarle la mirada. Los dos amigos se quedaron así un rato, en silencio, como dos pistoleros. Fue Amid el que primero bajó la mirada. Sabes que no serán dos años, dijo, empieza una guerra y me espera mucho tiempo de sangre y uniforme; solo quiero poder decir cuando sea viejo que yo también intenté algo.

Conmovido e incapaz de negar lo que parecía el último deseo de un condenado, Momo dejó escapar un suspiro y dijo una frase que nunca llegó a comprender o que quizá nunca llegó a pronunciar, pero que lo atormentaría el resto de su vida: Supongo que por sentarnos en silencio en un bordillo no puede pasarnos nada.

La conversación terminó cuando Samer regresó de la terraza. Venía desgarrado, con la mirada de un sonámbulo. Se va a Italia, dijo con la mano en la boca para ocultar su repentino *horror vacui*, Andrea se va a Italia.

No había necesidad de hacer preguntas. En Siria, a finales de 2011, cada vez se necesitaban menos preguntas para conocer las respuestas.

Los tres amigos regresaron al sofá, se sentaron de cara a la pared vacía y así se quedaron un buen rato, como desconocidos en una sala de espera.

ESTOCOLMO, SUECIA. ABRIL DE 2012

Las preguntas son dedos que entran en una herida abierta; se mueven, entre músculos y tendones, cada vez más adentro. Luego salen purpúreos y brillantes, como los de esos sacamuelas de las películas del Oeste que hurgan en la carne con sus uñas mugrientas para extraer una bala de entre las vísceras. Tú eres quien soporta esos dedos, estas preguntas, este dolor autoinducido. Al menos a los vaqueros les dan *whisky* para mitigar el dolor, pensarías si tuvieras tiempo de pensar.

Llevas tres horas hablando con Dios. Te sientes agotado, en un duermevela borroso, pero sabes que sería imposible que pudieras dormir. Ni siquiera aceptas beber agua, como si aumentar el castigo sirviese de algo, como si hicieras un pequeño Ramadán. Aunque no seas religioso siempre te gustó el Ramadán. Tu abuela te decía: Momo, ser musulmán no tiene que ver con Dios, ser musulmán significa tener control sobre uno mismo, sobre su moral. Así que no bebes agua porque quieres sentir que al menos eres capaz de controlar algo en esta habitación.

Pero las preguntas son tan repetitivas, tan ávidas de detalles que finalmente pierdes ese control sobre ti mismo y lanzas una mala contestación.

Te preguntan: ¿Qué te hicieron la tercera vez?

Respondes: No lo recuerdo. Sufrí un apagón.

Te preguntan: ¿Cuánto tiempo estuviste detenido?

Respondes: Una semana, tal vez más.

Te preguntan: ¿Y qué pasó allí?

Respondes: No lo sé. No recuerdo nada. Sufrí un... apagón.

Te preguntan: ¿Por qué?, ¿qué te hicieron?

Respondes: ¡Maldita sea, ya lo he dicho miles de veces, no lo recuerdo!

El silencio se ha convertido en una cuenta atrás. ¿Has blasfemado contra Dios como cuando eras niño? Entonces no pasó nada, ningún rayo rompió el cielo de Yarmouk para desintegrarte. Tal vez aquello era una prueba de fe, porque la fe, ahora lo descubres, hay que tenerla sin pruebas ni recompensas.

Tu dios cambia de bolígrafo y escribe en un cuaderno diferente. Ya tiene lo que buscaba. Te ha derrotado. ¿Cómo has podido caer en una trampa tan sencilla? Tú, que todo lo sabes. Tú, que todo lo controlas. Hasta hoy, Dios ni siquiera existía y, sin embargo, ahora es muy real, la tienes delante, es una mujer de ojos azules como el hielo ártico. Una mujer a la que has ofendido.

Miras aterrado a la traductora. La traductora te sonríe y piensas en lo más terrible. La traductora de Dios te ha estado traicionando. Ha cambiado tus palabras, retocado tus discursos para provocar tropiezos, errores y contradicciones. Para que maldigas. Te sonríe otra vez y asiente.

La espera, recuerdas, es mucho peor que el castigo.

Hablas muy bien sueco para el tiempo que llevas aquí, te dice Dios.

Así descubres que has lanzado tu protesta en sueco, y el sueco, fíjate, aquí y ahora es el idioma de Dios. De ahí la sonrisa de la traductora. De ahí el cambio de tintas y documentos. El enfado ha sido una muestra de lo que te importa integrarte en el país. Que no has venido al cielo para esquilmarlo con ayudas sociales, falsas enfermedades y juegos de carterista. Que te quieres quedar. Que quieres trabajar y formar parte de la comunidad. Que no vais, en definitiva, a encerraros en un gueto como todos esos árabes aceitosos con aliento a kebab y falafel.

Ha sido un gesto instintivo, casi involuntario, pero al hablar en sueco has demostrado que volver a Siria no es una opción, no importa cuántos dioses y cuántos mandamientos te pongan delante. Escapar de Siria es una cosa, respondes en un sueco rudimentario pero correcto, regresar a Siria después de haber escapado es otra bien distinta.

Dios sonríe con media boca y hace la pregunta. No es necesario, pero te la traducen. La tercera vez.

Es Navidad en Bab Tuma, un barrio de la Ciudad Vieja de Damasco de mayoría cristiana. Este año no hay iluminación especial y solo algunos comercios muestran tímidos adornos. Hay poco que celebrar. Ya se habla de cinco mil muertos desde que comenzaron las protestas en marzo y la revolución ha llegado a todo el país.

Llevas dos meses sin ir a manifestaciones. Papá te dijo que la próxima vez no podría ayudarte. Que ya no podrá pedir más favores. Papá siempre fue muy listo, nunca aceptó dinero como soborno en su trabajo, y mira que tuvo ocasiones. Papá prefería tener amigos. El dinero se gasta, los amigos no. Pero papá te conoce, sabe que no podrá detenerte. Por eso se ha ido a Dinamarca. A vosotros os ha dicho que ha ido a visitar a sus hermanos, que hace años que no los ve, que tiene nuevos sobrinos a los que no conoce. Pero no es cierto. Se ha ido a Dinamarca para preparar vuestra salida cuando todo se tuerza. Porque papá conoció al padre, Hafez, y conoce al hijo, Bashar, y sabe que habrá guerra.

Desde la última vez que te detuvieron has retomado la normalidad. Trabajo y universidad, eso es todo. Un día recibes una llamada de Waed, un cristiano que está contra el régimen de Assad. El Gobierno del presidente Bashar al-Assad sostiene que los rebeldes fomentan los crímenes sectarios interconfesionales. Waed quiere demostrar que la revolución no es contra ninguna fe. La revolución es pacífica y es de todos los que quieren democracia. La revolución es dignidad. Por eso irás, no porque sientas vergüenza como otras veces. Irás porque es lo correcto.

Pero eso no es del todo cierto. Vas a ir porque Amid te lo pide. Amid quiere paz, solo la paz le salvará del ejército. Irás porque tu amigo te lo pide, sí, pero también porque no hay riesgo: no pueden deteneros porque no vais a manifestaros. Vais a sentaros en una plaza, junto a una iglesia, en el barrio cristiano, en Navidad. En silencio.

Convocáis la reunión por SMS y en clave. Ya has aprendido que así es más seguro. Pocos responden, muy pocos. El miedo, piensas, vuelve a funcionar.

Os sentáis con las piernas cruzadas. Levantáis unos carteles que ha hecho Abou en la imprenta. Son consignas en defensa de la pluralidad de credos en Siria:

Soy cristiano, estoy en contra.

Soy musulmán, estoy en contra.

Soy ateo, estoy en contra.

Waed dice que un periodista que colabora con un periódico europeo va a ir a sacar fotos. Que así el mundo verá que nadie está contra nadie en el país. Pero el periodista no aparece. Amid y tú sostenéis una cartulina en la que se lee: «Que Dios bendiga el pluralismo sirio». Alguien lleva un cartel en el que se lee: «Assad, tirano y verdugo». Le pedís que lo retire.

Al final sois solo siete estúpidos pasando frío. No se leen manifiestos. No se cantan canciones. Solo estáis sentados en silencio.

Y sentado sigues cuando llega la policía. Ni siquiera entonces piensas que vayan a detenerte. Permaneces sentado y crees, por primera vez en tu vida crees, que quizá las cosas cambien. Vienen despacio y en sus ojos ves que se han dado cuenta, que no pueden tratar así a todo un país, que tal vez busquen otra manera de manejar la situación. Os quitarán los carteles y os mandarán a casa. Eso es lo que harán.

Pero esa idea tampoco es tuya, sino de Amid. Tú ya los conoces, has estado dentro y conoces sus placeres. Amid es más ingenuo. Te ha recordado la matanza de Hama en 1982. Hafez al-Assad mató a miles de personas en una política de tierra quemada seguida de varios días de ejecuciones masivas. Sin embargo, esta vez, cuando la gente de Hama salió a manifestarse, Bashar dio orden al ejército de no atacar. Quizá hayan aprendido la lección, te dijo Amid. Tú no supiste qué contestar.

Amid, hermano, ¡qué equivocados estábamos! Bashar no se irá y el único modo que tiene de no irse es ser un matón. Un matón de patio de colegio. Escúchame, Amid, conozco a esos matones. Los conozco desde que iba a la escuela en Yarmouk. El único modo de quedarse será usando la fuerza, y para usar la fuerza Bashar necesitará una excusa, y una excusa, ya sabemos, es lo único que siempre se encuentra cuando se busca.

No lo sabes, pero os llevarán. Os llevarán. Y en febrero habrá otra matanza en Hama.

No hay tiempo para correr. Os esposan. Os meten en un coche. Miras a Amid. Amid te sonríe. Os vendan los ojos y ya no lo ves más.

Te hacen bajar la cabeza. Te golpean. Te hablan al oído: ¿Quieres luchar contra nosotros? Bashar es tu dios. Dilo tú. Bashar es Dios, escuchas que dice Amid con una voz que no es suya sino del niño que fue algún día.

Te han traído a un sitio muy alejado de Damasco. Nadie sabe dónde estás. Ni siquiera llevas la documentación encima. No pides hacer llamadas. No quieres que nadie sepa tu nombre ni el de ningún amigo o familiar. Quieres que se centren en ti. Estarás muerto antes de que lleguen las noticias a Copenhague. Le llevarán a mamá una caja de madera con lo que quede de ti. Tu abuela llorará. Tus hermanas guardarán luto. La misma historia repetida en tantas otras casas.

Cuando sales del coche sigues con los ojos vendados. El aire está limpio, hace frío y no se oye el tráfico. Estás en el campo. El suelo es arenoso y al caminar cruje como si pisaras cereales. Te empujan. Enseguida entras en una habitación cálida. Amid está a tu lado. Escuchas su respiración. Escuchas risas y gente enfadada. Te obligan a sentarte en el suelo y te sueltan las esposas. En una orden corta y directa os dicen que os quitéis la ropa. Obedeces. Después vuelven a esposarte y te llevan a una habitación fría y encharcada. Algo gotea. Sientes que hay dos o tres personas más contigo. Pero ninguno de ellos es Amid.

Miras a Dios. Has terminado. Estás llorando. No te has dado cuenta hasta ahora. Pero has terminado.

Dios insiste.

¿Dónde? No quiero recordarlo. ¿Cómo? No quiero recordarlo. ¿Quién? No quiero recordarlo. ¿Cuánto tiempo? No quiero recordarlo, le dices, apúntalo así, le dices, es la mejor respuesta que ninguno de los que están ahí fuera te dará: No quiero recordarlo.

Dios cierra la carpeta y tapa el bolígrafo.

Te pregunta: ¿Qué es lo que más te gusta de Suecia?

Respondes: No lo sé. Que es muy verde, nunca había visto un verde tan verde.

Te pregunta: ¿Y lo que menos?

Piensas en algunas miradas. En la condescendencia. En la pena y el asco.

Respondes: Que la gente no sube a dormir a las azoteas, ni canta en los autobuses, ¿por qué no cantáis en los autobuses?

IV

DAMASCO, SIRIA. ENERO DE 2012

Llegó puntual. Todavía no había amanecido cuando el coche se detuvo al otro lado de la calle y emitió las ráfagas de luz. Negro, grande, con las ventanillas tintadas, algo ostentoso para lo que Momo esperaba, no parecía el mejor vehículo para pasar desapercibido. El conductor no hizo preguntas ni dio su nombre, ni siquiera les ayudó con las maletas. Sus únicas palabras fueron para advertirles que al llegar a Homs pensaba tomar una desviación hacia el interior del país, que en el mejor de los casos tardarían seis horas hasta llegar Alepo y que no iba a detenerse salvo que alguien lo obligase a parar. ¿Qué significa eso? El hombre no respondió. Les pidió sus documentos de viaje, los metió en un sobre y se los guardó en la chaqueta.

***

Mahmud había llamado desde Dinamarca tres días antes. Hay una oportunidad para salir del país, les dijo, ahora es decisión vuestra. Mahmud, como cabeza de familia, fue el primero en votar; votó sí. Con urgencia, Fatima votó no. Najya, con una niña recién nacida en los brazos, se limitó a la obviedad de que su lugar estaba en Damasco con su marido y su hija. La abuela Nadia tampoco quiso dar su opinión y se mantuvo en silencio con la mirada en el suelo. Luego le tocó el turno a Lina. Lina recordó la angustia y la incertidumbre de las últimas semanas, el desamparo de no saber, el miedo de no volver a ver, y aunque no deseaba marcharse dejó la decisión en manos de su hijo. Momo no tuvo que pensarlo. El instinto de supervivencia lo libraba del tormento de elegir entre dos posibilidades, entre dos puertas abiertas a punto de cerrarse. Momo votó sí.

Fatima estaba muy triste, en Siria no solo iba a dejar los estudios universitarios sino también amigas y planes de futuro. Fatima amaba Damasco como se ama una revelación. Le gustaba su trajín y bullicio despreocupado, sus mercados atestados de gente y la vida nocturna que apenas empezaba a descubrir en Bab Sharqui. Lina le cogió las manos y le dijo que no se preocupara, que en cuanto todo se calmase podrían regresar, que son solo unas vacaciones para ver a los primos de Dinamarca. Cuando Momo escuchó esto, sintió un dolor en el costado. La punzada le recordó las amenazas antes de que todo se le volviese oscuro y compacto en la memoria. Momo había callado todo lo que aquellos hombres sabían: direcciones, parentescos, itinerarios y nombres. Ya no se trataba solo de su bienestar sino del de todos sus seres queridos. Aunque fuera doloroso e incierto, Siria no era un lugar seguro ni para él ni para su familia.

Entró en su habitación y abrió la maleta. ¿Cómo se mete una vida en una maleta? Consultó en internet el tiempo en Dinamarca y sacó del armario toda la ropa de abrigo que encontró. Envolvió su ordenador portátil entre dos pantalones vaqueros y guardó una jarra de la selección española de fútbol que Shara le había regalado en su penúltimo cumpleaños. Por último, cogió su teléfono móvil, recorrió la agenda y le dedicó un pensamiento agradable a todas esas personas a las que seguramente nunca volvería a ver.

Había decidido marcharse sin notas ni adioses, ni siquiera pensaba llamar a una compañera de trabajo con la que había iniciado una relación de paseos, citas en el cine y restaurantes románticos. Un amor de primeros auxilios. Para qué, pensó, él no iba a regresar y no había modo de poder llevársela. Ella era la sacrificada por un bien mayor.

Una vez más volvió a marcar el número de Amid. Su teléfono seguía apagado; diez días ya.

Antes de guardar el móvil en la maleta, llamó a Samer y a su primo Abou y les dijo que estuvieran listos, que iba a pasar a buscarlos. Algo debieron de intuir en la voz de Momo porque ninguno de los dos puso impedimento o excusa para salir de madrugada. Momo los recogió en el coche y poco a poco fueron ascendiendo el monte Qasioun por una carretera rodeada de acacias hasta dejar atrás y abajo las últimas casas de cemento. En un brazo del camino que hacía las veces de mirador natural, Momo detuvo el coche. Samer y Abou se sentaron en el capó. Momo les acercó unas cervezas y chocaron los cuellos de las botellas para brindar. He pedido unas semanas de vacaciones en el trabajo, dijo, seguramente vaya a ver a Sasha a Moscú.

Samer ya tenía edad para saber que no hay mayor decepción que oír lo que uno espera oír. Se le subieron las lágrimas, se cubrió la cara en un amago de estornudo y dijo algo que ninguno escuchó. Aquello era una despedida definitiva o al menos muy larga y determinante, porque también sabía que cuando uno se va y luego regresa es siempre una persona distinta.

Durante un par de horas hablaron de los días en el colegio, de los partidos de fútbol en Yarmouk cuando todo era emoción y ganas, y de las peleas con navajas que en la memoria parecían mucho más peligrosas de lo que en realidad fueron. Recordaron cómo al mudarse al centro de Damasco cambiaron la manera de vestir, de hablar y hasta de interpretar lo que les rodeaba. En lugar en el que vives lo cambia todo, dijo Momo en tono revelador sin que ninguno supiera si se refería al pasado o al futuro. Aprovechando una pausa, Abou le preguntó si pensaba quedarse a vivir en Rusia. Momo le dijo que no, que Rusia no era sino una Siria más grande, más fría y más triste y Abou entendió o hizo que entendía.

La ciudad, extendida a sus pies, parecía una manta iluminada por millones de uvas de luz. Mahoma no quiso entrar en Damasco, dijo Samer sin expresión en el rostro, al parecer la vio de lejos y se prometió que solo entraría en el paraíso cuando le llegase la hora de morir. Momo lo miró con la cabeza ladeada; tenía las mejillas enrojecidas y la mirada nerviosa. En verdad Damasco era el paraíso, pensó Momo. Desde el monte Qasioun, la ciudad parecía un sudario negro de luciérnagas refulgentes y ajetreadas. Los minaretes relucían con un verde radioactivo y las plazas brillaban como ascuas por el reflejo dorado del mármol y la caliza. Más allá, con los ojos de puntillas, se adivinaban las azoteas de Yarmouk, las terrazas sembradas de antenas parabólicas y los criaderos de palomas. Y, más lejos todavía, donde ya todo era oscuridad y misterio, la inmensidad del desierto que se extendía hacia Jordania. Momo pensó que en realidad nunca había llegado a sentirse parte de esa ciudad, pero que, quisiera o no, Damasco siempre sería su casa, el lugar al que voltear la mirada cuando notase el tirón de las cicatrices en la memoria. Se sorprendió de no estar asustado y, con la certeza de estar viviendo un momento crucial, se recostó sobre el capó y respiró muy profundo. Abou y Samer hicieron lo mismo. De inmediato les llegó el inconfundible olor de las rosas damascenas como último testimonio de algo que se extinguía.

Empezaba a caer una lluvia fina y regular; amanecía y, a lo lejos, los cantos de los almuédanos se solapaban unos a otros para llamar a la oración.

***

Metieron los bultos en el maletero. Momo se sentó delante. Su hermana Fatima y su madre ocuparon los asientos traseros. El coche desprendía un olor a ropa húmeda y a tabaco acentuado por la calefacción. Por los altavoces sonaba una animada música de laúdes y dernakes que no encontraba correspondencia con las circunstancias. Arrancaron y Momo pudo ver que su hermana y su madre miraban hacia una ventana en la que la silueta de Nadia levantaba la mano. Ah, la abuela Nadia, había tantas cosas que le hubiera gustado pedirle a su abuela. Por ejemplo: que le describiera una vez más las caravanas de sombras camino de la frontera libanesa. Por ejemplo: que le hablara del miedo a olvidar todo lo conocido. Por ejemplo: que le explicara qué pasa con el hogar del exiliado, con su vida interior, con sus plantas sin regar y la ropa que quedó en los armarios, con todo lo que de pronto se torna efímero y pasajero. Saber, en definitiva, si la amenaza queda atrás o crece adelante.

Mientras circulaban entre las plazas y los edificios modernos de la avenida Adnan al-Malki, solo el tráfico alocado de los taxis amarillos daba algo de vida a la ciudad. Momo se asomó al retrovisor interior y vio que después de unos cuantos sollozos Fatima y su madre se habían quedado dormidas. Al igual que ellas, durante las últimas dos noches Momo apenas había pegado ojo, pero no se sentía con sueño. Prefería observar, despedirse de la ciudad que poco a poco se estiraba y desperezaba como un gato. Hizo un esfuerzo por memorizar todo lo que veía, pero pronto sus pensamientos volvieron al pasado y a su amigo Amid. Cuando quiso recuperar la consciencia del presente, ya estaban cruzando los suburbios de Damasco.

Tardaron una hora en alcanzar los viñedos de Duma. En esa ciudad, según se decía, había enfrentamientos diarios entre guerrillas rebeldes y las fuerzas del régimen. La tensión podía sentirse incluso con las calles desiertas y en semipenumbra. En Duma había un algo siniestro, un nosequé de calma desesperada. Vio casas iluminadas que sin embargo parecían deshabitadas. Las imaginó por dentro, con las fachadas derruidas como casas de muñecas y solo pudo ver habitaciones vacías, cortinas al aire y armarios abiertos. Aquí y allá se veían improvisados puestos de control del ejército. En la puerta de muchas casas y garajes había sacos de arena apilados a modo de trinchera, las ventanas de los comercios estaban selladas con maderas y cartones y en algunas paredes se distinguían agujeros de bala, fotografías quemadas de Assad y consignas contra el régimen y los alauitas o a favor del Ejército Libre de Siria.

Más al norte, camino ya de Homs, se cruzaron con un convoy de militares junto a la carretera que protegía la entrada a un yacimiento de gas y Momo vio por primera vez en su vida un tanque. En lugar de sentirse intimidado o siquiera sorprendido, sonrió recordando a su abuelo. Quizá Hamis lo había reparado, o incluso conducido por las estepas rusas. Qué ridículo es todo, dijo en voz alta sin darse cuenta. El conductor giró la cabeza y lo miró a través de sus gafas de espejo.

Llevarían unas tres horas circulando por la autovía que llevaba a Alepo cuando tuvieron que detenerse por un control de jeeps y camionetas del ejército que invadían casi todo el ancho de la carretera. Dos militares se acercaron al vehículo. Llevaban botas altas, cascos, fusiles y un gesto demasiado perverso como para pasarlo por alto. El conductor ni siquiera apagó el motor. Salió del coche y cruzó con ellos unas palabras cortas y precisas, les mostró su documentación y les entregó un sobre. Enseguida los soldados se apartaron y ellos pudieron continuar sin más explicaciones. Lo mismo sucedió en algún punto de la frontera con Turquía, aunque en este caso el conductor tuvo una conversación más cordial y animada con los encargados. No hubo preguntas, solo bromas y unas cuantas sonrisas que le deformaron la cara. Momo, Fatima y Lina no tuvieron que mostrar sus caras ni salir del coche. Los aduaneros comprobaron los documentos de viaje de toda la familia y le entregaron al conductor unos pasaportes.

La sensación de pasar la frontera fue perturbadora. La naturaleza, las montañas y los árboles eran los mismos, el sol, la luz y el color terroso de las colinas no habían cambiado tampoco y, sin embargo, les pareció que habían cruzado a un terreno lejanísimo, ficticio, oculto bajo la superficie de la propia vida. Así que esto es todo, pensó Momo en la única concesión a la nostalgia que se permitiría en todo el viaje.

En Turquía, Momo perdió toda referencia del tiempo y el espacio. Condujeron otro buen rato en silencio por carreteras mal asfaltadas llenas de campos de cultivo abancalados. A las afueras de un pueblo, se detuvieron por fin a repostar e ir al baño. Momo quiso comprar agua, pero el conductor se levantó las gafas de sol y con la primera mueca distinguiblemente humana que le veía en horas, le indicó que no pensaba parar más veces para aliviar ninguna vejiga caprichosa.

Atardecía ya cuando el coche se desvió por unos caminos de tierra y entró directamente en lo que parecía una pista de aterrizaje. El conductor mostró los pasaportes a la policía turca y llegó sin más problemas hasta las escaleras de un avión. Un grupo de hombres y mujeres con ropas occidentales hacía cola para subir. El conductor apagó el motor, se quitó las gafas, suspiró y se masajeó el puente de la nariz. Ni siquiera entonces les dirigió una mirada o una palabra de consuelo. Abrió la guantera, sacó un teléfono móvil y llamó a alguien para decirle que estaban junto al avión. Más tarde Momo supo que ese alguien era su padre.

Salieron del coche, cogieron las maletas y el conductor les entregó los pasaportes que los aduaneros les habían dado en la frontera turca. Son pasaportes diplomáticos, les dijo, subiréis en ese avión con una delegación de Naciones Unidas y no haréis preguntas. ¿A dónde vamos?, preguntó Momo. Como ya todos esperaban, no hubo respuesta.

***

Eran unos intrusos dentro de ese avión. Los tres lo sabían y los tres lo sentían. Pero el alivio era mayor a la vergüenza y al sentimiento de clandestinidad que suponía ser objeto de tantas miradas recelosas.

Momo se recostó en su asiento y, creyendo que iba a pasar muchas horas allí dentro, trató de dormir. Estaba equivocado. Poco después del despegue, el avión comenzó a descender y aterrizó en otro aeropuerto mucho mayor, lleno de aviones comerciales, camionetas de repostaje y torres de control. Momo volvió a sentir la punzada en el costado, miró a su madre y esta le hizo un gesto de negación y sorpresa. Mientras el avión repostaba, subieron más hombres y mujeres con cuerpos recién duchados y trajes recién planchados. Poco después volvieron a despegar.

Ahora sí pasaron muchas horas en el aire.

***

En el aeropuerto de Estocolmo mostraron los pasaportes diplomáticos con sus nombres y fotografías. En el epígrafe «Nacionalidad» venía escrito «Siria». Los tres sonrieron con ironía al leerlo. Buscaron a Mahmud, pero no lo encontraron. En su lugar vieron a un hombre de tamaño desproporcionado con un cartel en el que se leían sus nombres mal escritos. Si existe lo contrario a un hermano gemelo, pensó Momo al verlo, este nuevo conductor lo era del anterior. Llevaba el pelo largo y atado en una coleta para camuflar su calvicie y la indumentaria propia de un leñador acostumbrado a la vida rigurosa de las montañas. Se presentó con una reverencia y desde entonces todo fueron sonrisas y ganas de agradar. Les hablaba en sueco, todo el rato, sin parar, como si no supiera que no le entendían o no le importara. El coche era un todoterreno viejo lleno de bolsas de patatas vacías y envoltorios de chocolatinas. La música de laúdes ahora era un *heavy metal* áspero e insoportable que el falso leñador punteaba con un rictus de dolor en una guitarra invisible cada vez que el coche se detenía en un semáforo.

Qué distinto era aquel país umbrío e inhóspito. Solo unas horas en un cacharro con alas y el aire rosado de Damasco se había vuelto lechoso. Aunque era mediodía, el sol se licuaba en una bruma invernal, como una bombilla que cabecea a punto de apagarse. Había una especie de silencio primitivo que de algún modo reclamaba un nombre distinto. Al respirar, Momo sintió que hasta entonces nunca había respirado. El oxígeno entró refrigerado en sus pulmones para expandirlos como hace la menta más fuerte. Adormilado, constató que las nubes pasaban más rápido y los pensamientos más lentos. El paisaje no era tan verde como había visto en las fotografías de internet, sino más bien amarillento o bilioso, como quemado por la escarcha y la materia orgánica en descomposición. De cuando en cuando la autovía atravesaba zonas boscosas de pinos altísimos entre cuyos troncos solo había ramas secas y una densa luz blanca. A cada rato llovía y en algunas cunetas se acumulaban montoneras de nieve sucia, como manchada de humo.

Cuando llegaron a Malmö, Momo podría asegurar que el leñador y él eran amigos a pesar de que no habían sido capaces de intercambiar más que nombres de grupos musicales y un puñado de palabras en inglés. Le dolía la cabeza y le escocían los párpados, como si los globos oculares fueran de arena. Miró el reloj del salpicadero y calculó que habían pasado treinta horas desde que salieron de Damasco. Treinta horas sin comer ni beber, el Ramadán más largo de su vida. De esas treinta horas Fatima y su madre habrían pasado dormidas casi veinticinco, Momo ni un solo minuto.

Mahmud no manifestó ninguna emoción. ¿Qué pensarían su mujer y sus hijos si lo vieran asustado? Tenía que demostrar la calma de quien controla todas las variables de un plan, aunque no tuviera ninguno. Se limitó a abrazarlos y besarlos como si acabaran de regresar de unas cortas vacaciones. Mahmud sabía que, si demostraba alegría y alivio, si se dejaba vencer por las emociones, pronto le saldría de dentro todo el miedo que había tenido que soportar durante las últimas semanas. Su familia absorbería entonces ese miedo como un animal sediento. Confiaban en él y él sabía que todavía quedaba lo más difícil por delante. Ya no estaban en Siria, eso significaba que a partir de ahora nada de lo que sucediese dependía de él. Cualquier error provocaría unas consecuencias que prefería no imaginar.

En el aparcamiento de la estación de trenes les esperaba el hermano de Mahmud. Se saludaron cordialmente y pronto empezaron a hablar de cosas sin importancia. Momo agradeció profundamente esa cháchara insustancial. Mientras cruzaban el puente del Øresund, todos comentaron entre la envidia y la admiración lo maravilloso y fácil que era cruzar mares y fronteras dentro de Europa. Ellos, que desde que habían nacido no habían tenido más que un documento de viaje palestino lleno de estorbos, preguntas incómodas y restricciones, ahora atravesaban el mar y cruzaban de un país a otro sin detener siquiera el coche. Así fue como recibieron el primer pensamiento alentador: si el resto de barreras eran tan sencillas de saltar como esa, estaba claro que todo iba a salir bien.

Al llegar a casa de su tío, Fatima y Momo conocieron a unos primos de los que apenas tenían referencias. Los saludaron con cierta pena y un punto de admiración que les resultó incómodo. Momo se sorprendió de su acento pausado y neutro, típico del que nunca ha estado en ningún país de lengua árabe pero que convive a diario con muchas nacionalidades. Enseguida se excusó diciendo que le dolía la cabeza y necesitaba dormir. Su tía lo acompañó hasta una habitación y se tumbó en la cama sin desvestirse. Estaba muy cansado, pero no pudo dormir. Pensó en su abuela, en Rana, la chica del hotel, y en sus amigos. Llevado por un sentimiento de falsa nostalgia, sacó el teléfono móvil de su chaqueta para escribirles. Antes de encenderlo cambió de idea. De nada sirve mirar atrás, se dijo. Le quitó la batería, extrajo la tarjeta SIM y la guardó en el bolsillo pequeño de los vaqueros. A continuación, abrió la maleta para sacar el ordenador portátil con la idea de bloquear su cuenta de correo electrónico y todas sus redes sociales. La jarra de la selección española que le había regalado Shara estaba hecha añicos y la maleta llena de minúsculos cristales.

En el correo electrónico tenía un mensaje de Samer. Su primera idea fue borrarlo, terminar con todo, olvidar su vida anterior como única opción para formar parte de un nuevo lugar. Enseguida cayó en la cuenta de que Samer nunca usaría ese modo de comunicarse con él si no fuera porque ya había agotado otras posibilidades. El mensaje de Samer era corto: Amid seguía preso, pero no por manifestarse sino por algo mucho más condenatorio: *Le han acusado de deserción, dicen que intentó escapar a Libia para huir del servicio militar, nadie sabe dónde está.*

Una vez más las premoniciones y los malos augurios de Momo se cumplían. Una vez más sufría la maldición de Casandra: advirtió, pero fue inútil, nadie le creyó. Cerró los ojos y supo que ese era el comienzo de un largo periodo de insomnio. Nunca se había sentido tan triste y tan solo.

El mensaje continuaba: *No creo que tarden en reclutarme a mí también. Hermano, tengo que salir de aquí.*

COPENHAGUE, DINAMARCA. ENERO DE 2012

Se tomaron las primeras semanas como unas vacaciones. Un tiempo irreal y ficticio, con un engaño implícito conocido por todos y condenado a revelarse en el peor momento.

Copenhague resultó ser una ciudad tan disparatada en su concepción como apacible. Un lugar acogedor y lleno de grandes espacios abiertos. Cada mañana Momo, Lina y Fatima se daban largos paseos por los barrios periféricos y visitaban a familiares desconocidos hasta entonces. Primos, tíos y sobrinos que les ofrecían ropa de abrigo, información básica sobre los rudimentos de la vida europea –tan distinta y distante–. Por las tardes iban de compras, entraban en los museos buscando algo de calor, comían pescado ahumado en puestos ambulantes y se hartaban de ver llover. Pero la impresión de ociosidad se desvaneció pronto. No tardaron en llegar las largas tardes de aburrimiento, sentados al borde de la cama, con la mirada perdida en las líneas de sus manos mientras afuera la ciudad se les volvía más y más hostil y ellos trataban de articular un sentimiento de soledad y abandono a la altura de su desgracia.

No, no estaban de vacaciones. Setenta años después, como si de un círculo construido con rejas se tratase, volvía el exilio a la familia, la palabra frontera, la necesidad de reinvención. Unidos otra vez por cadenas irrompibles a su atavismo palestino, su espacio regresó a lo marginal, a lo periférico.

Para resucitar, su mundo anterior tenía que desaparecer, la vida confortable que quedó atrás, las personas, rutinas y adversidades cotidianas. Ese era el peaje con el que ninguno contó.

A veces estaban tristes, pero sobre todo estaban serios. Los días dejaron de tener un principio o un final. Las noches perdieron su significado de tregua y hallazgo. El cansancio se acumulaba y se convertía en el único lugar habitable que les quedaba. La ciudad poco a poco se les fue antojando amenazante e indescifrable, un entorno siniestro que les recordaba su recién estrenada insignificancia. Una insignificancia que a Momo se le hacía cada vez más pesada y doliente, una gran masa amorfa con la que debería cargar de un sitio a otro hasta el final de sus días.

Aún peor que el ahora, era el mañana. Sabían que había una decisión que nadie quería asumir porque nadie sabía en qué consistía. Cansados de escuchar opiniones y consejos, evitaban hablar del futuro delante de la familia. Mahmud seguía sin manifestar emociones y Momo se lo agradecía con una compañía silenciosa. Después de la cena, cuando unos y otros comenzaban a ofrecer sentires y pareceres, huidas y regresos, Mahmud se levantaba de la mesa y con la excusa de necesitar aire fresco salía a la calle a fumar. Momo aprovechaba la circunstancia para acompañarlo. A pesar del frío, padre e hijo se sentaban en un banco y miraban en silencio al cielo. Momo sentía entonces que la sensación de que algo terrible estaba a punto de ocurrir se evaporaba hacia ese mismo cielo y el desamparo dejaba paso a una felicidad desconcertante. Todo era hermoso y terrible a un mismo tiempo.

Por las noches, regresaba la angustia. Después de hablar por Skype con Najya y Samira y mantener una conversación rutinaria basada en preguntas retóricas y anécdotas, cada uno clavaba la vista en el techo de sus habitaciones. Desde la cama Momo escuchaba llorar a su madre y a su hermana. El llanto de Fatima era intermitente, bruscas sacudidas a golpes de memoria. El de su madre por el contrario parecía casi inaudible, un leve temblor, una lágrima que se deslizaba por su mejilla como un cuchillo sobre un plato de porcelana.

Aislado por voluntad propia de la tecnología, ese era el único momento en el que Momo recibía noticias de la situación en Siria. A través de la pared, su padre le decía a su madre que Assad no se doblegaba, que la vida en el país cada vez iba a ser peor, que la guerra ya era una realidad y que se avecinaba larga y feroz. Las ciudades eran un queso gruyere de intereses encontrados. Las minorías empezaban a posicionarse del lado de Assad ante el miedo de la llegada de un periodo de acoso y terror si tras la victoria rebelde llegaban al poder los islamistas más radicales. Su madre no le creía, y aseguraba que se habían apresurado, que tendrían que haberse ido al Líbano como había hecho una de sus hermanas para así poder volver a casa en cuanto la situación se estabilizara.

Momo pensaba entonces en Shara, en aquella tarde apacible, hacía menos de un año, en la que le había pedido matrimonio bajo la sombra de unas acacias. Consumido por la amargura, adornaba el recuerdo por el placer de hacerse daño. Pensaba en lo diferente que había imaginado todos sus futuros, en la improbable suma de azares que habían tenido que sucederse para estar ahora en otro país, en otra ciudad, en otra cama. En qué momento cambió todo, se preguntaba. ¿Hubo acaso alguna señal que no supe ver? Momo buscaba en el techo ese lugar donde el camino recorrido se derrumbaba tras él y caía al vacío; el punto de no retorno donde se ocultaba la respuesta a una pregunta no formulada.

Momo sabía que la historia siempre niega a sus contemporáneos los indicios que marcarán los cambios de época. En otras palabras, si tan improbable y casual había sido lo sucedido en Siria, en cualquier momento podría estallar una guerra también en Dinamarca. Quizá esa era su condena, ser siempre un desterrado, un perseguido. Quizá Dios sí que existía y había castigado a toda su estirpe al nomadismo, a la vida errante del apátrida. Quizá antes que palestinos, pensaba, fueron irlandeses durante la crisis de la patata, republicanos españoles cruzando los pirineos, africanos en barcos negreros, mayas o incas masacrados por conquistadores de relucientes armaduras. Siempre forzados a una perpetua migración, en busca de paz, sin saber que eran ellos quienes llevaban la guerra dentro de sus zapatos.

***

Al cabo de un mes la familia se sentó a discutir sus opciones. Según un hermano de Mahmud, el escenario al que se enfrentaban era mucho más complejo de lo que sospechaban y les aconsejó que visitaran a un abogado experto en asuntos migratorios. Como suele ocurrir con los problemas, el tiempo no había ayudado y seguir dejándolo pasar tampoco iba a ayudar.

En realidad, Mahmud siempre lo había sabido, solo necesitaba que alguien le diera un ultimátum. Había que salir de la comodidad árabe y entregarse a la burocracia en una lengua y una cultura ajenas e indescifrables. Mahmud recordó la historia de sus abuelos, muertos de pena al llegar a Damasco, sin casa ni recursos, ahogados en una nueva realidad a la que solo los jóvenes supieron adaptarse. Hurgó en sus propios dilemas y concluyó que para él no había futuro ni esperanza, pero tal vez sus hijos pudieran olvidar y construirse una vida en Europa. Ya sin el vigor de antaño, Mahmud se miró al espejo y admitió su derrota, no la derrota de esa mañana, sino la de toda una vida. Agotado y consciente de que una realidad desconocida se le había echado encima, tuvo por fin que capitular y asumir un papel para el que nunca se preparó, el de actor secundario.

***

Nada más ver al abogado, Momo pensó que a su cara le faltaba un bigote. El traje le quedaba ridículamente grande, como a esos niños que se visten con la ropa de sus padres para la función del colegio, tenía amarillos los dientes y los dedos de beber café y de sujetar cigarrillos que se consumían solos. Después de presentarse les dijo que era hijo de emigrantes iraquíes exiliados durante la guerra del Golfo y Momo pensó que ese mismo abogado podría ser él algún día. Se vio con traje, despacho con vistas al Nyhavn, Mac y por supuesto bigote, ayudando a una familia como la suya a escapar de la guerra. La sola idea lo reconfortó.

Con paciencia y un discurso bien armado, el abogado les informó de todos los errores que habían cometido y de las leyes que habían violado para llegar desde Damasco hasta ese despacho lleno de papelajos y libros gordos. Les explicó la legislación europea vigente en materia de asilo y les conminó a que se dieran prisa en regular su situación: la Unión Europea pronto comenzaría a negociar un nuevo estatuto para endurecer las condiciones en materia de refugiados ante la previsible oleada de migraciones. Nada más terminar, el abogado abrió los brazos y se recostó en la butaca. Así están las cosas por aquí para nosotros, les dijo incluyéndose dentro de la misma condición, tenemos que demostrar nuestra inocencia todos los días.

Mahmud y Lina estaban convencidos de que en el corto plazo la mejor idea era quedarse en Dinamarca. Allí contaban con más recursos y con un apoyo familiar cerrado. Por muy mal que se pusieran las cosas, en el barrio árabe de Copenhague nunca les faltaría una cama y un plato de comida, aunque fuera como inmigrantes ilegales. El abogado, sin embargo, opinaba que la mejor solución era cruzar el Øresund y enfrentar la burocracia sueca. Sería complejo, sería largo y sin duda lleno de desalientos, pero en el horizonte asomaba algo de lo que nunca ningún miembro de la familia había podido disfrutar: una nacionalidad. Tendrán que pedir asilo y pasar unas cuantas entrevistas, les dijo, si todo va bien y tienen suerte se les entregará un permiso de residencia; con ese permiso y un historial criminal inmaculado podrán conseguir la ciudadanía sueca al cabo de unos años. Demasiados condicionales y subordinaciones en una misma frase, pensó Momo. ¿Qué podría manchar el historial criminal?, preguntó. El abogado sonrió con perversión: Una multa de tráfico o un retraso al pagar una factura puede revocar el permiso de residencia. Mahmud abrió tanto los ojos que el abogado se vio obligado a puntualizar: Créame, la única ventaja que presenta Dinamarca frente a Suecia podría volverse en su contra: aunque todo saliera bien, la Agencia de Migraciones danesa puede enviarlos a cualquier parte del país; nada garantiza que si consiguen asilo vayan a estar cerca de su familia.

La teoría del abogado se apoyaba en que en Suecia contarían con más ayudas sociales. Era un país grande, orgulloso de su altruismo y despoblado, es decir, todavía abierto a la inmigración. Había más ventajas: si pasaban todas las evaluaciones y entrevistas de la Agencia de Migraciones, la ciudadanía les llevaría cuatro años de espera por su condición de refugiados y apátridas, mientras que las leyes danesas pedían siete años de residencia probada y superar una prueba lingüístico-cultural. Suecia no exige aprender el idioma ni aprobar exámenes de ciudadanía, les dijo el abogado, de momento el problema migratorio no se percibe como un problema sino como un deber de dignidad social. Luego hizo una pausa y añadió: Pero no tengo dudas de que eso va a cambiar antes que después.

La decisión, una vez más, se tomó sola. Cruzarían de nuevo el puente del Øresund e irían a Malmö. Mahmud era el que se encontraba en la situación más delicada. Con la visa expirada, desde hacía semanas era un inmigrante ilegal en Dinamarca donde las deportaciones no eran ninguna rareza. Por el momento, debería quedarse en Copenhague y esperar a que su familia solicitara el permiso de asilo, se le adjudicara una vivienda protegida y pudiera iniciar el proceso de reagrupación familiar. La historia de su viaje, la visa caducada y su llegada semanas antes que la familia, abriría demasiadas preguntas que podrían suspender el permiso de residencia. Momo le preguntó al abogado qué sucedería si eso ocurriera. El abogado encogió los hombros y abrió las manos en un gesto que denotaba evidencia: Siria, supongo.

MALMÖ, SUECIA. FEBRERO DE 2012

La sala era estrecha y alargada, con grandes ventanales, pantallas informativas colgadas del techo y tres filas de sillas de madera. En el suelo, aquí y allá, había juguetes para los niños. Un buen puñado de familias en su mayoría árabes y africanas se afanaban por entender los formularios con ayuda de intérpretes. Momo sintió lástima por ellos. Detrás de esas familias habría una historia trágica y delante un futuro oscuro y lleno de zancadillas y obstáculos. Un escalofrío le erizó el pelo de la nuca como a un lobo acorralado cuando vio a su madre y a su hermana pequeña sentadas en las mismas sillas. Tomó un número y fue hacia ellas. En ese momento vio a una mujer leyendo un libro de poesía. Hasta entonces Momo había conseguido reprimir casi cualquier pensamiento que no tuviera que ver con su propio futuro. El libro de poesía le recordó a Amid y la fuerza de ese golpe inesperado le dobló las piernas. A la boca le llegó un sabor a vinagre. Lo imaginó en la celda, encogido junto a un cuenco de arroz. Sintió su frío y su miedo. La culpa –no, no es culpa, pensó, ojalá lo fuera– le cortó la respiración y se esforzó por reprimir una arcada. Recordó uno de sus poemas favoritos, uno con el que Amid solía terminar sus recitales y que decía: «Me duele más tu dolor que el mío». A Momo siempre le había parecido un poema de amor magnífico estropeado por ese último verso retórico y tramposo. Se lo había dicho decenas de veces, pero Amid se había negado a cambiarlo.

Muerto de mediocridad y cansancio, se dejó caer sobre una de las sillas de la sala de espera. Miró el papelito con el número asignado y supo que daba igual lo que pasara, para él no habría salvación posible mientras su amigo siguiera preso en algún lugar profundo y sin coordenadas. Ahora las palabras del poema le llegaban con toda su significancia: Amid no hablaba de amor sino de egoísmo; ese egoísmo que te lleva a desear sufrir lo que sufre el otro para dejar de sufrir lo que sufres tú.

***

Buscamos asilo, dijo Momo en inglés a un hombrecillo con aspecto vagamente hippie. El funcionario, amable y esforzado, les preguntó su país de procedencia. Momo quedó algo decepcionado cuando su respuesta no tuvo ningún impacto en el rostro del hippie. ¿Cómo han entrado en Suecia?, les preguntó. Ante la respuesta de Momo el funcionario hizo un ruidito de desaprobación con la lengua y les indicó que deberían haber rellenado una serie de papeles al entrar en el país. Momo se encogió de hombros y repitió: Buscamos asilo. Con un suspiro, el funcionario les entregó un formulario escrito en varios idiomas que deberían rellenar y les indicó que si lo necesitaban podrían solicitar un intérprete y un abogado que estuviera presente durante la entrevista. A continuación, les tomaron los nombres y las huellas dactilares y les indicaron que se sentasen hasta que un asistente social viniera a por ellos.

Tres horas después una mujer con hiyab se les acercó y les explicó en árabe clásico que un autobús los esperaba para llevarlos hasta un hotel de Malmö donde pasarían la noche. Al día siguiente a primera hora tendrían una entrevista en la que deberían explicar sus motivos para solicitar asilo. Lo mejor es que practiquen esta noche su historia, les dijo con amabilidad, es importante que no se contradigan unos a otros.

A las ocho de la mañana el mismo autobús regresó a buscarlos al hotel. Ya en la Agencia de Migraciones entraron a una sala donde un joven de un rubio manifiestamente escandinavo les sonrió y les indicó con la mano que tomaran asiento. Al momento entró la intérprete y comenzó la entrevista.

Las preguntas eran muy concretas y no requerían de largas explicaciones. Básicamente el Gobierno sueco quería saber los motivos que los habían llevado a Suecia, la ruta que habían tomado y las consecuencias de ser deportados a su país de origen. El joven tecleaba y asentía sin perder la sonrisa.

Todo iba bien hasta que el funcionario les pidió una prueba de identidad. Sus documentos palestinos de viaje se habían quedado en la frontera turca y solo disponían de los pasaportes diplomáticos. Momo pensó que sería mejor dar pocas explicaciones y, para evitar problemas de traducción o que su madre interviniera, dijo en inglés que llamarían a su hermana Najya en Siria para que les enviara por correo electrónico unas pruebas de identidad. Momo sabía que llevaría tiempo y que Najya tendría que sobornar a unas cuantas personas para conseguirlo, pero era esencial que la familia pudiera justificar sus orígenes palestinos. Para su sorpresa, el joven pareció conforme con la solución y les indicó que en unos días recibirían una carta en el hotel para asistir a una reunión de grupo donde se les explicaría el proceso para obtener asilo, las leyes suecas que deberían conocer, los organismos humanitarios a los que podrían recurrir y la manera de solicitar vivienda y ayuda médica o económica en caso de necesitarla.

Ya en la puerta la intérprete les dedicó unas palabras cariñosas y alentadoras. No podía asegurarlo, pero no veía motivos para que no se les concediera asilo.

En los días siguientes Momo, Lina y Fatima cumplieron con todo el protocolo y asistieron a todas las reuniones de grupo a las que fueron invitados.

La resolución de la Agencia de Migraciones llegó solo dos semanas después.

KARLSHAMN, SUECIA. MARZO-ABRIL DE 2012

Karlshamn era un pueblecito costero con un hermoso trazado en cuadrícula y un litoral rocoso y agreste muy apreciado por los aficionados a la pesca del salmón. Cuando Momo, Fatima y Lina salieron de la estación de tren, la luz era heladora y los grises pálidos y oscuros del cielo contrastaban con los rojizos, azulones y pastel de las pequeñas casas de estilo escandinavo. Las callejuelas adoquinadas tenían enormes jardineras de piedra y el césped de los parques públicos parecía en verdad recortado por peluqueros. El clima oceánico del sur, unido a la falta de contaminación, hacía que el aire fuera más pastoso y húmedo que el de la ciudad, más respirable.

Allí era donde la Agencia de Migraciones los había enviado después de ofrecerles asilo provisional como refugiados a la espera de las entrevistas que determinarían si se les otorgaba el permiso de residencia –lo que les daría derecho a vivir y trabajar en Suecia– o si por el contrario eran deportados a Siria. Entre tanto, al no disponer de ingresos ni de suficiente dinero, se les había asignado una vivienda temporal dentro de los edificios que la Agencia de Migraciones tenía por todo el país.

De camino a la dirección a la que debían dirigirse, Momo pensaba que un frío tan doloroso era insoportable, sencillamente no podía haber vida en esas condiciones. Pese a todo, la gente en Karlshamn sonreía bajo bufandas y gorros de lana gruesa mientras se desplazaba, hacía la compra y llevaba a los niños al colegio en bicicleta.

En el centro de admisión fueron recibidos por una mujer joven, cariñosa y entregada a su trabajo que les facilitó cubiertos y sábanas limpias. Momo se esforzó por poner buena cara y hacer comentarios optimistas, pero le costó disimular que el apartamento era un verdadero asco. El edificio no tenía nada que ver con las agradables casitas de madera que había visto desde el tren. Se trataba de una construcción de estética comunista llena de estúpidos inmigrantes afganos. Un lugar de pocas alegrías, menos planes y mucho miedo. Las puertas de los apartamentos estaban colocadas a idéntica distancia a lo largo de cuatro extensos pasillos. La habitación era ridícula, con tres camas de presidio, una cocina mínimamente equipada y una mesa de madera con tres sillas; todo en la misma estancia. Lo peor eran los colchones, sucios y salpicados con extrañas formas biliosas. Los muelles rechinaban y se les clavaban en la espalda a cada movimiento. De inmediato solicitaron unos nuevos o, al menos, unos que estuvieran en mejores condiciones, pero la respuesta de la voluntaria de recepción fue encogerse de hombros.

Al cabo de un par de días la tranquilidad costera derivó hacia el mayor de los aburrimientos. La nada, el vacío más absoluto, le decía Momo a su padre por teléfono: A partir de las cinco aquí no hay ni pájaros en los árboles. Cuando no nevaba, llovía. Cuando no llovía el viento parecía que fuera a arrancar casas y árboles. Los acontecimientos más importantes del día quedaron reducidos al partido matutino de fútbol con un grupo de chicos afganos y al momento en el que un vecino del edificio de enfrente regresaba a casa del trabajo y encendía el aparato de wifi.

Mientras esperaban la citación de la Agencia de Migraciones, de cuando en cuando tenían reuniones con asistentes sociales del ayuntamiento. Con la excusa de explicarles tanto sus derechos como los procedimientos para solicitar ropa y comida en caso de necesitarla, les preguntaban por su vida en Siria, por sus planes en Suecia, por un futuro al que solo se podía responder con una retracción coordinada de cuello y hombros. Momo se dio cuenta enseguida que todas esas charlas cordiales no eran sino un pretexto, un método aséptico para hacerles hablar con el fin de establecer si tenían problemas psicológicos. Muchos inmigrantes sufrían episodios maniacodepresivos o tenían pensamientos suicidas y para mitigarlos era necesario un diagnóstico rápido y un tratamiento adecuado. A Momo la farsa lo enfurecía, pero también llegó un momento en el que esperaba con cierta ansiedad esas conversaciones afables. En ellas se sentía tranquilo y arropado y le parecía que era la primera vez desde que llegaron a Europa que alguien los trataba como a seres humanos y no como a una especie de animales heridos que ni hablan ni entienden.

Una mañana los llevaron a un ambulatorio donde les realizaron un examen completo de todas las enfermedades conocidas que podían haber traído al país. Les aseguraron en repetidas ocasiones que tanto los resultados como las conversaciones que tuvieran con los médicos eran «estrictamente confidenciales»; ninguno de los tres lo creyó. Durante el primer chequeo las enfermeras comprobaron que los tres presentaban erupciones y peladuras por toda la piel. Un médico con aspecto de empollón de mano alzada les dijo tras un rápido análisis que se trataba de pitiriasis rosada, una afección relacionada con periodos de estrés. No se preocupen, les dijo, las roséolas igual que vienen se van en unas semanas, lo más que pueden sentir es un levísimo hormigueo que se alivia con crema hidratante del supermercado.

Unos días después, cuando el picor resultaba ya insoportable, fueron a urgencias. Allí les atendió un nuevo médico que rápidamente descartó el diagnóstico de su colega. La pitiriasis rosada no es contagiosa y la posibilidad de que los tres la hubieran desarrollado al mismo tiempo era altamente improbable. Tras una brevísima entrevista en inglés con Momo, el médico emitió un nuevo diagnóstico tan sencillo como irritante: pulgas en el colchón. Si te mueres no les importa, le dijo por teléfono a su padre esa misma tarde, está claro que lo único que les preocupa es que no infectes a ningún ciudadano sueco. Mahmud escuchó con paciencia a su hijo y después aprovechó para preguntar por Fatima y Lina. Momo, para tranquilizar a su padre, dijo que cada vez dormían mejor y que se encontraban más animadas. Todo falso, por supuesto. Su hermana y su madre se resistían a olvidar, a aceptar la realidad que tenían delante. Cada pequeño detalle era una excusa para la queja y la melancolía. Lina hubiera cocinado la pasta de esta otra manera, Fatima a estas alturas del curso debería estar haciendo los exámenes del primer semestre, Lina miraba el reloj y decía que en Damasco ahora está pasando esto y lo otro y Fatima añadía después algún comentario a la montaña de lamentos. Todo era peor y más triste y más desalentador. No dejaban de llorar, de hablar del pasado, de su casa, de sus amigas, de una vida a la que esperaban regresar y a la que era obvio que no podrían hacerlo. Madre e hija se veían incapaces de aprender ese idioma demencial. Les asustaba no integrarse, sentirse siempre sospechosas de algo desconocido, señaladas como víctimas y culpables. Solo una idea se callaban, tal vez por no saber ponerla en palabras: les aterraba perder sus raíces, olvidar el territorio del que partieron y desde el que crecían todos sus recuerdos, todo lo que eran.

El miedo ahora era convertirse de alguna forma en otras personas, en una especie de nadie en tierra de nadie. Pensaban que jamás podrían adaptarse; que desde entonces y para siempre la realidad iba a ser eso: una sucesión de días idénticos frente a la ventana.

Anochecía muy temprano, tanto que si, como era habitual, durante el día la bruma tapaba el cielo, Momo sentía que una noche se encadenaba con la siguiente. Por lo demás, seguía negándose a usar el teléfono móvil o el ordenador para contactar con sus amigos. Pensaba mucho en Amid, pero de nada serviría preguntar por una realidad que no deseaba ver confirmada.

Como no tenían televisión, en muchas ocasiones no les quedaba otra distracción que hablar entre ellos. Las conversaciones al principio fueron distantes e irreales y Momo creía ver en esa distancia una especie de amonestación. Por ti nos encontramos así, parecían decir Fatima y Lina en sus largas miradas al vacío, por tu culpa tuvimos que irnos de nuestra casa nueva, de la más bella de las ciudades del mundo, para vivir en este estercolero triste y frío. Ignoraba que el silencio de su familia venía de la inquietud, de la sola idea de que se vieran obligados a regresar y detuvieran a Momo en la frontera.

Poco a poco las confidencias fueron alargándose y comenzaron a tener algo de terapéutico. Hasta llegar a Suecia el amor que se profesaban era incondicional e instintivo, un apego animal que a cualquiera de ellos le hubiera llevado a dar la vida por el otro sin pensarlo pero que al mismo tiempo no necesitaba de emociones ni pareceres ajenos. Por eso les sorprendió tanto descubrir al otro, las ideas del otro, los sentimientos del otro.

Como los pacientes de cáncer, los exalcohólicos o aquellos que han sobrevivido a un campo de concentración, los tres desarrollaron un vínculo que ya no tendrían con ningún otro miembro de la familia. Casi sin pretenderlo, empezaron a conocerse como si no hubiera relación de parentesco entre ellos, a desarrollar un sentimiento tribal y cómplice. En esas conversaciones nocturnas, Momo aprendió que su hermana era alegre y llena de desconfianzas, pero también que estaba vacunada contra el resentimiento. Descubrió que en ocasiones parecía algo crédula, que tenía un delicioso talento para reírse de sí misma y que manifestaba una peligrosa atracción por las personas a punto de desmoronarse. También averiguó con sorpresa que su madre era todo lo que parecía, es decir, una mujer silenciosa con cierta propensión a la fantasía y entregada por entero a su familia; una de esas personas que creen que el sufrimiento sublima al sufridor y lo eleva a otro plano de felicidad.

Pero Momo también averiguó otras cosas mucho más importantes. Por ejemplo: que Fatima y Lina eran idénticas cuando sonreían. Por ejemplo: que a pesar de los tropiezos no creían que el mundo les debiera una explicación. Por ejemplo: que vivían inmunes a la mentira y que en la adolescencia ambas soñaron con ser cantantes como Fairuz y visitar París.

***

A las dos semanas de llegar a Karlshamn, Mustafá, un afgano flacucho de dientes descalcificados con el que Momo jugaba al fútbol, recibió la noticia de que su solicitud de residencia había sido rechazada. No era la primera vez, pero sí la definitiva. La Agencia de Migraciones había evaluado su caso y decretado la expulsión a su país de origen al no apreciar peligro manifiesto para su vida o de ser sometido a tortura en caso de deportación. Mustafá estaba convencido de que todo se debía a que un mes después de su petición de asilo, un empleado de un 7-Eleven lo había denunciado por robar unos refrescos. Mustafá aseguraba que no cometió el delito, aunque nunca pudo encontrar el recibo de compra y probar así una inocencia que le negaban las cámaras de seguridad. Las opciones de Mustafá pasaban por aceptar la resolución y volver a Afganistán –para lo que recibiría ayuda económica y asistencia en la preparación del viaje– o apelar a la Corte de Migraciones. Con la idea de ganar tiempo, optó por lo segundo. La respuesta fue igualmente negativa. En última instancia había llevado su reclamación a la Corte Superior de la que acababa de recibir el fallo irrevocable de inmediata expulsión. Su idea, sin embargo, era fugarse antes de que le llegara la orden de internamiento temporal por incumplir la «disposición de retorno voluntario». Mientras Momo trataba de consolar a Mustafá, este le lanzó una especie de maldición que lo dejaría sin dormir durante las próximas noches y llenaría la mitad de su pelo con salpicaduras grises en solo unas semanas. Aunque les muestres evidencias de que te matarán nada más pongas un pie en tu país, le dijo mirándolo desde arriba con su ojo vago, si no les haces escuchar y ver lo que quieren escuchar y ver puedes ir preparando la maleta.

Fue así como Momo empezó a obsesionarse con la entrevista. Durante la semana siguiente habló con todas las familias del edificio que ya habían pasado por el proceso para conocer la metodología y los detalles del interrogatorio. A partir de ahí, elaboró cuestionarios y respuestas para su hermana y su madre. Cada noche, los tres practicaban delante de la pantalla del ordenador con Mahmud. La consigna estaba clara: Fatima y Lina apenas sabían lo que había ocurrido, debían ceñirse a la historia y no ofrecer interpretaciones ni digresiones. Fatima enseguida entendió la estrategia y era capaz de contestar con temple y naturalidad a cualquier incoherencia que se le plantease. El problema era Lina. En ocasiones, normalmente ante las preguntas más sencillas, se enredaba en largas parrafadas que terminaban en justificaciones contradictorias. Mamá, le repetía Momo cada vez que Lina alargaba sus respuestas, no opines, no sugieras, cuenta solo lo que puedes asegurar y demostrar, cuenta solo lo que has visto. Tienes que entender que ellos ya conocen lo que pasa en Siria, la situación del país abre periódicos y telediarios de toda Europa, así que no les des explicaciones, tú estabas en casa y no sabes nada.

Así es. Era Momo el que había sido detenido por participar en las manifestaciones de los viernes sin que nadie en casa lo supiera. Era Momo el que había organizado protestas pacíficas en la universidad y el que había conocido las cámaras de tortura del desierto. Era Momo el que se había sentado en el barrio cristiano de Damasco con una pancarta exhibiendo su ateísmo y su repulsa por el Gobierno de Assad. En definitiva, era Momo el que había desaparecido una semana entera, el que había recibido las amenazas, el que había escuchado nombres y consecuencias. Todo era culpa de Momo y, sin embargo, de él dependía ahora la seguridad de toda la familia.

La noche previa a la entrevista Momo no pudo dormir. Cuando la desesperación arrecia y no se puede manejar uno puede entregar todas sus convicciones por unas migajas de esperanza. Pensó, como piensan los tramposos en el momento en que son pillados en falta, que le hubiera gustado tener a quién rezar.

La solución, por lo tanto, era esta: como no se lo podía prometer a ningún dios, se lo prometió a sí mismo. Cinco metas. Primera, conseguir la residencia. Segunda, el reagrupamiento familiar y una casa para sus padres. Tercera, aprender sueco. Cuarta, convertirse en un fantasma durante cuatro años. Quinta, la ciudadanía sueca.

***

Un mes después de la entrevista llegó la carta. Mahmud había venido a Karlshamn y los cuatro se reunieron para abrirla. No hubo alegría, solo alivio. Un gran peso invisible abandonaba sus cuerpos, desaparecía por la ventana y los hacía más livianos. Sentados en la mesa de la cocina se pasaban la carta y la releían en busca de una verdad oculta que hubieran pasado por alto. Acabaron agotados. La luz del día se fue disipando y los cuatro se quedaron completamente a oscuras con sus pensamientos.

Consciente de que no iba a poder dormir en toda la noche, Momo encendió el ordenador y comprobó que el wifi del vecino seguía encendido. Como si fuera una idea previamente interiorizada, ahora que sabía que él y su familia estaban a salvo, su cuerpo y su mente podían permitirse abrir puertas cerradas hasta entonces.

Entró en su cuenta de Facebook y la reactivó. Enseguida buscó información en el *timeline* de amigos y conocidos que pudiera darle pistas sobre la situación de Amid. Aterrado, comprobó que muchos de sus contactos habían abandonado el país, que otros incluso habían muerto o desaparecido y que un compañero de la facultad se había suicidado –aunque su hermano pequeño aseguraba que en realidad lo habían asesinado en la cárcel–.

Buscando momentos más amables, regresó a su perfil y clicó en la ventana de fotografías. Fiestas, viajes, partidos de fútbol, Shara, compañeros de trabajo, Moscú, la final del campeonato del mundo, recitales de poesía. Enseguida se encontró con la imagen de Amid sonriendo después de uno de esos recitales.

Dónde estás, amigo.

Roto el dique, decidió llamarlo. Como esperaba el teléfono de Amid estaba apagado. Lo que no esperaba es que también lo estuviera el de Samer. Sin tener muy claras las razones, en lugar de volver a desactivar la cuenta, seleccionó con el ratón la fotografía de Amid y la estableció como imagen de su propio perfil de Facebook.

Con idea de apartar los malos pensamientos de la mente, comprobó los resultados deportivos de la Liga española y de la Premier británica y a continuación empezó a ver capítulos de *Friends* hasta que se quedó dormido.

***

Tal vez lo había soñado más veces, pero fue esa la primera que al abrir los ojos el sueño no se disipó del todo. Esa noche, durante ocho horas –o tal vez durante solo un minuto–, fue espectador de un bucle borroso e infinito. Una imagen que era a la vez olor y carne, sabor y hueso. Se despertó empapado en sudor y con las mejillas llenas de lágrimas.

El apagón había terminado con una luz intensa y cegadora.

Seguía sin saber lo que había ocurrido en aquella celda de Siria, pero ahora sabía que su mente no lo había olvidado.

Cuarta parte

UN NUEVO COMIENZO

Occidente llora a los refugiados con un ojo
y con el otro les apunta con la pistola.

BASHAR AL-ASSAD

Mientras el avión comienza a descender sobre el mar Báltico pienso que de entre la interminable versatilidad de metáforas a las que se presta la escritura, aquella que siempre me ha parecido más cercana es la de nadar en mitad del océano en total oscuridad y sin puntos de referencia. Nadar sin saber si te acercas o te alejas de la orilla. Quietud y vacío. Solo escuchas tu respiración y las brazadas contra el agua. La imagen me resulta tan aterradora como acertada, no solo porque soy un pésimo nadador, sino por la idea de ser un insecto minúsculo en mitad de un desierto de agua. En los desiertos, además, surgen las ilusiones ópticas y deduzco que tal vez sea ese engaño lo único que empuja a seguir cuando el cansancio te aniquila y solo deseas hundirte hacia el oscuro lecho del mar. Quién sabe cuántas obras maestras se han terminado gracias a esas brazadas alucinatorias en dirección al espejismo. Quién sabe, también, cuántas vidas se han perdido por seguir la trayectoria equivocada. A veces –dicen algunos–, hay que elegir entre la vida y la literatura.

Perdido en un punto de ese océano se encuentra un amigo que trata de escribir su primera novela. Antes de tomar el vuelo a Copenhague, mi amigo me ha enviado un mensaje en busca de aliento. En referencia a la escritura y los espejismos me dice: *Lo que uno juzga un campo maravilloso repleto de pájaros bellísimos y enormes frutales, se descubre al día siguiente como un decorado bastante cutre: los troncos son de cartón piedra y los pájaros de plástico barato.*

Lo único que se me ha ocurrido para animarlo es darle la razón, no solo porque la tiene, sino también porque el alicaído en ocasiones necesita desacralizar sus alicaideces. Y para ilustrar otra extendida visión sobre el proceso de la escritura le he recordado el celebérrimo anuncio que el explorador Shackleton publicó en 1914 en *The Times* cuando buscaba tripulantes para embarcarse hacia la conquista de la Antártida:

«Se buscan hombres para viaje peligroso. Sueldo escaso. Frío extremo. Largos meses de completa oscuridad. Peligro constante. Regreso no asegurado. Honor y reconocimiento en caso de éxito».

Al anuncio respondieron más de cinco mil aspirantes y el resultado de la demencial aventura es bien conocido por los devotos de héroes y gestas. La expedición fracasó en su tentativa de cruzar el continente helado de punta a punta pasando por el polo. Triturado por la presión de la masa de hielo que intentaba atravesar, el barco Endurance –cuya traducción, «Resistencia», evoca por desfachatez y consecuencias al Titanic– quedó encallado en una banquisa y siete meses después se hundió antes siquiera de alcanzar las costas antárticas. Los veintisiete hombres, cincuenta perros y un polizón que se había colado en la escala de Buenos Aires tuvieron que acampar sobre el hielo flotante y sufrieron durante quince meses bajo unas condiciones que el propio Shackleton ilustró así a su regreso: «Hemos pasado por el infierno».

Al principio intentaron desplazarse sobre el helado mar de Weddell tirando de sus barcas, pero apenas eran capaces de recorrer un par de kilómetros al día. No les quedó más remedio que quedarse quietos sobre el hielo a la espera de un milagro y sacrificar a sus cincuenta perros –necesitaban la carne que estos se comían–. Milagro o no, finalmente el bloque de hielo se rompió y, subidos a los botes salvavidas, la corriente los empujó hacia mar abierto hasta alcanzar la isla Elefante, en el archipiélago de las Shetland del Sur. Una vez allí, Shackleton y otros cinco hombres se jugaron de nuevo el pellejo en un bote para alcanzar la isla de San Pedro. El mar estaba frío y encrespado y esa travesía –mil trescientos kilómetros en dieciséis días– todavía hoy se considera un imposible.

Pero la aventura no había terminado. Shackleton y sus hombres tuvieron que atravesar una cordillera inhóspita por un terreno nunca cartografiado hasta entonces, y cuando por fin llegaron a un lugar habitado, en Punta Arenas, no recibieron socorro de la armada británica porque había estallado la Primera Guerra Mundial y los objetivos militares no pasaban por recoger náufragos. Fue en la estación ballenera de Stromness donde un barco chileno los rescató y los llevó de nuevo a la isla Elefante para salvar a los otros veintidós marineros del Endurance.

A pesar del fracaso, los veintiocho hombres seguramente lograron con este ejemplo de supervivencia y voluntad una de las mayores hazañas de la historia de las grandes expediciones, la gran novela guiada por espejismos.

***

Pienso en Shackleton en mi vuelo de Alicante a Copenhague. Al igual que él y sus hombres, yo también siento haber estado avanzado durante este último año a la deriva, esforzándome por ensamblar ideas inarticuladas, fragmentos de una historia desperdigada por los márgenes de la realidad. Por eso vengo de nuevo a Suecia, para buscar un final a la historia de

Momo, un nexo oculto que me permita entender su conflicto, su lucha interior.

Entre la bruma que sube del mar empiezan a distinguirse las luces del puente de Øresund. La visión me recuerda de inmediato a una de las series de intriga más exitosas de los últimos años: *Bron*, en sueco, *Broen*, en danés. La primera temporada se ocupa de la investigación policial iniciada tras el hallazgo de un cadáver precisamente en este puente. El cuerpo aparece cortado por la mitad justo en el punto limítrofe entre Suecia y Dinamarca por lo que la jurisdicción y posterior investigación recae sobre las agencias policiales de Malmö y Copenhague. Se trata de la primera serie financiada en conjunto por ambos países, lo que sin duda añade otra nueva representación simbólica de unidad al puente.

El avión desciende y yo sigo encadenando recuerdos. *Bron* me trae a la memoria la visita que Ebba y Momo nos hicieron a mediados de enero con motivo del cumpleaños de este último. Para celebrarlo les habíamos preparado todo tipo de actividades –ser un buen anfitrión es de los pocos placeres que no desarrollan tolerancia con los años–. El viernes visitamos varios pueblos del interior de la provincia de Alicante e hicimos una ruta en bicicleta por una agradable senda verde. El sábado comimos arroz en un restaurante de la playa de San Juan, subimos al Castillo de Santa Bárbara para ver atardecer y por la noche paseamos por el centro de la ciudad, el puerto y la Explanada. El domingo era el día de su cumpleaños. Nada más levantarnos, le regalamos la camiseta conmemorativa del centenario del Valencia Club de Fútbol y fuimos a Valencia en coche para que cumpliera el sueño de ver jugar a su equipo en Mestalla. Recuerdo que una vez allí Momo me pidió que le hiciera fotografías dentro y fuera del estadio para enviárselas a sus amigos y a su padre y que el saludo a través de la videollamada de WhatsApp con Mahmud me hizo especial ilusión. El Valencia estaba haciendo una temporada mediocre y el partido resultó algo aburrido, aunque, para alegría de Momo, esta vez su equipo consiguió sacar un buen resultado.

Como ya esperaba, en los cuatro días que pasaron en nuestra casa antes de coger un tren que los llevaría a Granada, Momo no mencionó *the project* en ningún momento, como si nuestra amistad no se hubiera construido sobre él, como si solo hubiera venido a nuestra casa para honrar una vieja amistad. Lo más cerca que estuvo de hablar del tema fue cuando encontró mi ejemplar de *El pianista de Yarmouk* en la terraza y leyó algunos de los pasajes que tenía marcados con pegatinas de colores. Tampoco yo quise hacerle preguntas ni resolver los cientos de dudas que en ese punto de la escritura del primer borrador tenía apuntadas en mi libreta. Menos aún preguntarle por Amid, pues ya me había advertido que eso era algo que me contaría siempre y cuando no fuera yo quien abriera el tema. Solo en dos ocasiones, ambas durante mi primer viaje a Suecia, estuvo a punto de referírmelo. En la primera, tras varias horas bebiendo cervezas y hablando sobre la revolución siria, a Momo se le trabó la voz al llegar al destino de sus amigos y me pidió que apagara la grabadora del móvil: *Enough for today*. En la segunda, justo después de decirme que a raíz de cambiar su fotografía de Facebook por la de Amid recibió un mensaje privado del propio hermano de Amid, Ebba llamó por teléfono y la atmósfera confesional se diluyó. Desde entonces tan solo le había consultado algunas dudas por correo electrónico que tenían que ver con ciertas fragilidades y discordancias temporales de su relato y enviado un par de artículos para que me los tradujese del árabe al inglés, nada más.

Es posible que durante esos días en Alicante Momo creyera que había desechado la idea de escribir su historia. Razones tenía. A mi silencio se sumaba que, a fin de evitar la incómoda insistencia de amigos comunes y familiares, yo había insinuado en varias ocasiones mi abandono del proyecto por inabarcable y dificultoso: que si es demasiado temerario escribir sobre un lugar en el que nunca se ha estado; que si cualquier detalle requiere horas de investigación; que si el mercado ya está saturado. Aspectos estrictamente mercantiles, que son a fin de cuentas los únicos que entienden o interesan a quienes jamás han pasado una tarde sin poder respirar porque la literatura sea demasiado importante como para sentarse a escribir.

Mientras siento bajo mis pies la salida del tren de aterrizaje, sonrío y concluyo que no solo no mentía a todos los que me interrogaban sobre la historia de Momo, sino que incluso de ser preguntado en este momento la respuesta sería la misma. El estado natural de cualquier libro es que no exista. Los proyectos literarios son para cultivarlos en macetas pequeñas, en un entorno afótico y anoxigénico que desafíe a la propia vida. Y es que el ánimo que se requiere para levantar un libro de la nada es tan aplastante y desalentador que uno no puede perder sus fuerzas en encender luces, hacer de guía o dar explicaciones sobre algo que nadie entenderá y que lo más probable es que nunca se materialice.

El recuerdo de *Bron* me trae también a la memoria la última noche de su visita. Cerca de las doce Momo y yo nos quedamos solos en el salón y decidimos poner en Netflix unos monólogos de un cómico americano que a Momo le hacía especial gracia por su brutalidad desvergonzada. Nada más encender la televisión vimos la noticia de que ciento setenta personas se habían ahogado en el Mediterráneo cuando trataban de llegar a Europa desde las costas de Libia. La tragedia ocupaba un espacio residual justo antes de los deportes y no por la desgracia en sí, sino por la prohibición de varios países europeos a que barcos con migrantes atracasen en sus puertos. La noticia continuaba con la negativa del Gobierno español a otorgar las autorizaciones que permitieran zarpar a varias embarcaciones de rescate. Se usaban imágenes de archivo, se mencionaba las declaraciones antiinmigración del ministro del Interior italiano, Mateo Salvini, y las plegarias del papa Francisco por las almas de los ahogados. No se daban nombres, nacionalidades o edades de los fallecidos, aspecto que contrastaba con cualquier otro tipo de tragedia ocurrida en suelo europeo. Migrantes, eran migrantes, una palabra que ya desde hacía tiempo sonaba a organismos alienígenas e invasores.

Momo preguntó y yo traduje. Nos olvidamos del monólogo de Netflix y empezamos a mantener una conversación algo insustancial, llena de muletillas y lugares comunes. ¿Qué pasaría si los muertos fueran europeos y blancos?, preguntó Momo para enseguida contestarse a sí mismo: Seguramente el mundo entero temblaría. Caímos en la trampa del tópico e imaginamos a ciento setenta franceses muertos de hipotermia porque a su barco se le prohíbe atracar, ciento setenta alemanes ahogados porque ningún gobierno acude al rescate, ciento setenta familias de británicos, noruegos o portugueses preguntando por sus hijos y hermanas a las puertas de los ministerios, a las patrullas de salvamento, a la burocracia lenta, atrapada en su propia tela de araña, que los confina en seudocampos de concentración hasta Dios sabe cuándo o se resuelva qué cosa.

Los ejemplos romos y gastados me hicieron recordar el tercer capítulo de *Bron*. El asesino del puente de Øresund ha envenenado a doce indigentes causando un gran revuelo y preocupación por la seguridad de las calles de Malmö. Los políticos están inquietos y la prensa aprovecha la carnaza gratuita que se le ofrece. Un joven periodista es el único que ha mantenido contacto con el asesino a través de unas enigmáticas llamadas y correos electrónicos en los que el terrorista denuncia con datos y estadísticas el cinismo de la sociedad. El reportero acepta una entrevista televisada en la que explica –siempre de acuerdo con las palabras del asesino– que no entiende la razón del escándalo social pues la misma cantidad de gente muere en la ciudad de frío cada año sin causar ningún revuelo mediático.

Fue entonces cuando pensé que también Momo podría haber muerto en el Mediterráneo si hubiera tardado más tiempo en salir de Siria. Me sorprendió que nunca me lo hubiera planteado. Ahora estaría en el fondo del mar, comido por los peces, tragado por la oscuridad de las olas turcas. Habría muerto sin nombre, encerrado para siempre en una cifra, al final de un telediario, justo antes de las noticias deportivas. Nadie de los que estábamos en casa lo sabríamos ni nos importaría. ¿Alguna vez lo has pensado?, le pregunté. La idea ha surgido, me dijo. La sentencia era una de las más repetidas por Momo cuando quería dar por terminada una conversación antes de iniciarla. Yo ya sabía que un compañero de universidad se había ahogado cuando trataba de llegar a alguna isla griega desde Turquía. Sabía también que su cuñado, el marido de Najya, había escapado de Yarmouk poco antes de que comenzara el estado de sitio relatado en *El pianista de Yarmouk*, que naufragó en el estrecho de Çanakkale y que salvó la vida a una persona que apenas sabía nadar. Sabía que estuvo a punto de morir de fiebre en una cárcel Serbia. Sabía que el Gobierno checo lo había marcado con un número en el dorso de la mano. Sabía que llegó a Copenhague en autobús, casi arruinado, y que allí le tomaron las huellas dactilares y lo metieron en un albergue lleno de literas. Sabía que, de acuerdo con el nuevo Protocolo de Dublín, tuvo que pedir asilo en Dinamarca lo que, a posteriori, alargó el proceso de reagrupamiento familiar. Y, por último, sabía que ahora su hermana Najya y su sobrino viven con él a las afueras de Billund, la ciudad de los LEGO.

Lo que no sabía es lo que Momo me detalló esa noche. Que su amigo Samer también se embarcó más de diez veces con destino a Lesbos y que las diez veces fracasó. Que ahora vivía en Italia y que acababa de publicar un libro de poesía. Sorprendido, le dije que esa historia no me la había contado. Bueno, te la estoy contando ahora, añadió al tiempo que sacaba de la maleta un librito con el nombre de Samer Alya en la portada.

El muy cabrón ni siquiera me lo ha dedicado, añadió con una carcajada mientras me mostraba la primera página en la que se leía en letra cursiva: *To Amid Abaid*.

Momo empezó a hablar y yo encendí la grabadora del móvil.

Después de que la familia de Momo obtuviera el permiso de residencia permanente, la vida continuó en Karlshamn con sorprendente vacuidad. Con el problema resuelto, llegaron las preguntas más simples y por lo tanto las más difíciles de responder. ¿Ahora qué? El miedo a la deportación había desaparecido, pero el recuerdo de ese miedo le parecía más grato al paladar que la simple sucesión de días. Deshabitado y entregado a la nada, Momo se construyó una desesperación a medida y cayó en una tristeza desproporcionada en relación con las circunstancias.

No era esa su mayor angustia. Tenía miedo de que al quedarse dormido regresaran las pesadillas. Tenía miedo de que la próxima vez fueran más nítidas, más reveladoras; de ver rostros y escuchar voces. La incomodidad y la zozobra se le agarraron al pecho y se pasaba las noches tumbado en la cama con los ojos abiertos. Sabía que sabía algo, pero no sabía el qué. Lo que sí sabía es que aquello que dio por olvidado no estaba olvidado del todo. Solamente había permanecido oculto, atrapado en una nebulosa, y ahora, de algún modo difícil de creer, el monstruo había conseguido escapar de dónde fuera que lo tuviera encerrado.

***

En septiembre Momo y Fatima se matricularon en clases de sueco para extranjeros. La gran novedad fue que finalmente Mahmud pudo mudarse a Suecia. Los trámites de reagrupación familiar resultaron sencillos y el procedimiento se resolvió con celeridad. Con la familia unida, la Agencia de Migraciones los reubicó de Karlshamn a Tomelilla, un pueblo mucho más pequeño a menos de una hora de la ciudad de Malmö, rodeado de planicies muy apreciadas entre paisajistas y mansiones de verano de la aristocracia sueca. La casa era inhabitable, sucia y semirruinosa. De las tuberías salía un líquido arenoso y la mayoría de las ventanas tenían pequeñas incisiones por las que se colaba el frío los días de ventisca. El problema era que si rechazaban la propuesta de la Agencia de Migraciones serían con toda probabilidad enviados allá donde nadie quería ir, al gélido y deshabitado norte. Después de varias quejas y de que un empleado del ayuntamiento comprobase el deterioro e insalubridad de la casa, fueron reinstalados en un hotel hasta que les encontraran una vivienda más adecuada.

En enero se cumplió un año de su llegada a Europa. Momo y Fatima comenzaron en Ystad un curso para estudiantes mayores de edad que querían retomar la educación reglada. Se impartían Matemáticas, Sociedad y Lengua Sueca. Aburrido y desmotivado, Momo dedicaba todo su tiempo a charlar con otros inmigrantes. Como en sus días de instituto, se sentaba al final del aula y hablaba durante horas de fútbol con un brasileño y un egipcio. El egipcio era ingeniero eléctrico y dominaba varios idiomas, pero después de tres años en Suecia solo había conseguido trabajo en una fábrica de ensamblaje para motores de coche. El brasileño había llegado para hacer una prueba con el Malmö Fútbol Club y, aunque no había conseguido ficha con el equipo, se había quedado en el país.

Solo una vez la profesora, una jovencita con la tiza recién estrenada, sacó valor para llamarles la atención. Momo, recordando la cicatriz en su mandíbula o la condescendencia de la primera escuela de inmigrantes, se levantó de la silla, resolvió los problemas de matemáticas de la pizarra y aún tuvo la arrogancia de corregir un error de la profesora ante las risas de sus compañeros. Esa noche Momo fue incapaz de dormir. Al día siguiente llegó temprano a la escuela y se disculpó en sueco con la profesora.

Dos semanas después, Momo se rompió una pierna jugando al fútbol. Entre gritos y sudores consiguió llegar hasta el centro de salud con ayuda de dos afganos. Cuando el médico entró en la consulta y lo vio tumbado en la camilla le dijo: No pienses que vas a quedarte sin ir a la escuela por esto. Momo no podía creerlo, estaba allí, con la tibia seccionada y roto de dolor, pero aquel tipo pensaba que todo era una especie de teatrillo infantil para librarse de las clases como cuando Abou y él saltaban la valla del instituto para pasear por la Ciudad Vieja de Damasco. Enseguida experimentó un fuerte deseo de romperse también los nudillos contra aquellos dientes que le sonreían con soberbia. Respiró para tranquilizarse y sintió un determinismo incómodo, como si todo lo que le había ocurrido en los dos últimos años hubiera sido una preparación para ese momento. Golpear al médico, golpear a sus captores y golpear al propio Assad sería una misma cosa. Pero también significaría la revocación de su permiso de residencia, tal vez la deportación. Cerró los ojos y se prometió guardar ese sentimiento unos años, hasta obtener la nacionalidad. Entonces volvería a esa misma consulta y le escupiría en la cara al doctor.

Fue el impulso que necesitaba para rebelarse, no contra el médico, ni contra Suecia, ni contra la obsesión de buscar racismo hasta en los gestos de cortesía, sino contra sí mismo. A partir de ese día dedicó sus esfuerzos a estudiar sueco y a hablar con todo el que pudiera para mejorar su acento y su dicción en una disciplina sin concesiones. Por las tardes veía en la televisión series infantiles, por las noches escuchaba la radio en la cama y en los ratos libres iba a la biblioteca y leía a escritores árabes traducidos al sueco. Pasó los exámenes de sueco en tiempo récord –fue tal su rapidez que sus pruebas tuvieron que ser revisadas por un comité independiente– y pidió reunirse con su responsable en la Oficina de Empleo para sondear sus posibilidades de futuro. Las opciones no parecían muy tentadoras. La convalidación de sus estudios de Derecho era poco menos que un imposible, su nivel de sueco aún no tenía las competencias para estudiar en la universidad pública y los trabajos a los que podría acceder estaban muy por debajo de sus expectativas.

Momo no se resignó y, a base de buscar e insistir, se enteró de que en Malmö podían cursarse algunas carreras en lengua inglesa. Los años leyendo a J.K. Rowling y viendo *Friends* para irse a Estados Unidos cobraron de pronto un sentido inesperado. No lo dudó. Aunque en un primer momento sopesó la idea de estudiar Relaciones Internacionales, en el último momento solicitó el ingreso en Migraciones con la idea peregrina de que al ser él mismo un inmigrante tendría más opciones de ser admitido. No había plan B, era entrar en la universidad o volver a la cama a buscar formas en las humedades del techo. Quizá por eso, al contrario que con el permiso de residencia, esta vez hubo más alegría que alivio cuando recibió la carta de admisión. El siguiente paso era solicitar al Gobierno sueco un préstamo de estudios para financiar vivienda, viajes, libros de texto y matrícula. Cuando todo estuvo atado, reunió a su familia.

Mahmud no aceptó la idea con el entusiasmo que Momo esperaba. Estudiar una carrera no solo suponía abandonar a la familia en un pueblito triste y malhumorado, sino que implicaba endeudarse con el Gobierno y estar al menos tres años sin ingresos. Mahmud opinaba que ahora el lugar de Momo estaba junto a su familia, que tenía una responsabilidad con ellos y que lo que debía hacer era buscar un empleo que los sacara de la dependencia de los Servicios Sociales. Como todos esperaban, Momo no claudicó. En agosto formalizó la matrícula y comenzó a buscar apartamento en Malmö.

Pocos días antes de comenzar el curso, Momo recibió la llamada de Samer. Una amiga de un amigo de un primo –ese tipo de cadenas– le había dado el número sueco de Fatima y esta el de Momo. Hacía dos años y medio que no hablaban.

***

Samer no terminó sus estudios de Literatura Inglesa en la Universidad de Damasco. Tampoco pudo casarse con su novia ni aprender a tocar la guitarra como le hubiera gustado. Momo me contó que ahora vivía en Milán donde había llegado después de retomar el contacto con su exnovia italiana y que esta le enviase una carta de invitación para obtener el visado. Hacía solo dos semanas que había publicado el libro de poemas que Momo acababa de enseñarme.

Lo leí entero esa misma noche y más tarde lo he releído a saltos varias veces más. Siempre me ha parecido un libro algo temerario para cualquier editor preocupado por los números. Está escrito en tres idiomas –árabe, inglés e italiano– y es a su vez un tríptico sobre la guerra, el exilio y el amor, atravesado de parte a parte por la angustia del imposible retorno. Es un poemario hermoso y evocador de estilo *bukowskiniano,* con versos que golpean duro en el momento de mayor descuido.

Mientras escuchaba el relato de la historia de Samer, fui leyendo unas cuantas páginas al azar –no me quedó más remedio que hacerlo en inglés, aunque Momo opinaba con cierto desdén que la traducción era mejorable– a la vez que trataba de encajarlos en lo que Momo me contaba. En la primera parte, la dedicada a la revolución y la guerra, había un poema titulado *Hours in war* que decía hacia la mitad (la traducción es mía):

> Donde las personas son asesinadas
> y los vecindarios tiemblan por el rugido de las bombas
> observo a un pájaro incapaz de moverse
> eligiendo vivir como una estatua sin pájaro dentro.

Ese pájaro me recordó de inmediato al pajarillo del poema de Bukowski. El pájaro azul –en realidad un azulejo– que el escritor americano dice tener encerrado en su corazón como símbolo de todo lo bueno que hay en él y al que se niega a poner en libertad más que unas horas por la noche, ya en casa, mientras el mundo duerme. El pajarillo, sin embargo, no se resigna y lucha por salir, por hacerse oír por los camareros y las putas y los dependientes de supermercado mientras él le vierte encima *whisky* y humo de cigarrillos.

Nunca se lo he preguntado, pero siempre sospeché que ese pájaro era Amid, que la prisión de la que hablaba el poema de Samer era la de Amid y que la desnudez de la que hablaba más adelante era también la de Amid. A lo mejor por eso, pensé, Samer le había dedicado el libro.

***

En la llamada de teléfono de Samer no hubo recriminaciones por el largo silencio, al contrario, Samer y Momo habían comprendido que los amigos aseguran la supervivencia cuando ya no queda nada salvo la intemperie. Samer parecía muy aliviado por tener finalmente una voz amiga a la que escuchar. Lo primero que le dijo es que tenía el corazón roto y que seguía sin noticias de Amid.

Y aquí estoy, en guerra, enamorado, cada día
cada día estoy enamorado, en guerra.

Le contó que, después de varias prórrogas para evitar el servicio militar, supo que pronto sería llamado a filas del Ejército de Liberación de Palestina –integrado en el ejército sirio– bajo la amenaza de ser encarcelado por deserción. Siria estaba en guerra y en la guerra, aunque cueste creerlo, uno ha de luchar hasta matar o morir.

Huyó a Turquía, país donde malvivió y del que nada quiso contar en su llamada. Allí invirtió todos sus ahorros en cruzar en lancha hasta Grecia. Diez veces lo intentó y diez veces terminó de vuelta en Turquía: estafas, naufragios, averías, guardacostas y corazonadas fortuitas que le hicieron echarse atrás en dos ocasiones antes de que el traficante sacara la pistola y obligara a los migrantes a echarse al mar.

Arruinado, Samer regresó a Siria con una documentación falsa. A través de un amigo que trabajaba en la Federación de Atletismo consiguió un chándal con el halcón de Quraish cosido en el pecho, unas marcas ficticias en salto de altura y un billete para viajar con la delegación siria a Qatar para disputar una competición deportiva. Nada más pisar Doha se descubrió la mentira y por miedo a ser deportado escapó del hotel por una puerta de servicio. Sin permiso de residencia ni trabajo, malvivió y pasó hambre –un hambre que como buen palestino se negó a reconocer– hasta que un catarí descendiente de gazatíes leyó uno de sus poemas y le ofreció trabajo como ayudante de corrección en una firma de abogados.

***

Momo me contó, entre la indignación y la risa, que Samer le aseguró que podía conseguirle trabajo en Doha si quería. Yo me burlé de él, me dijo, y Samer se enfadó y me llamó europeo. Era la primera vez en mi vida que alguien me insultaba llamándome «europeo», eso implica tener vuestros valores y vuestra cultura. Llevo ocho años en Suecia y no sé nada de los suecos, imagínate lo que sabía entonces de Europa. Yo le llamé «sirio» y nos reímos mucho porque ya sabes que Samer siempre dice que es kurdo. En Siria todo eso era divertido antes de la guerra, concluyó Momo.

Momo apretó los labios durante unos segundos, tal vez confundido, tal vez esperando a que yo añadiera algo o hiciese alguna pregunta. Lo más importante de todo, dijo antes de levantarse del sofá para irse a dormir, es que en aquella llamada sentí que Samer ya no tenía hambre.

Con la excusa de tener un primer borrador lleno de lagunas e incongruencias he vuelto a Suecia. Digo excusa, porque en realidad lo que busco es que Momo me cuente eso que no le ha contado a nadie más que a Ebba y a una anciana de la residencia. ¿Qué te dijo la anciana cuándo terminaste?, le pregunté una vez. Esa es una buena pregunta, contestó Momo.

Pero yo necesito otra respuesta, necesito un final, porque, a diferencia de la vida, en la literatura siempre es más fácil construir la historia desde la última palabra. Viajo con la esperanza de que, si finalmente consigo que me hable de los ocho días que pasó en la cárcel, de esos ocho días que olvidó y más tarde creyó ver en sueños, pueda encontrar la puerta abierta a un epílogo, es decir, a un comienzo.

La memoria es un músculo que responde al entrenamiento, pero Momo no quiere ejercitarlo. No he olvidado que en su día –quizá para evitar interrogatorios– me dijo que llegado el momento tal vez compartiera conmigo su secreto, siempre y cuando prometiera que no iba escribir sobre ello. Pero, como con tantas otras circunstancias, también me advirtió de que la única manera en que eso podría suceder es que yo no lo preguntara. Quizá surja, o quizá no, dijo para zanjar el asunto.

Con la sola idea de persuadirlo, le prometí que respetaría su decisión. Confiaba en que una vez supiera todo lo que le hicieron en esa celda pudiera llegar a convencerlo, que una vez que me nombrase lo innombrable yo pudiera hacerle entender la importancia de incluirlo en la historia. De esta manera, el hermetismo de Momo sobre su tercera detención, su «apagón» y posteriores sueños, se había convertido no solo en un asunto literario sino también en una cuestión de orgullo. Si no me lo ha contado, pensaba durante los meses de escritura, tal vez se deba a que no me cree digno de su confianza. Y yo no podía entender por qué no confiaba en mí al mismo tiempo que secretamente pensaba en traicionarlo.

En el tren que me lleva de Copenhague a Malmö a través del puente Øresund, siento la obligación de alcanzar esa trinchera, ese reguero de historias inconclusas que Momo me niega. Sé que me engaño, que solo pretendo hacer pasar por justo y digno lo miserable. Pero me convenzo de que mi insistencia será buena para Momo, de que de la confesión de una experiencia traumática brotará la fuerza cicatrizante para una herida mal cerrada.

Por todo eso estoy ahora en Malmö, esperando a que Momo venga a recogerme a la estación de tren. Por eso y porque el destino de Amid se ha convertido también en una obsesión. En un abismo imposible de colmatar con suposiciones.

***

Aún no he dicho que Momo y Ebba se han trasladado de Ystad a Malmö con la intención de encontrar trabajo, oportunidades de futuro y un piso más económico. Crecer, dicen ellos, como si fueran plantas listas para ser regadas.

Hay más novedades. Ebba se ha matriculado en clases de sueco para extranjeros y Momo ha dejado su empleo en las residencias de ancianos para trabajar en una casa de acogida para inmigrantes menores de edad. Le comento que me gustaría acompañarlo un día para hablar con otros refugiados y ver el día a día de esos centros de menores, pero Momo rápidamente niega y me dice que ha firmado un pacto de confidencialidad: Eso me costaría el empleo.

Por lo demás, bromeamos ante la idea de que pronto vamos a compartir un sobrino político, me cuenta que Mahmud ha mejorado levemente de su enfermedad pulmonar y, sacando de la cartera su pasaporte, me revela que se ha cambiado legalmente el nombre a Luca. Has pasado de tener el nombre del profeta musulmán al de uno de los evangelistas de la Biblia, le digo para burlarme. La revelación le hace especial gracia y suelta una carcajada mefistofélica que reverbera en la estación y hace que varias personas se giren buscando el origen del escándalo.

La idea inicial era tomar una cerveza antes de ir a casa, pero la noche ha salido ventosa y desapacible. Sin ni siquiera comentarlo, nos dirigimos directamente a su nuevo apartamento. La casa a la que se han mudado es más amplia y luminosa que la de Ystad, con unas hermosas vistas a un canal por el que navegan majestuosos una pareja de cisnes. Pero lo verdaderamente importante para mí es que en la casa hay sillas dignas de ser llamadas así.

Mi intención es empezar a trabajar cuanto antes. Solo voy a pasar cuatro días en Suecia y temo que no sean suficientes. Los horarios de trabajo de Momo son largos y en ocasiones el turno de noche lo condena a dormir durante el día. Todo esto hace que, a diferencia de la primera vez, ahora vaya a tener que forzar las conversaciones. Ni quiero ni puedo perder el tiempo escuchando el anárquico discurrir de su memoria; ya he cavado unos cimientos y construido un armazón, así que traigo preguntas concretas para huecos concretos. Pero este es un detalle que me deja en clara desventaja: no solo es nula mi capacidad para disimular intenciones, sino que responder preguntas sigue siendo para Momo más desagradable que meterse desnudo en un lago de agua helada.

Cuando saco del maletín el desmadejado borrador y un cuaderno grande con pegatinas de colores, Momo se muestra impresionado e intenta una burla, pero al mismo tiempo le cuesta disimular cierta inquietud. Creo que es la primera vez que piensa que *the project* es algo más que eso, que ya hay algo real y tangible, algo que tiene peso y ocupa un espacio, y mira las hojas como una amenaza que le resulta tan atrayente como repulsiva.

Para defenderse, comienza a hacerme preguntas directas sobre la manera en la que he tratado los asuntos que más le perturban. Enseguida le digo que no tiene de qué preocuparse, que él me ha ofrecido las piezas de un rompecabezas y que yo las he distribuido de tal manera que entre lo que pasó, lo que él recuerda y cómo yo lo he interpretado ya solo queda un cocedero de ficciones. Así trabaja la memoria, le digo, no puedes fiarte de ella. Y sin saber por qué empiezo a hablarle del libro póstumo del neurocientífico Oliver Sacks en el que defiende que gran parte de nuestros recuerdos más seguros no han ocurrido nunca. Sacks afirma que nos *autoplagiamos*, que no hay forma de distinguir un recuerdo genuino de una mentira o incluso de un recuerdo ajeno que hacemos propio. Nuestra memoria es falible, quebradiza y dialoga constantemente con otras memorias. Le digo que después de tantas horas hablando ya no podemos distinguir lo verdadero de lo falso. Tus recuerdos están sometidos a la sugestión y al error, a la contradicción. Sacks dijo: «La única verdad es la verdad narrativa, las historias que nos contamos unos a otros y a nosotros mismos: las historias que continuamente recategorizamos y refinamos». Lo que he escrito en base a tu relato pudo suceder así pero seguro que no fue así, esto que ves ya se ha convertido en una novela y todas las novelas son mentira, no importa cuánta verdad haya en ellas; es una invención en la que quizá y sin saberlo cuente más cosas de mí mismo que de ti.

A Momo no le convence la fragilidad interesada del argumento. Coge el manuscrito de la mesa y empieza a ojearlo con suspicacia. Necesito tu ayuda, le digo, sé que no te gusta responder preguntas, pero tengo que conseguir que la historia sea verosímil y sincera. Momo ni siquiera me mira y simula que lee un idioma que no entiende para evitar responder. ¿Quién es Momo?, pregunta. Eres tú, le digo. ¿Y mi padre cómo se llama? Mahmud. ¿Y ella?, dice señalando a Ebba que en ese momento sale del baño con una toalla en el pelo. Ella será Ebba. Ebba dice que le gusta el nombre de Ebba y, antes de desaparecer en su habitación, pone cara de estar pensando en el nombre de una futura hija.

Con la intención de tranquilizar a Momo le quito el manuscrito y decido leerle yo mismo algunos pasajes. Dedico cerca de una hora a luchar con el proceso de traducción simultánea de la historia de su abuelo Hamis y la comida en casa de sus padres. Me detengo con disimulo en los asuntos futbolísticos y Momo se ríe de las descripciones que hago de Samer y de Amid. Leo la historia de las gambas rebozadas en el restaurante tailandés y consigo hacerle reír otra vez. Está muy bien, me dice, creo que sé a lo que te refieres: todo es verdad menos las cosas que no son verdad; por ejemplo, añade, como cuando dices gambas rebozadas en lugar de *nuggets* de pollo picante. Salvo que en este caso eran gambas rebozadas, le digo. Y él repite *nuggets* de pollo con ese tono que usa para convertir opiniones en hechos probados: Yo nunca me equivoco.

Estoy seguro de que eran gambas rebozadas, pero no quiero discutir porque veo que empiezo a ganarme su interés. Le confieso entonces que he condensado a todos sus primos en un solo personaje al que he llamado Abou. Abou es el primo con el que te escapabas en el instituto, le explico, pero también es el primo que te iba a buscar al salir de la cárcel, el primo que trabajaba en la imprenta y el primo con el que fuiste al monte Qasioun la noche antes de dejar Siria. Abou son todos tus primos que se quedaron en Damasco y tal vez este personaje me sirva para hablar de lo que sucedió en Yarmouk cuando fue sitiado por el régimen y más tarde por el ISIS como hace Aeham Ahmad en *El pianista de Yarmouk*.

Es evidente que a Momo le cuesta admitir que haya fusionado a varios de sus seres más queridos en una sola mentira. Me esfuerzo porque entienda lo complejo y equivocado de incluir a todos sus primos y amigos sin que la historia pierda fluidez. Yo también, le digo, tendré que hacerme un personaje para mí mismo; alguien, por ejemplo, que no tolera la comida picante y que está obsesionado con terminar una novela para así dejar de escribir.

Para mi asombro, Momo no solo acepta mis explicaciones, sino que después de varios argumentos vacilantes llega a pensar que ha sido idea suya, que en verdad ha sido él quien ha inventado a Abou como una especie de homenaje a todos sus primos. Solo una cosa no me ha gustado de lo que me has leído, me dice, yo soy mucho más arrogante de lo que describes, Samer mucho más bufón y Amid peor recitador y mejor poeta.

Me valgo de la caída de barricadas para contraatacar. Le explico que tengo cientos de pequeñas preguntas para dar credibilidad al relato. Por ejemplo: ¿puedes señalarme en el mapa las calles por las que paseabas con Shara desde la facultad hasta casa? Por ejemplo: ¿dónde estaba la tetería en la que Samer y Amid leían sus poemas? Por ejemplo: ¿es cierto que en Siria la Coca-Cola y el Red Bull podían costar hasta diez veces más que otros refrescos? También saco algunos libros que he llevado a Malmö con anotaciones que contradicen datos sobre Siria que Momo me dio el año pasado. De entre todos, el que llama su atención de nuevo es la edición en inglés de *El pianista de Yarmouk*. Momo lee algunos párrafos que le hacen reír. Después me cuenta un par de historias divertidas y calamitosas que hacen referencia a lo leído y corrige un par de, a su juicio, exageraciones o subjetividades del autor. No le durará mucho este sosiego, a la cuarta o quinta página encuentra algo que le hace corregir la sonrisa y cerrar el libro. Aeham, dice detenido en la fotografía del autor, qué transcripción más rara para el nombre en árabe.

Más con idea de terminar pronto con el interrogatorio que de ayudar, en pocos minutos Momo me aclara decenas de dudas. Hay otras preguntas, sin embargo, que requieren una explicación más juiciosa y abundante. Preguntas en las que sé que Momo se sentirá importunado e invadido en su intimidad. Con toda la cautela que mi cansancio me permite, le explico que no he venido a cuestionar sus decisiones sino a conocer lo que pasó para después contarlo como he hecho con las gambas rebozadas –*nuggets* de pollo, insiste Momo–, que no puedo fiarlo todo al terreno de las suposiciones, que necesito detalles para hacer creíble el relato. Momo bosteza y me pide que le dé también una muestra de esto último. Abro entonces el manuscrito por una serie de hojas en blanco donde debería ir la historia de la sentada en el barrio cristiano de Damasco durante las Navidades de 2011. Le digo que no he podido escribir aún esa parte, que no puedo entender cómo después de dos detenciones, de conocer las consecuencias de estas tanto para él como para su familia, decidió prestarse a ir a una nueva protesta.

Momo me mira y me indica que no, que no vaya por ahí.

Rápidamente le digo que no quiero saber lo que le pasó en la cárcel, bueno, sí quiero, le digo, pero eso no es importante ahora. Lo que necesito que entiendas es que no es verosímil que aceptaras ir sin más, sabías que estabas fichado, que vendría la policía o la Mukhabarat o lo que coño sea, que vendrían y que te arrastrarían, que te meterían en un furgón, que no sería agradable y que tu padre esta vez no podría hacer nada desde Copenhague. No me vale la explicación de que pensabas que por sentarte en una plaza no iban a detenerte. Ya había una guerra abierta entre ejércitos, sabías lo que le ocurría en las cámaras de tortura a los rebeldes. Sabías lo que te iba a pasar y aun así fuiste.

Momo se ha convertido en una estatua de cera; parece que me observe con los ojos cerrados. Trato de imaginarme sus pensamientos, sin saber qué decir o qué callar. Así pasamos un rato. El reloj de la cocina golpea como un martillo y el motor de la nevera aúlla igual que una alarma antiaérea. Al rato se levanta, se apoya sobre la encimera de la cocina y me mira con los brazos cruzados: No sé quién te ha dado permiso para escribir sobre mis decisiones.

Algo asustado, aprieto los dientes para no decir lo primero que se me ocurra. Luego busco palabras que me reafirmen, que parezcan largo tiempo calculadas y no un acto de desesperación, pero ya no encuentro nada. Le repito por tercera vez que no he venido a cuestionar su vida, que ni siquiera dispongo de herramientas morales para juzgarlo, que solo necesito algo que resulte sincero, probable al menos.

Son casi las dos de la mañana. Estoy agotado del viaje, de la charla y sobre todo de no tener claro qué es lo que busco. Lo mejor será recoger velas e intentar una nueva embestida cuando haya recuperado fuerzas y frescura discursiva. Puedes inventártelo o decirme la verdad, no lo sé, tal vez la verdad no sea tan importante, remato sin saber muy bien lo que quiero decir.

Momo parece ausente, concentrado en su teléfono móvil como un niño enrabietado que se niega a seguir hablando. Hago ademán de irme a dormir cuando de pronto regresa a la vida. Primero sonríe, luego suelta la carcajada. Con los dedos pulgar e índice hace el movimiento de pinza característico de aumentar una fotografía sobre la pantalla táctil. A continuación, abre la nevera, saca dos cervezas y se sienta frente a mí. Bolitas de calamar frito con salsa agridulce, dice mientras me enseña una fotografía en la que aparecen Ebba y Momo en la terraza del restaurante tailandés de Ystad, parece que los dos estábamos equivocados.

En el autobús 35 hasta el conductor es árabe. Yo soy la única excepción. La mayoría de los ocupantes son mujeres con bolsas de la compra y hombres arrugados con bastón, pero también hay un par de madres con carritos de bebé y un grupo de chicas con mochilas y carpetas que bromean entre confidencias. Nos dirigimos a Rosengård, un distrito conurbano al centro de Malmö con la tasa de paro más alta del país y donde se estima que cuatro de cada cinco habitantes tienen ascendencia «no sueca». Lo curioso es que el barrio fue levantado como parte de un programa ambiental futurista de los años sesenta para alojar a familias acomodadas. El resultado del complejo habitacional no debió de gustar a los suecos y ahora la población es principalmente iraquí, afgana, siria y de la antigua Yugoslavia.

Asomado a la ventanilla, Momo sonríe y me recuerda que antes tomaba ese autobús a diario para ir a la Universidad de Malmö. Tiene los ojos barnizados, como si mirase para dentro en lugar de hacia el paisaje y mueve la boca en una especie de rezo que no entiendo, o no oigo, o no me interesa. Aprovecho su trance nostálgico para buscar más datos en mi *smartphone* sobre el lugar al que nos dirigimos. Casi toda la información que internet ofrece sobre Rosengård tiene que ver con la violencia y la población inmigrante. Las noticias sobre revueltas, peleas e incluso asesinatos se suceden en varios idiomas. Es claramente un barrio peligroso, lleno de bandas organizadas que en el pasado han atacado a bomberos, cuerpos de seguridad e incluso ambulancias. El suburbio se hizo famoso a nivel mundial en 2008 cuando el cierre de un centro cultural islámico que albergaba una mezquita provocó graves revueltas callejeras que fueron calificadas por la policía de Malmö como «las más violentas a las que nunca nos hemos enfrentado». El barrio regresó a la primera línea mediática cuando se supo que uno de los responsables de los atentados de Bruselas de 2016, Osama Krayem, era originario de Rosengård. Pincho en el enlace que Wikipedia me ofrece del terrorista y leo que Osama Krayem nació en Suecia y que sus padres son emigrantes sirios de origen palestino.

La policía de Malmö asegura que los delitos han descendido drásticamente, que ahora es un distrito mucho más seguro y tranquilo. Sin embargo, desde la llegada en masa de refugiados sirios y afganos en 2015, el recelo hacia Rosengård ha aumentado entre los suecos. La integración ha sido un desastre, me dirá Momo más tarde, muchos niños no hablan sueco, al llegar a adultos no podrán encontrar un trabajo y terminarán en alguna banda callejera vendiendo droga; lo más curioso, añade, es que son muchos los suecos que se culpan de ello.

Uno de los datos que más me sorprende es que la gran mayoría de los vecinos de Rosengård está en contra de la inmigración. Momo me lo aclara: Yo he venido a Suecia y he tenido ayudas sociales y económicas mientras que entre los árabes que viven aquí hay suecos de nacimiento, suecos de segunda y tercera generación en el paro y la miseria. Sigo leyendo. En muchos artículos se refieren al distrito como «gueto» o «zona de guerra» donde los tiroteos, el ajuste de cuentas y la quema de coches es habitual. Parece poco creíble, pienso, después de todo estamos hablando de Suecia, uno de los países más seguros del mundo según muchas variables y estadísticas, aunque por algunas anécdotas que Momo me relatará es posible que no sean exageraciones.

Hoy, sin embargo, es una luminosa mañana de marzo y Rosengård se me aparece como un lugar tranquilo y hermoso a su manera. Incluso diría que me recuerda al barrio en el que yo mismo me crie: los edificios de ladrillo rojo, las tertulias de viudos, los perros tumbados al sol mañanero. El área por el que caminamos está llena de zonas verdes, cafés, badulaques, tiendas de móviles, pizzerías, lavanderías y puestos de kebab. El tráfico está restringido a las avenidas principales, hay decenas de calles peatonales y atajos para las bicicletas, los jardines se encuentran bien cuidados, las calles están limpias y los patios tienen columpios para que jueguen los niños. En una calle con farolas sacadas de los *Supersónicos* hay carnicerías *halal,* fruterías y locutorios para el envío de divisas; las mujeres pasean sus carros de la compra y los hombres fuman y charlan con enigmática serenidad. No veo adolescentes ociosos ni peligrosos, solo estudiantes universitarios vestidos a la moda. No veo bandas organizadas, ni miradas amenazantes, lo más un grupo de chicos uniformados jugando al fútbol con su entrenador. Después de un largo paseo solo percibo un barrio apacible y de vida lenta, y pienso que tal vez haya que visitar Rosengård de madrugada para sentir el peligro –si es que lo hay–. Pero sobre todo pienso en que es más difícil arrancarse una etiqueta colocada por otro que la propia piel.

Si hay algo por lo que Rosengård es famoso en todo el mundo –y que incluso despierta un chovinismo aldeano en Momo– es porque aquí se crio el futbolista Zlatan Ibrahimović, semidiós local. Zlatan no solo ha invertido en la remodelación de infraestructuras deportivas en Rosengård, sino que, a raíz de la publicación de su autobiografía *I am Zlatan*, ha convertido al barrio en un insospechado punto turístico de la ciudad.

Luego de que Momo haya comprado todo tipo de delicias árabes e invertido largo tiempo en reír y charlar con los dueños de los colmados y los puestos de comida, cruzamos por debajo de un puente. Varias personas se toman fotos con una frase de Zlatan Ibrahimović pintada sobre la pasarela. Antes de que le pregunte, Momo me la traduce: «Puedes sacar a un chico de Rosengård, pero nunca podrás sacar a Rosengård del chico».

El padre de Zlatan fue apuñalado bajo ese puente, me dice Momo con un tono que en verdad hace pensar que esté hablando de un amigo, su padre era un bosnio musulmán traumatizado y alcoholizado por la guerra de los Balcanes y su madre una croata de orígenes católicos y manos propensas al guantazo. Eran inmigrantes como todos los que ves por aquí, por eso lo adoran, Zlatan les da esperanza, es el contraste de la miseria en la que viven.

Momo continúa un rato hablando del futbolista. Conoce en detalle su infancia, sus goles y toda su carrera. Incluso me recita de memoria muchas de sus declaraciones megalómanas. Su infancia, me dice para concluir, es el ejemplo de lo que es y significa Rosengård: Zlatan es sueco, pero habla un sueco horrible, vivió en el centro geográfico de Malmö y sin embargo no vivía en Suecia.

***

No hemos venido a Rosengård para hablar de ningún futbolista, sino para ver un moderno complejo de apartamentos que aloja a más de mil estudiantes de la Universidad de Malmö. Un larguísimo edificio blanco con balcones de colores y cierto aire hospitalario en el que Momo vivió durante sus dos primeros años en la ciudad.

Mientras me relata su día a día en el barrio, voy notando que cada vez está más animado, como si el trance de contar toda su vida hubiera llegado a un placentero oasis.

Lo primero que hacemos es dar la vuelta al bloque para entrar en una pizzería. Nada más ver a Momo, el dueño, un iraquí grande, peludo y sonriente, sale y le da un abrazo de plantígrado. Lo llama *Momo Pepperoni,* simulando ademanes y acento italianos, y los dos ríen y charlan en un árabe lleno de consonantes. Este tío me salvó la vida varias noches cuando volvía de fiesta con un hambre de chacal, me dice Momo, lo llamaba por teléfono y me abría la pizzería para mí solo: eso es lo que significa la hospitalidad árabe.

Volvemos a la parte delantera y Momo me cuenta que las dos primeras semanas en Malmö se las pasó borracho. Ni siquiera tenía apartamento y muchas noches dormía en la estación de tren o en el sofá de algún compañero para evitar el largo trayecto de ida y vuelta a Tomelilla. En las fiestas organizadas por la Unión de Estudiantes para dar la bienvenida a los nuevos alumnos, conoció a muchos de los que serían sus amigos durante los tres años de carrera. Momo saca el teléfono y me enseña fotos de esos primeros días y me da un par de datos de los que aparecen en ellas: Este vive en, esta trabaja para, esa de ahí acaba de ser madre y este otro se comió doce huevos cocidos por una apuesta. Estaba muy feliz de formar parte de esto, dice abriendo los brazos para abarcar la extensa pradera verde que hay frente a la residencia, aquí hacíamos barbacoas, bebíamos cervezas y vino blanco y la gente sacaba sus guitarras y tambores y tocaban sobre las mesas de madera.

Nos sentamos en una de esas mesas y Momo pasa más de media hora embebido en el anecdotario de su vida de estudiante. Infatigable, repite decenas de veces que no había límites ni restricciones, que todo era libertad. Nadie te juzgaba porque todos éramos y hacíamos lo mismo. Todo eran experiencias nuevas. De repente ya no era un sucio árabe que había venido a Suecia a aprovecharme del sistema de ayudas sociales, ahora era el chico exótico que había sobrevivido a Siria, y eso era algo que daba miedo y atraía como todas las cosas que dan miedo.

Al poco de empezar el curso, Momo conoció a una vampiresa llamada Alice en una fiesta de disfraces. Estuvieron juntos más de dos años en los que compartieron casa, perro y planes de futuro. Alice era una belga divertida, estudiosa y con una balanza siempre calibrada para el reproche, por lo que, frente a la reciente despreocupación vital de Momo, se pasaban el día discutiendo. Momo me asegura que lamenta profundamente haber empezado esa relación y que sin embargo echa de menos la vida que tenía junto a Alice. Echo de menos ese tiempo, dice con la mirada desenfocada sobre la gran planicie de césped, no tenía que inquietarme por pagar la renta o las facturas, solo vivía el momento: ir a clase, salir con los amigos y disfrutar. Echo de menos sentirme a salvo, la misma sensación de absoluta seguridad que había tenido en Damasco y que desapareció con la guerra. Pero sobre todo echo de menos que todo fuera nuevo, las nuevas experiencias; creo que las primeras experiencias son lo mejor de la vida.

Pasa lo mismo con el amor, por eso es tan terrible acostumbrarse a él.

Deduzco que la relación con Alice terminó de una manera sucia e hiriente pues nunca antes Momo me había hablado en términos tan edulcorados. Reprimo el instinto chismoso y sigo atento a lo que quiera contarme. Es mediodía y empieza a hacer frío así que decidimos caminar para entrar en calor. Al cabo de unos minutos salimos de Rosengård y entramos en el centro de Malmö. Los cabellos se aclaran, las pieles se transparentan y uno empieza a sentir el contraste de modernidad, cosmopolitismo y desarrollo. Nos dirigimos a la biblioteca de la universidad, cerca de la zona portuaria, donde Momo ha quedado con una amiga. Pronto descubro que el modo en el que callejeamos no es aleatorio ni responde a ningún itinerario turístico. Lo constato al llegar a una zona peatonal llena de tiendas de moda. Google Maps me indica que la biblioteca está a la izquierda, a menos de quinientos metros, pero nosotros torcemos a la derecha. Momo tiene otros planes: desde un principio pensaba tomar este camino para cruzar el río por un puente rodeado de escalinatas con esculturas de gatos y zapatos de celebridades suecas y después continuar recto hasta la estación de trenes.

Recuerdo que aquel día llovía, dice en respuesta a una pregunta no formulada, acababa de salir de estudiar en la biblioteca con Alice cuando vi a centenares y centenares de personas tiradas en el suelo; había autobuses, furgones de policía, ambulancias. Aquel otoño llegaron más de ciento sesenta mil. Todo esto, dice delimitando un arco con el brazo, parecía en verdad un campo de batalla; entonces supe que la guerra de la que había escapado había venido finalmente a buscarme a Suecia.

En cuanto vieron a un árabe hablar en sueco con la Cruz Roja comenzaron a acercarse. Funcionaba así. Momo se quedaba de pie, alguien venía a pedirle ayuda y Momo trataba de ayudar: una chaqueta para su hermano, una medicina para la madre, algo de leche para el bebé. Luego venía otro y luego otro. Así doce o catorce horas.

Le pido que me cuente alguna historia interesante que recuerde. Momo sonríe. No hay nada interesante que contar, dice sorprendido por mi candidez. Luego baja la cabeza con dificultad, con demasiado esfuerzo, acaso golpeado por un recuerdo que se había prometido no volver a traer de vuelta. No estaban allí para contar su historia, dice, solo necesitaban ayuda. Era una crisis, no había nada poético en mi ayuda ni en la de nadie; si ves a alguien que se ahoga te tiras a sacarlo del agua, no hay tiempo para charlar ni para pensar en la épica.

Quiero saber más y le pregunto si encontró a alguien conocido –tal vez, pienso en un arrebato de fantasía, vio allí a Amid o algún otro amigo y por eso me ha traído a la estación–. Momo se aclara la garganta y dice que no. Había gente de todas partes: sirios, eritreos, afganos, libios, iraquíes, muchos eran palestinos y podía distinguir el acento de Yarmouk; recuerdo a un anciano que se parecía a mi abuelo, me miró con ojos de sonámbulo y me dijo: «Al menos en el 48 recibimos ayuda».

Me cuenta que algunos días llegaban a cientos. La Agencia de Migraciones y el sistema de alojamientos se colapsó. La pregunta casi siempre era la misma: ¿adónde vamos ahora? El Gobierno y las ONG trataban de aparentar que todo estaba organizado, pero aquello era un caos. Tenían que dormir en la calle, en sacos o sobre mantas y plásticos. Algunos podían permitirse una o dos noches de hotel, pero el problema era qué hacer con todas aquellas personas hasta que solicitaran asilo. Se abrieron iglesias, polideportivos y hoteles. Incluso llegué a oír que se iba a alquilar un crucero para alojarlos.

***

La distancia de Damasco a Estocolmo es de más de cuatro mil kilómetros y hay que cruzar entre siete y nueve países. ¿Por qué Suecia, entonces? Momo me explica que si buscabas en Google «asilo» en árabe la primera palabra con la que el portal web autocompletaba tu búsqueda era «Suecia». Saca su teléfono y me enseña unos vídeos de YouTube en los que un joven sirio peinado a lo Johnny Bravo con gafas de sol de aviador y ropa deportiva de marca utiliza la parodia para desaconsejar a sus compatriotas venir a Suecia. Para ilustrar una falsa idea edénica del país, el joven recoge billetes de cinco euros que crecen en los árboles, enseña la mansión que el Gobierno sueco le ha regalado y se sube a un Mercedes deportivo. Luego termina diciendo que le gustaría regresar a Siria porque, antes de la guerra, Siria era el mejor lugar del mundo. Momo suelta una carcajada y dice «gilipollas» en español mientras devuelve el móvil al bolsillo de sus vaqueros.

Seguimos caminando hacia el interior de la estación de trenes, un hermoso edificio en tonos pastel de mediados del siglo XIX con una moderna estructura acristalada en su interior. Momo me enseña el perímetro y los andenes, me describe cómo los malmogienses llegaban con ropa y comida para ayudar y me señala aquí y allí para darme algún dato o contarme alguna anécdota. Hubo un niño, me dice, que se acercó y me tiró de la camiseta. ¿Dónde está mi bicicleta? ¿Tu bicicleta?, le pregunté. Claro, contestó, a todos los niños les dan una bicicleta nada más llegar a Suecia.

***

Después de leer opiniones, de cotejar cifras y de ver reportajes de toda índole moral sobre aquellos meses, concluyo lo que todo el mundo concluyó en su día: llegaron atraídos por las políticas de bienvenida y el pago general de prestaciones. No hay más. Durante mucho tiempo Suecia fue el único país que les ofrecía residencias permanentes, el derecho de reagrupación familiar y que les garantizaba alojamiento y protección. Si preguntabas a la población sueca si pagarían más impuestos para ayudar a los refugiados muchos decían que sí con una seguridad nada impostada. La xenofobia era el peor de los pecados, ser generosos una cuestión de orgullo nacional. La sociedad sueca quería mostrarse al mundo como el modelo social y filantrópico a imitar, con un sistema de acogida engrasado y capaz de soportar cualquier golpe.

Y aun con todo hay que preguntarse ¿por qué tan lejos?

En el verano de 2015, en Jordania, Turquía y Líbano ya no cabían más refugiados –casi cinco millones entre los tres países–. Del resto de naciones vecinas, Israel no había aceptado ni una sola solicitud de Siria y las ricas monarquías del Golfo les dieron la espalda a sus hermanos árabes amparados en la desestabilización social y demográfica que provocarían. La única vía de escape que quedaba para quienes huían de la guerra y del Estado Islámico era llegar a Europa a través de la frontera turca con Bulgaria y Grecia y emprender la conocida como Ruta de los Balcanes. Rápidamente, Bulgaria construyó una alambrada en sus treinta kilómetros de linde otomano y clausuró las solicitudes de asilo para los sirios. En Grecia se intensificaron los controles en el límite terrestre con Turquía y se levantó una valla de cuatro metros de altura allá donde la frontera política no seguía la natural del río Maritsa. A los sirios solo les quedó echarse al mar. Un millón lo hicieron en pocos meses, tres mil morirían ahogados. No le tengo miedo al mar, le tengo miedo a Siria, encuentro que declaró a la BBC un joven estudiante de Medicina que no sabía nadar la noche antes de subirse a una lancha. Mientras esto sucedía, la Unión Europea se encogía de hombros y enseñaba las manos vacías después de triplicar los fondos destinados a la ayuda humanitaria y el rescate marítimo.

Tuvo que ser de nuevo un niño quien empezara otra revolución imposible, una revolución que, al igual que la de los chicos de la escuela de Daraa, movilizó a las masas, tocó algunas conciencias y finalmente sirvió para lo que sirven las buenas intenciones, para dormir tranquilo.

El 2 de septiembre de 2015 la fotografía de un niño kurdosirio de tres años muerto en una playa turca circundada de hoteles de lujo fue portada en todos los periódicos del planeta. No era negro, ni vestía harapos, ni estaba desnutrido o descalzo. El pequeño se encontraba ligeramente de perfil, ligeramente manchado de arena y con un color en la piel que Europa nunca había visto, un color que no debería existir.

Parecía que el mar lo hubiera depositado allí, con cuidado, tan dormidito, para decirnos que ya estaba empachado, que ya no podía tragar más muerte.

Aquella fotografía fue una bofetada en la conciencia europea mayor a la de imágenes de naufragios y ciudades sirias convertidas en esqueletos donde morían decenas de miles de personas.

Tres días después miles de refugiados eran recibidos en las estaciones alemanas y austriacas entre aplausos y parabienes de la población. Los presidentes de Francia y Reino Unido prometieron medidas urgentes para paliar el drama. El 14 de septiembre, el Consejo de la Unión Europea convocó una reunión extraordinaria para advertir que la situación migratoria «ha adquirido recientemente proporciones sin precedentes». Se buscaba consenso y se creyó en él, pero solo dos días después la policía húngara usó gas pimienta contra los refugiados. Una semana más tarde, la Unión Europea firmó un acuerdo para el reparto entre los Estados miembros de los cientos de miles de emigrantes que absorbían Grecia e Italia. Cuatro países se negaron, otro se abstuvo, y la mayor parte terminaría por incumplir el compromiso. Tras los rescates financieros y la crisis griega del euro, ahora era el espacio Schengen el que estaba en peligro. Sin él, todos lo sabían, las endebles costuras del sueño europeo se rasgarían para siempre.

***

Buscaban asilo, me dice Momo, eran refugiados de guerra, no inmigrantes. Eso obligaba a los países de Europa a acogerlos y protegerlos en base a los acuerdos internacionales que habían firmado, la alternativa era declarar públicamente que no cumplíais con los Derechos Humanos y eso significaba algo intolerable en la Europa de las libertades. Por eso dijeron, venid, Alemania os quiere, Austria os quiere, Suecia os quiere. El problema era que para llegar había que superar una yincana en la que a los participantes se les exigía arriesgar la vida, concluye Momo mientras abre una lata de Coca-Cola.

El caso es que llegaron. Y más allá de cuotas y debates políticos, la gente necesitaba comer, dormir, ir al baño, tomar medicinas. Momo lo único que podía hacer era traducir. Iba todos los días a la estación de Malmö, traducía durante doce o catorce horas y regresaba a su apartamento de Rosengård a dormir junto a Alice. Aquello duró un mes, dice recostado en un banco con los ojos cerrados, después empecé a colaborar en el mismo hotel al que nos llevaron cuando solicitamos asilo. Fue realmente duro, ver la habitación en la que dormimos mamá, Fatima y yo, recordar el miedo y la incertidumbre de aquellos días.

Me imagino que para ellos verte era un motivo de esperanza, le digo. ¿Qué quieres decir? Bueno, respondo, pensarían: fíjate, este chico llegó como nosotros y ahora va a la universidad. Momo se pone de pie y se abrocha el abrigo. No has entendido nada, me dice algo malhumorado, allí había gente con carreras universitarias y doctorados, con empresas, con chalé en Latakia y coche de alta gama. Aquellas personas tenían una vida en Siria que querían recuperar, lo último que yo les daba con mi piel lechosa y mis exámenes era envidia.

En el hotel su tarea fue parecida a la de la estación: hacer de intermediario entre los que llegaban y las ONG. Me dice que pasaba casi todo el rato con los niños. Me dice que a los niños les gustaba la nieve, ver la televisión, tumbarse sobre la moqueta con los brazos abiertos y dibujar. Me dice que un día los niños le hicieron una caricatura y aunque no me lo dice sé que aquello –Ebba me lo confirmará después– lo emocionó profundamente. Me dice que él y su familia fueron afortunados, que fueron de los primeros en llegar a Suecia y tuvieron un proceso rápido y despejado. Me dice que aquellas familias, sin embargo, todavía tendrían que esperar años para conseguir, si es que lo conseguían, lo que a ellos les tomó semanas.

Momo sonríe y yo le pregunto la razón a su repentina sonrisa. Es gracioso, contesta, estoy pensando que mi abuelo se fue de Palestina justo cuando empezaba la guerra y tal vez eso le salvó la vida. Mis padres y yo hicimos lo mismo cuando nos marchamos de Siria. Se podría decir que si ves a alguien de mi familia haciendo la maleta más te vale correr. Reímos y le agradezco el consejo. Luego le pregunto si se siente orgulloso de haber ayudado y me dice que no. Le pregunto por qué y me dice que no hay motivo. Y por último le pregunto por qué dejó de ir como voluntario al hotel si todavía siguieron llegando refugiados durante varias semanas más. Esa es una buena historia, me dice, y temo que eso sea todo lo que vaya a contarme. Momo me mira con ojos de sueño, con una sonrisa que muda hacia algo más triste y anfibio y enseguida vuelve a cerrar los ojos para encarar al sol.

Está bien, dice llenando los pulmones.

***

Uno de esos días, mientras ayudaba en el hotel, Momo recibió un mensaje por Facebook. Alguien le preguntaba de malos modos por qué utilizaba la fotografía de Amid como imagen de perfil. Tras un par de comentarios, Momo supo que quien le escribía era el hermano de su amigo. Enseguida recibió la noticia: Amid había llamado a casa y le había dicho a su madre que dentro de una semana lo iban a liberar: Mamá, vuelvo a casa. Nunca tuve tanto miedo y nunca fui tan feliz, dice Momo sin cambiar el gesto, como si recitara la tabla de multiplicar. Enseguida cogí el teléfono y llamé a Samer.

Momo tenía algunos ahorros después de haber pasado el verano trabajando por las noches en la limpieza de un centro comercial. Conducía las máquinas de encerado, sacaba brillo a las barandillas, limpiaba cristales y escaparates, esas cosas. No se lo pensó. Entró en internet y compró un billete de avión a Milán.

Era la primera vez que Momo y Samer se veían desde aquella noche en el monte Qasioun cuando Momo le dijo que se iba de vacaciones. Habían pasado cuatro años y se habían roto demasiadas cosas que nadie sabía que se pudieran romper. Los dos estaban nerviosos, venían de un desgarro y tenían miedo de caminar hacia otro. Habían asumido su condición y aprendido que no eran invencibles.

Se pasaron la mañana con los dientes apretados, imaginando el reencuentro y dudando de su sensibilidad encallecida. ¿Y esas canas de viejo?, le preguntó Samer. ¿Y esa gomina de pijo italiano?, le respondió Momo. Luego de una mirada dubitativa se abrazaron, lloraron, palparon la precariedad del otro y sintieron que, en esencia, eran los mismos de siempre.

Para celebrar la liberación de Amid se pasaron los tres días siguientes jugando a la *dolce vita*. Inmunes a la culpa que genera el placer, iban a todas partes abrazados y muertos de risa. ¿Qué coño hacemos tú y yo borrachos en Italia?, se decían frente al Duomo; ¿cómo hemos llegado hasta aquí?, apoyados en la Scala. Hablaron con desconocidos, comieron pizza y pastelillos y durmieron en los parques y en las plazas. Bebían y caminaban, y luego bebían y caminaban más. Recorrieron la ciudad entera sin preocuparse de la hora o de la manera de volver al apartamento de Samer. Construyeron futuros y proyectaron alegrías, viajes, reuniones. Planearon ahorrar dinero para enviárselo a la madre de Amid y discutieron el modo de conseguirle un visado para sacarlo de Siria. Creyeron ver un determinismo evidente y diáfano en toda aquella locura, una grotesca suma de azares, un encadenamiento indudable de causas y efectos para reunir a los tres en Europa.

Con el futuro resuelto e incapaces de seguir esperando, llamaron al hermano de Amid. A Momo le temblaban los dedos mientras marcaba el número. Aún no sabemos nada, le dijo su hermano, esperamos que llegue hoy, tal vez mañana, hay muchos controles en las carreteras, y se despidió prometiéndole que en cuanto supiera algo los llamaría.

Simulando entereza y esperando lo peor, pasaron otros dos días sin noticias. Momo tenía que regresar a Malmö, pero quería hablar con Amid antes de coger el avión; hablar los tres con el manos libres, aunque solo fuese un momento. Esta vez fue Samer quien telefoneó. No hubo respuesta. Fue entonces cuando a Momo se le ocurrió la idea de llamar a Shara. Claro, se dijeron, Shara y Amid siempre fueron amigos, tal vez ella sepa algo. A Momo le costó un buen rato acordarse del teléfono de Shara. Shara, dijo, qué lejano y contradictorio me suena ese nombre. Decir el nombre, sentir el golpe de la revelación y recordar el número de Shara fue todo uno. La conversación fue corta, de hecho, Momo ni siquiera llegó a decirle que llamaba desde Italia, ni cómo, jajá, había llegado hasta Malmö y ahora estaba en Milán con Samer y fíjate, jajá, las vueltas que da la vida.

Shara habló durante un par de minutos y después colgó sin despedirse.

***

Momo abre los ojos. Tiene la mirada vidriosa y sonríe con una pena mayor a cualquier tristeza que yo conozca. Una de esas penas logradas con esfuerzo y dedicación. Tal y como le habían dicho a su madre, Amid había vuelto a casa, me dice. Llegaron en furgoneta, me dice. Lo dejaron en la misma puerta, dentro de una caja de madera, me dice. Y ya no dice más.

Momo se aclara la garganta y me enseña una fotografía de Amid en su teléfono móvil. Me sorprende ver a un muchacho de gruesas mejillas y hombros caídos, algo más gordo y bajito de lo que yo imaginaba, con ojos más viejos y una de esas sonrisas que se usan para disimular la tristeza interior. Éramos todavía unos niños, dice Momo –en su voz había más sosiego que rabia, más alivio que dolor–, unos niños estúpidos cegados por una causa estúpida.

De pronto Momo mira la grabadora olvidada en mi regazo y cambia el gesto. ¿Quieres que te cuente lo que le habían hecho?, me pregunta lleno de ironía y brusquedad.

Me despierto con la boca pastosa. Me duelen los ojos y noto en ellos cada pulsación como un puño que se cierra. He tenido un sueño. Un sueño de esos que parece que ya estaba ahí, al acecho, esperando para saltar sobre mí. Había una habitación esférica y llena de puertas –puertas en las paredes, en el suelo y en las esquinas con tamaños, formas y colores inverosímiles– y, por algún motivo que no se me revelaba, yo tenía que elegir una. Seguro de haber resuelto el enigma, decidí quedarme quieto. Si no elijo, pensé, todas las opciones seguirán siendo posibles.

Me tomo el sueño como una señal del inconsciente y decido pasar mi último día en Suecia en la cama, sin elegir. No quiero que Momo me cuente más historias que no se pueden contar porque es necesario sentirlas primero, inventar itinerarios y palabras que sean a un tiempo iguales y antagónicas, en las que un sentimiento contradiga al otro. Pienso en lo impenetrable e irracional que es todo a través del idioma. Pienso en que miles de años no han servido para explicar nada: uno sufre, uno pierde, uno llora, y no hay consuelo posible.

Tarde descubro que cuando Momo me decía en sus mensajes «no puedes escribirlo» más que una prohibición me mostraba una realidad, un fondo marino. Un imposible.

Y aun en el supuesto de que existan caminos ocultos y abecedarios –y yo tuviera, claro, el valor y el ánimo de buscarlos–, ayer comprendí que no había razón. Había tomado como punto de partida una premisa equivocada: querer saber, cuando ya sabía.

Es mejor que Amid esté muerto, recuerdo que me dijo Momo de camino a casa, un prisionero es un fantasma al que puedo inventarle horrores, a todas horas, mientras tomo un café, en la ducha, en la cola del supermercado. Siempre en la duda, siempre en la sospecha, siempre en el sobresalto. Ahora ya puedo recordar a mi amigo recitando sus poemas, ahora sé que no está en aquella celda.

***

Anoche Momo se acostó temprano porque tenía que madrugar. Yo sabía que no me iba a poder dormir, así que me senté en la cristalera del salón que daba al canal e intenté despistar a mis pensamientos con un libro del que apenas logré leer un par de párrafos.

¿Quieres que te cuente lo que le habían hecho?

Al rato Ebba salió de su habitación. Ella tampoco podía dormir.

Durante mi primera visita, Ebba se mostró en todo momento muy entusiasmada con la idea del libro –siempre he creído que de no ser por ella Momo habría cancelado nuestro acuerdo en más de una ocasión–, pero en este segundo viaje la he notado más agitada e inquisitiva, aunque, eso sí, incapaz de perder la sonrisa.

Ebba se sentó en el sofá y empezó a tejer con dos largas agujas un jersey de lana para su futuro sobrino. Después de un par de comentarios amables, pasó a relatarme una historia en verdad fantástica sobre una antepasada suya que vivió en Palestina y terminó en Alemania, y que murió. cómo no, de pena. Ahora no recuerdo nada del relato, pero sí que más tarde invertí buena parte de mi insomnio en enlazarlo de alguna manera con Momo, construyendo a martillazos un rompecabezas que no fui capaz de resolver y que terminé por borrar y olvidar.

Después de esa historia, Ebba cambió de tono e intenciones. Una ansiedad desconocida en ella la delataba. Al parecer temía que Momo me hubiera contado algo importante y me hizo varias preguntas sinuosas a fin de conocer efectos y consecuencias. Recuerdo que me sentí atacado y que estuvimos un rato quitándonos mutuamente la palabra hasta que descubrí que en su ánimo no estaba el enjuiciamiento sino el desahogo.

Me contó que la madre de Momo iba a viajar en unos días al Líbano para visitar a una hermana enferma. Eso significaba que Mahmud se quedaría con ellos y que a Ebba le tocaría hacer de enfermera mientras Momo estaba en el trabajo. Es duro, me dijo, el padre de Momo no habla ni una palabra de inglés o de sueco. Pero había algo en su manera de contar que revelaba que no era ese el motivo de su disgusto, o al menos no el principal. Enseguida ella misma me lo confirmó.

Lo que Ebba trataba de decirme es que en ocasiones el choque cultural se le hacía insalvable. La familia de Momo y ella no pertenecían a razas, culturas o países diferentes y alejados, sino directamente a otros sistemas planetarios. Pronto intuí que, más que liberar lastre, lo que Ebba buscaba era un apoyo occidental que reafirmara sus sentimientos y espantara la percepción de egoísmo.

Para no centrarse en la familia de Momo, Ebba empezó a relatarme anécdotas más o menos adornadas. Me dijo que en los cursos de idiomas para inmigrantes a los que asistía, los árabes se pasaban la clase entera hablando en alto, que no mostraban ningún respeto y que su único incentivo era el de cumplir trámites y recibir subvenciones. Me dijo que muchos de ellos no tenían interés por aprender la lengua del país en el que iban a vivir, que no pensaban integrarse ni entender la cultura que los acogía. Me dijo que un iraquí que va a clase con su mujer la llama con un silbido, «como si fuera un perro», en cuanto esta se aleja más de tres metros. Me dijo que otro tiene a una niña de cuatro años a la que lleva siempre cubierta con el velo: *¿Cómo pueden hacerle eso a una niña?* Me dijo muchas más cosas –por ejemplo, que los árabes, con independencia de su religión, eran machistas, maleducados y arrogantes– y luego, apelada por toda una vida de argumentar, discutir y horrorizarse de lo contrario, dijo que sabía que era injusto confundir partes con todos, que antes de culpar hay que mirarse a uno mismo y que la educación y que la sociedad y que esto y que lo otro para conseguir una convivencia pacífica.

Pero daban igual las teorías y verdades absolutas que Ebba trajera al debate: sus convicciones se le habían llenado de dilemas y paradojas.

***

Tras casi cincuenta años de migraciones podría decirse que Europa tiene ya un árabe autóctono distinguible de cualquier otro árabe del mundo. Son muchas las comunidades, sin embargo, que continúan reproduciendo en Europa las formas de vida y de organización que traen –o trajeron sus antepasados– de sus países de procedencia, sin ningún deseo de integración o de participación ciudadana. Del otro lado, al sentimiento antimusulmán –que afecta a todos los árabes y que se ve avivado por el terrorismo, la radicalización y la política interna– se une el poco interés que los europeos han mostrado siempre por comprender las costumbres y tradiciones árabes, vistas como arcaicas y deshonrosas para las mujeres. La gestión de las identidades se complica aún más por la, por lo general, arraigada religiosidad árabe, algo difícil de comprender en la Europa de los países laicos.

Las afirmaciones previas no son mías –aunque no me costaría suscribirlas–, sino del politólogo palestino Bichara Khader. A esta mutua incomprensión se refiere en su libro *La búsqueda de Europa: visiones en contraste* donde afirma que los árabes en Europa se sienten denigrados y ridiculizados al tiempo que los europeos los consideran una amenaza para la seguridad interna, para la estructura del tejido social y para la convivencia pacífica.

«He vivido lo suficiente para ver que la diferencia engendra odio», escribió Stendhal en su *Rojo y negro*. La separación crea tensiones, miedo y antipatía. Para evitarlo, Serafín Fanjul, escritor español y estudioso del arabismo, aboga por el mestizaje como manera de unir el Nosotros al Ellos: «La manera de integración verdadera, la que salva todas las distancias y rompe ese tipo de barreras es la fusión física, sexual, o sea, los casamientos mixtos de hombres y mujeres de las dos procedencias».

Mucho más optimista es Tariq Ramadan, controvertido islamólogo, quien considera que la integración avanza de manera más rápida de lo que percibimos; después de todo el fenómeno migratorio de la población árabe hacia Europa es muy reciente. Es cierto, dice Tariq, que los adultos siguen pendientes de sus países de origen, pero los jóvenes estudian y trabajan en Europa y dominan las lenguas europeas como cualquier nativo.

Me gusta la visión de Tariq Ramadan por su carácter esperanzador, y pienso enseguida que estos dos grupos de los que habla son fácilmente identificables en la familia de Momo. Mahmud –a quien podría etiquetarse en Siria de hombre moderno y expansivo– sigue, después de varios años viviendo en Suecia, sin aprender una sola palabra del idioma. Por otro lado, Momo y su hermana pequeña hablan sueco, tienen amigos suecos, trabajan en Suecia y han estudiado en una universidad sueca. La juventud, como siempre, se abre camino.

***

Recuerdo que mientras escuchaba a Ebba lamentarse por ciertas conductas de Momo y de su familia –y arrepentirse al siguiente comentario–, pensaba en que no había nada reprobable en su actitud: no hay otro modo de abordar el asunto que desde la contradicción. Es imposible tener todas las claves del problema sin caer en la simplonería, el puritanismo y la trinchera. El debate sobre la integración está lleno de desencuentros y tonalidades, y –lo reconozco– sus muchos matices escapan a mis capacidades y entendimiento. Todos nos creemos en posesión de la verdad a la hora de juzgar al otro. Todos tenemos motivos para sentirnos víctimas o verdugos, y quien crea que no –quien crea que es el otro quien, el otro que, porque yo no soy, porque yo no hago–, tal vez tenga también que replantearse sus convicciones o cambiar los espejos de casa.

Tras volver al tema central de sus preocupaciones –que se diera por hecho en el entorno familiar que ella como mujer debía cuidar de Mahmud en ausencia de Momo–, Ebba hizo una larga pausa y dejó perdida la vista en el canal donde la pareja de cisnes nadaba a la deriva. El silencio me resultaba incómodo y enseguida tiré de lugares comunes y comentarios perezosos que trataban de ser reconfortantes. Ebba, no sé si decepcionada o sencillamente cansada, obvió mis palabras, se puso en pie y me dio las buenas noches.

La respuesta que debería haberle dado –quizá por haberla tenido frente a mí– me llegó cuando ya era tarde.

Ebba y Momo. He convivido con ellos, los he visto juntos, los he intuido y hasta he empezado a descifrar algunos matices de su lenguaje más íntimo. A diario se topan en el otro con diferencias e incertidumbres que todavía les pasman e irritan, pero han encontrado el modo de entenderse y quererse por encima de encontronazos, rabias y miserias. Al igual que hacen en la cocina cuando mezclan recetas sirias y alemanas, siempre buscan la fusión, el acercamiento, el pensamiento empático. Se centran en lo mejor de cada uno y luchan en silencio y soledad por pulir los aspectos más extremos de ellos mismos y de sus culturas que estropean el sabor del plato. No digo que no se enfaden e impacienten, que no sean cobardes y egoístas o que no se les caiga la mandíbula de asombro ante las ideas y comportamientos más enraizados del otro; pero saben limpiar la hojarasca y dejar que llegue la luz a los brotes verdes. Mantienen, en definitiva, un amor adulto y libre de caprichos que, a mis ojos, tiene más coloraciones y cualidades en su mestizaje que la mayoría de las parejas perfectas que conozco.

Momo me despierta y me dice que tiene que hablar conmigo. Tiene una sonrisa tan grande como la de Ebba y los ojos de un científico a punto de presentar el descubrimiento que cambiará el destino del mundo. Está nervioso y enciende su teléfono y me muestra una fotografía que apenas puedo ver porque la luz de la pantalla me hace daño a los ojos. Momo dice un nombre. ¿Quién? Momo repite ese nombre que más que un nombre parece un aclarado de garganta y me dice que no lo había reconocido por la trascripción al alfabeto latino y por esa perilla que se ha dejado y porque le parecía imposible y porque soy yo con mis malditas preguntas quien le está haciendo recordar cosas y cosas y cosas.

***

Durante sus primeros años en la escuela de Yarmouk, Momo fue un niño bajito y flaco como un hueso. La debilidad une a los débiles y un enemigo común es el mejor pegamento para esa unión. Acostumbrado como estaba a esconderse en el receso entre clases para evitar robos y palizas, los amigos de Momo no podían ser sino recibidores de robos y palizas. Uno de los objetivos más fáciles para ladronzuelos y perdonavidas era su compañero de pupitre, otro niño bajito y flaco como un hueso.

Momo y su compañero serían todo lo débiles que uno quiera, pero eran rápidos –o aprendieron a serlo– y pronto desarrollaron un instinto gatuno para sortear obstáculos y encontrar atajos y hendeduras en las alambradas. No era raro, por lo tanto, que al terminar las clases los compañeros de pupitre se reencontraran tras el muro de una escombrera, en la azotea de algún edificio en obras o en el quiosco de cromos y canicas. Así pasaron largas tardes de novillos jugando al *dahhal* o el *tobbeh* hasta que las heridas de los dedos o el encendido de farolas terminaban con la partida. Con todo, aquella era –así lo declaran ambos– una época feliz.

Fue una de esas tardes. Momo la había olvidado, o eso al menos se empeña en repetir como si tuviera que convencerme. A pesar de que en su recuerdo nunca llovía en Yarmouk, aquella tarde lo hacía como si las nubes estornudaran. Momo acompañó a su amigo a su casa hasta que el diluvio se calmara. Se secaron, miraron al suelo y a las esquinas y merendaron entre lentas masticaciones como si no supieran qué decirse fuera del entorno callejero o escolar, como si la lejanía de los matones de navaja y pellizco hubiera reblandecido el pegamento.

Lo que Momo sí recuerda es el momento en que apareció el padre: hombre serio, gafas de sol militares, caminar dubitativo. Llamó a su hijo y se sentaron a un teclado que había en la esquina del salón. Momo pensaba que el hombre serio, gafas de sol militares, caminar dubitativo, no lo había visto y por eso pegó un salto cuando le pidió que se acercara junto a ellos.

Aquel día Momo aprendió que a tocar el piano se empieza desde el centro, aprendió la posición de Do y aprendió una melodía de nueve notas que silbaría durante horas hasta hacer perder los nervios a sus hermanas. Es Beethoven, le dijo el hombre ya no tan serio, gafas no tan oscuras, caminar no tan dubitativo. Momo aprendió también los acordes mayores, a estirar los dedos, a relajar el cuerpo y muchas otras cosas que ha olvidado.

Lo que no ha olvidado es la disposición de aquella casa, tan distinta de las demás casas de Yarmouk, siempre atiborradas de muebles y alfombras. Allí todo era más diáfano, más dispuesto para un baile o una fiesta de muchos invitados que para la vida privada o la funcionalidad. Tampoco ha olvidado la delicadeza con la que el hombre –ahora ya sonriente– deslizaba los dedos por las teclas, como si no las tocara, como si solo con acercar las yemas estas se hundieran emitiendo los bemoles y sostenidos necesarios.

Y, desde luego, lo que no ha olvidado es que aquel día vio por primera vez a un hombre ciego y que ese hombre ciego era capaz de ver cosas que él no podía ver.

***

Es Aeham, me dice, el de la foto del libro, el pianista de Yarmouk, nos sentamos juntos durante años en la misma mesa, me he acordado de su padre, de que era ciego, de la fotografía que aparece al final del libro en la que enseña a su nieto a tocar el violín; aún no puedo creerlo, me he despertado y la imagen me ha llegado de golpe.

Creo que nunca he visto a Momo tan contento. Fascinado por su historia, le digo que debería buscar el modo de ponerse en contacto con Aeham: Seguro que tiene cuenta de Facebook o puedes llamar por teléfono a la editorial alemana, Ebba puede ayudarte. No sé, me dice, para mí es suficiente con saber que está vivo y que es feliz en Alemania, si te he contado esto es para que lo uses en el libro, he pensado que podría ser un buen final.

Con un tono paternal que a mí mismo me repugna, le digo que no puedo usar esa historia y enseguida me siento como si acabase de revelar a un niño que Santa Claus no existe. Indignado, Momo se levanta y se aleja de mí. ¿Por qué no? Pues porque es difícil de creer, Momo, ¿cuántas personas vivían allí?, casi setecientas mil, y ahora tú, de golpe y porrazo, me dices que el tío más famoso de todo Yarmouk, la única persona que ha escrito un libro de memorias sobre el campo de refugiados, era amigo tuyo y que se sentaba a tu lado en el colegio.

Convencido de mi posición, empiezo a disertar sobre la «forma» y el «pulso», sobre el error de darle una concepción detectivesca a la novela o lo interesado de lanzar al lector un súbito gancho de izquierdas al final de esta. Hablo de teorías y manuales que he leído sobre «verosimilitud» y «pacto narrativo». Le digo que la novela tiene que ser un lugar «habitable» y regido por «cánones» grabados en losas de sepulcro, y luego digo «conflicto» y «ritmo» y «coherencia» y concatenación «causa-efecto» y le hablo de otras muchas tonterías que ni yo mismo entiendo pero que he aprendido a repetir con la confianza de un sacerdote en su homilía.

Momo tampoco entiende nada. Está decepcionado –con él, conmigo, con la banalidad de cualquier ilusión– y no lo disimula. Intento decirle que incluir la historia de Aeham sería una forma de aliviar carencias, de terminar el relato con fuegos artificiales, que las vidas son increíbles pero que lo increíble marida mal con la literatura. Es igual que tu entrevista para solicitar el permiso de residencia, le digo, cuando querías que tu relato fuera coherente y te ceñiste solo a lo que podías demostrar evitando los datos más inconcebibles y escabrosos por muy verídicos que estos fueran.

Siempre creí que Momo había ido perdiendo interés en *the project* a medida que aumentaba su aura confesional, pero ahora compruebo atónito que su ilusión es quizá mayor que la mía. Sus gestos son violentos, su humor hiriente, y para quitarme de encima esa mirada oscura como un fondo abisal le insisto en la idea de contactar con Aeham.

Está bien, haz lo que quieras, dice encogiéndose de hombros, al fin y al cabo es tu libro, pero déjame decirte que no creo que vayas a ser mejor escritor por empeñarte en sufrir, no hay ningún mérito en el sufrimiento.

No sé cómo, pero Momo ha conseguido un permiso para enseñarme las instalaciones de uno de los centros para refugiados menores de edad. De malos modos me dice que me prepare, que le ha pedido prestado el coche familiar a su madre. Me siento sin fuerzas para exagerar mi indisposición y, a mí pesar, me veo obligado a acompañarlo. Es mi último día en Suecia y me convenzo de que tal vez una excursión al campo y un paseo por la costa harán que el día parezca más corto.

Mientras soportamos el tráfico de primera hora de la mañana, Momo me cuenta que en esos centros los chicos se pasan el día bebiendo Coca-Cola y buscando el modo de drogarse con hachís y marihuana. La reinserción es inexistente y de lo único que se trata es de mantenerlos alejados de la posibilidad de delinquir. Los trabajadores sociales se esfuerzan y hacen todo lo que pueden, pero la burocracia y el choque cultural son inmunes al drama. A mí a veces me dan miedo, dice con una de sus indescifrables bromas.

Abandonamos la autovía y descendemos por una carretera estrecha que lleva hacia el Báltico. Las vistas son magníficas y reparadoras. El sol proyecta en el agua inmensas circunferencias amarillas que a mí me parecen ballenas doradas a punto de salir a respirar. Momo sigue hablando y me dice que la mayoría de los menores conocen su destino, lo han visto en quienes los precedieron y se fugarán antes de cumplir los dieciocho, siendo presa fácil para el abuso y la explotación. ¿Qué futuro les espera entonces? Vivirán en la calle, indocumentados y sin posibilidad de trabajar. El siguiente paso es el robo; no hablan el idioma, no saben hacer nada, son solo unos niños, algunos no conocen más que la guerra y la violencia y de pronto se ven en la calle. Le pregunto por qué se fugan y Momo me explica que mientras son menores de edad solo pueden ser deportados si se demuestra que en su país de origen hay un adulto que pueda hacerse cargo de ellos. Al cumplir los dieciocho eso ya no es necesario y el riesgo de expulsión aumenta.

Entramos en un pueblecito de casas rojas y verdes con tejados a dos aguas y nos detenemos junto a un edificio alargado que recuerda a los moteles de carretera norteamericanos. Es un lugar bello y acogedor, con senderos para bicicletas, prados acolchados y árboles de un verde que no está en la paleta de colores. Hay una playa, un jardín, una tranquilidad y un aroma cambiante de hierba y salitre. A través de las ventanas, las habitaciones parecen cómodas y las zonas de recreo disponen de pistas deportivas, instalaciones para hacer gimnasia y una especie de invernadero.

Johansson, trabajador social risueño y delgaducho, sale a recibirnos. Momo me lo presenta y me dice que es uno de los primeros amigos que hizo al llegar a Suecia y también que gracias a él ha conseguido este trabajo. Incluso me enseñó a pescar, dice apelando a una broma recurrente entre ellos que no llego a entender. Un chico con una cicatriz junto al ojo se nos acerca y le dice algo en árabe a Momo. Momo sonríe y lo acompaña escaleras arriba. Antes me ha asegurado que no soporta a los adolescentes, pero sé que se preocupa por ellos más de lo que es capaz de admitir.

Johansson se queda conmigo y comienza a darme explicaciones con buen ánimo. La mayoría de los residentes son afganos y eritreos analfabetos que se pasan las noches fumando porros, me dice cuando entramos en un salón donde cuatro chicos y una chica juegan con sus teléfonos móviles. Otros centros no son más agradables, especialmente aquellos en los que hay menores con problemas psiquiátricos derivados de la guerra y niñas que han sufrido acoso o violaciones.

Johansson es un hombre correcto y parlanchín que no puede disimular su complejo de buen samaritano. Cuesta imaginarlo impartiendo disciplina. Tiene una larga coleta rubia, un algo chaplinesco en el andar y gafitas redondas a lo John Lennon. Luego de enseñarme la cocina y el comedor salimos a un porche abuhardillado y me dice: Aquí no hay torturas ni guerra, pero también hay problemas. A través de la ventana, me señala a algunos chicos. Abdel tiene quince años y ha perdido a sus padres en el viaje a Europa. ¿Cómo? No lo sé, no lo ha dicho. Alí, sí, a los padres de Alí los mató Al-Qaeda en Afganistán. Otros cuentan que fueron obligados a presenciar torturas o incluso a cometer asesinatos, y los hay que no quieren contar nada. Eso es un problema, hay que conseguir que hablen para que la Agencia de Migraciones pueda estudiar su caso.

Golpeado todavía por la historia de Samira, una niña siria de doce años que vio cómo se ahogaban muchos de los que iban con ella en un bote desde Turquía, le sigo perezosamente los pasos cuando sale a un patio trasero con jardín. Johansson me acerca una taza de café, dibuja una media sonrisa y me dice que están desbordados y sin que yo le pida explicaciones comienza a dármelas:

El problema es que estamos desbordados, solo en 2015 llegaron treinta y cinco mil menores. Se han reacondicionado edificios de todo tipo, pero no estamos preparados para cubrir todas las necesidades sanitarias y educativas de estos niños.

Johansson enseguida recula, se da cuenta de que está ofreciendo una imagen negativa de su país y cambia el discurso. Pero no creas, dice, Suecia sigue siendo un santuario si comparamos la situación que se encuentran estos chicos al llegar a otros países. Sin que me lo diga explícitamente, deduzco que el problema es que la sociedad empieza a cansarse. Me cuenta que hace un par de años una voluntaria de veintidós años murió apuñalada por un menor en un centro de Mölndal, cerca de Gotemburgo, y que cada vez que uno de estos chicos comete un delito algunos medios de comunicación saben sacar rédito para su argumentario. Lo que no entienden es que muchos tienen severos problemas de depresión y de estrés, dice entre interjecciones suecas. Es aquí, añade estirando los brazos, es aquí donde hay que trabajar por la integración y donde la sociedad debe poner todos sus esfuerzos.

Se ha levantado una brisa húmeda e ingrata, un frío escandinavo, y yo me abrocho la chaqueta para dar a entender que estaríamos mejor a cubierto. Johansson no parece captar el mensaje. Se sienta en un banco, cruza las piernas y me cuenta un caso reciente de trauma silenciado que le ha afectado al ánimo y a la salud. Días antes de cumplir los dieciocho años, un chico se fugó del centro creyendo que iban a repatriarlo a Siria. No supe nada de él en varios meses, dice en un tono que revela su naturaleza culposa, hasta que un día, mientras visitaba a mi hija en Uppsala, lo vi rebuscando en la basura. Detuve el coche y me acerqué para saludarlo, pero el chico no me recordaba, me amenazó con una botella e intentó golpearme.

Johansson había jugado decenas de veces al fútbol y a las cartas con él, pero el chico no era capaz de traer a la memoria nada de lo que le contaba. Johansson le llevó comida y trató de ganarse su confianza. Con la boca llena de hamburguesa y patatas, el chico le confesó que llevaba meses viviendo en la calle sin hablar con nadie. Al día siguiente volví con un amigo que es psiquiatra infantil pero ya no estaba, me dice Johansson. No he vuelto a verlo, algunos chicos me han comentado que se ha ido a Italia, otros que lo han visto haciendo cola para comer en albergues de Estocolmo. Yo no he podido olvidar su mirada vacía, sus ojos de pánico y locura; creo que si le hubiese dado un espejo ni él mismo se habría reconocido.

El cielo se ha encapotado con unas urgencias difíciles de creer. De pronto todo es más oscuro y depresivo. Johansson tiene que descansar antes de seguir con su historia. Agacha la cabeza y se mira las manos. Imagino que siente que podría haber hecho más, que su trabajo es inútil y poco meritorio. Y su culpa me causa una profunda admiración.

Tengo los brazos ateridos y empiezo a temblar. A Johansson parece no afectarle el frío. Se mantiene inmóvil, ajeno al aire y a las gotas que caen en su taza de café.

No es un caso aislado, me dice al cabo de un rato, todos los años varios menores se suicidan mientras esperan la respuesta a su demanda de asilo. Ante mi sorpresa, Johansson me explica que los adolescentes procesan el tiempo de un modo distinto a los adultos y que dos años de espera en una mente ya traumatizada pueden ser decisivos. ¿Dos años? Johansson se encoge de hombros. Sí, es mucho, y más cuando el problema son los recuerdos y no el olvido, añade de forma enigmática. Luego se estira y concluye: A Momo le pasó lo mismo.

Le digo que se equivoca, que Momo apenas tuvo que esperar un par de meses para conseguir el permiso de residencia. No, no, me dice, me refiero a cuando se enteró de la muerte de su amigo, ya sabes, del poeta que estuvo en la cárcel; la noticia le movió los cimientos, por decirlo de algún modo, y le provocó sueños en los que vio «cosas».

Yo sabía que, tras conocer la muerte de Amid, Momo había sufrido pesadillas y alucinaciones confusas de las que solo había querido hablar con Ebba y una anciana de la residencia. Lo que no imaginaba es que los sueños le hubieran afectado hasta ese extremo.

Ahora entendía por qué siempre que llegábamos a ese punto, Momo utilizaba una de sus evasivas bien trabajadas, exageraba una tos y miraba hacia otro lado.

Tras la muerte de Amid, Momo no vio un corte, sino la película entera de su memoria. Nada de visiones borrosas, ni de destellos en la oscuridad o rostros imprecisos. Momo supo, sintió y reconoció. Su oído se hizo absoluto y su tacto hipersensible. Escuchó voces moduladas, sintió metales y vio imágenes perfectamente nítidas y en movimiento. Todo era real y todo sucedía en bucle cada vez que cerraba los ojos. Amid y el momento en el que aceptó llevarlo al barrio cristiano, la policía, el viaje al desierto, la celda y el castigo de esperar. Una espera que, a diferencia de otras esperas, esta vez no fue peor que el propio castigo.

¿Cómo explicar la pérdida de Momo? ¿Cómo traducir su dolor en palabras? Ni siquiera la medicina tiene una escala objetiva para medirlo. Te cuantifican el azúcar, los triglicéridos, la capacidad pulmonar, las plaquetas, pero no hay balanza para el dolor.

El lenguaje tampoco puede. Es un imposible que, según escucho a Johansson, se parece mucho a la tranquilidad; una tranquilidad que se parece mucho a la derrota; una derrota que me zarandea y me perturba.

Decido entonces contrargumentarme como hace Momo con las certezas ajenas. Y me digo que hay que intentarlo, porque el lenguaje es el único camino para escapar de la selva oscura de Kurtz, de la California de Steinbeck, para salvar a Isaac de morir degollado sobre el altar de sacrificio, para evitar el canibalismo, las líneas de tiza en el suelo, la bandera y el escudo de armas. El lenguaje, la literatura, puede convertirse en un muro de cemento y concertinas, pero también es el último dique frente a la estupidez, frente al empecinamiento absurdo, frente a la ceguera elegida de los que ven a Dios y al diablo en todas partes.

Las palabras, ahora lo sé, también son capaces de ir más allá del significado.

***

Aunque Johansson ha seguido hablando, yo hace rato que dejé de escuchar. Cuando termina lo que sea que me estuviese contando, regresamos de golpe a la vida y descubrimos que estamos empapados. Nos miramos, reímos y corremos para ponernos a resguardo. Dos adolescentes salen a buscarnos, nos acercan toallas y se ríen de nuestro aspecto con sus dientes pintados de hipocalcemia. Bromean con Johansson y se burlan de su enfado de mentirijilla. Mientras me seco el pelo, los chicos preparan la mesa en la que van a servir los tacos que han estado cocinando. *Taco day*, gritan. Es entonces, al acercarme al edificio, cuando levanto la mirada y creo ver a Momo en una ventana del segundo piso. Y en un golpe de lucidez entiendo por qué se ha tomado tantas molestias para traerme hasta aquí, por qué me ha dejado solo con Johansson y por qué nos vigila desde esa ventana.

Deslumbrado por la evidencia, caigo entonces en el tópico de que he venido a Suecia a por respuestas y solo he acumulado preguntas. Preguntas que, igual que Momo, ya no quiero responder.

Otra vez el lenguaje se me ha vuelto un océano infranqueable para llegar a la verdad de Momo. Y, sin embargo, hoy que por fin puedo rendirme, ahora que he descubierto que no puedo escribirlo, siento más deseos que nunca de nadar en la oscuridad. Hasta quedarme sin fuerzas. Hasta hundirme en la gélida negrura. Y pienso, en un arrebato de tristeza, que tal vez eso signifique que ya tengo un final. Un final que, como todos los finales, solo se entiende regresando al principio.

De ser así, el proyecto ha terminado. Y solo queda empezar a escribir.

EPÍLOGO

Nada más despegar, la bajada de presión me provoca una gozosa soñolencia. Me concentro en reprimir las ganas de cerrar los ojos; quiero ver una vez más el puente de Øresund.

Pienso en las veces que he escrito este capítulo antes de venir a Suecia. Me imaginaba finales interesados y aleccionadores para dar lustre al relato de Momo. Pensaba que su testimonio era demasiado local, demasiado lejano, que a nadie le interesaría. Todo se desgasta por el uso, las guerras también. Pero lo único local y lejano era la parcialidad de mi mirada, porque la historia de Momo, su sentido y su mensaje son universales.

Para distraerme, releo algunos pasajes que escribí anoche. Cuánto ha cambiado esta historia siendo siempre la misma. Aunque tal vez no es la historia la que ha cambiado, sino que era yo el que no había sabido leerla. Empecé equivocado, con intención de concluir, de encontrar –o incluso de inventar– a un culpable. Buscaba el reduccionismo, la idea que lo encerrase todo en un dogma total, en un aforismo moralizador, justo y justiciero. A todo el mundo le gustan los cuentos de buenos y malos, me decía con esa ceguera que usamos para convencernos de que nuestro trabajo importa.

Escribo –ya corregiré después–: «...los recuerdos son tan moldeables como la plastilina. La memoria es mentira, un punto intermedio entre lo real y lo olvidado y, sin embargo, es lo único que tenemos para construir nuestra verdad, para contar y contarnos nuestra vida. ¿Y qué es nuestra vida?, la mía, la de Momo, la de cualquiera: un suceder de banalidades, vacíos, bailes al borde del acantilado y ruidos de fondo, una punzada constante, perder a quien se quiere, la infancia arrancada, el dolor que produce el dolor de los demás».

El avión vira al Sur. Me asomo a la ventanilla. Pego un golpe de cabeza al aire y mi vecina de asiento sonríe. Me fijo en que está leyendo un periódico deportivo británico. En la portada aparece Mohamed Salah celebrando un gol. Sonrío y pienso en Mahmud; en que otro círculo se cierra.

Me coloco los auriculares y busco en los archivos del teléfono la última conversación que tengo grabada. Momo y yo estamos en el coche de regreso del centro de menores y yo le pregunto qué le ha parecido la experiencia de recordar y contar su vida:

Cuando supe que Amid había muerto todo se volvió... oscuro. Entonces apareció Ebba. Luego, al terminar la universidad, mi vida volvió a derrumbarse. Solo me preocupé de disfrutar la experiencia y se me olvidó que iba a terminar, olvidé que no tenía una línea de seguridad, olvidé construírmela. Los demás la tenían y se fueron. Estar borracho a las doce del mediodía dejó de ser algo positivo. Me convertí en el estudiante internacional que se quedó en Malmö, una ciudad de repente desconocida, y los fantasmas regresaron. Entonces Ebba vino a pasar el verano conmigo. Y más tarde, cuando tenía todo listo para mudarme a Alemania, mi padre enfermó y tuve que quedarme en Suecia. Pensé que aquello era el final de la relación, pero Ebba hizo la maleta y se mudó a Ystad.

Después de todo lo que he pasado, después de que me hayas hecho recordar y de buscarle un sentido a esos recuerdos, ahora siento que tengo algo, que esta relación es mía, que esta relación soy yo. Siento que el amor salva. He aprendido que todo puede cambiar, pero ya no tengo miedo porque sé que en el último momento aparecerá Ebba, siempre sonriendo, siempre a mi lado, lista para tirar de mí y rescatarme como hace la cuerda justo antes de que el yoyó se rompa contra el suelo.

Pasamos el resto de esa última tarde bromeando. *The project* había terminado, los dos lo sabíamos, y solo nos quedaba comportarnos como lo que éramos: dos amigos con una noche libre. Apagué la grabadora, fuimos a buscar a Ebba, salimos a cenar a un restaurante griego y bebimos muchas cervezas. Hablamos de viajes, de próximas visitas, de música árabe y española y contamos decenas de chistes racistas que nos valieron más de una mirada de reproche.

Antes de acostarnos Momo vino a mi habitación, se sentó a mi lado y me dijo que había encontrado a Aeham en Facebook y le había escrito un mensaje: Acaba de responderme, me cuenta que da conciertos de piano por todo el mundo, que se acuerda de lo bien que lo pasábamos en la escuela de Yarmouk y que pronto vendrá a tocar a Copenhague; de verdad que aún no puedo creerlo.

Momo estaba emocionado por haber encontrado a Aeham. Los dos lo estábamos. No puedo imaginar lo que debe de ser recuperar a alguien querido que dabas por muerto. Me pregunto si la alegría es comparable al dolor cuando sucede lo contrario. Seguramente no.

Momo y Aeham volverán a verse y esa será la mayor recompensa que jamás sacaré de este libro. Eso también significaba que su historia no ha terminado, porque lo único seguro es que ninguna historia tiene final mientras sigamos vivos.

El avión se inclina y aparece el Øresund. De pronto el mar ya no es tan inmenso ni extraño ni oscuro. Desde aquí arriba hasta me parece posible cruzarlo a nado. Pienso que podría arrancar el puente de sus cimientos subacuáticos con una sola mano o que si me arrojara al vacío aterrizaría suavemente sobre él, como la pluma de un pájaro. Segundos después el piloto endereza las alas y el puente desaparece. Y antes de pensarlo, antes incluso de darme cuenta, cierro los ojos y me quedo dormido.

AGRADECIMIENTOS

Lo habitual es que en la portada de un libro solo aparezca un nombre, sin embargo, son más las personas que han ayudado y contribuido para que este llegue a existir y merecen mi reconocimiento por escrito.

A mis amigos «Icebergs», que no solo han creído en este libro más que yo mismo, sino que llevan años enseñándome leer y a leerme. A Déborah Albardonero, amiga y compañera generosa en cada uno de mis despropósitos literarios. A Sofía Soltero, por la ilusión y la rapidez fuera de lo común con la que apostó por esta historia. A Lourdes Díaz, por su trabajo y apoyo a pesar de las dificultades. Y a María, claro, por todo lo demás.

I also have to mention J., for her hospitality and constant smile.

And, of course, this could never have happened without M. Thanks for your friendship and for guiding me in your story between the laugh and the pain. I hope I am up to the trust you placed in me.

• ALIOS • VIDI •
• VENTOS • ALIASQVE •
• PROCELLAS •